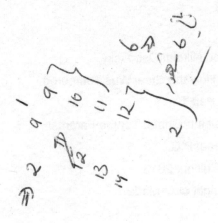

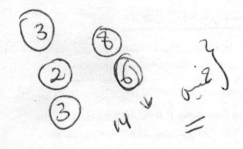

كيف سقينا الفولاذ

رواية

Author: Nikolai Ostrovsky

Title: How the Steel Was Tempered

Part 1

Translator: Ghaeb Tohme Faraman

Al-Mada: P.C.

First Edition: 2013

Copyright © Al-Mada

المؤلف: نيقولاي أوستروفسكي

عنوان الكتاب: كيف سقينا الفولاذ

الجزء الأول

المترجم: غائب طعمة فرمان

الناشر: دار المدى

الطبعة الأولى: ٢٠١٣

جميع الحقوق محفوظة

دار المدى للثقافة والنشر

بيروت-الحمراء-شارع ليون-بناية منصور-الطابق الأول-هاتف: ٧٥٢٦١٦-١-٠٠٩٦١ تلفاكس: ٧٥٢٧١٧-١-٠٠٩٦١

www.daralmada.com   Email:info@daralmada.com

سورية - دمشق ص. ب.: ٨٢٧٢ او٧٣٦٦ -تلفون: ٢٣٢٢٢٧٥ -٢٣٢٢٢٧٦ -فاكس: ٢٣٢٢٢٨٩

Al Mada Publishing Company F.K.A. - Damascus - Syria

P.O.Box . : 8272 or 7366 .-Tel: 2322275 - 2322276 , Fax: 2322289

بغداد- أبو نواس- محلة ١٠٢- زقاق ١٣-بناء ١٤١

مؤسسة المدى للإعلام والثقافة والفنون

E-mail:almada112@yahoo.com

ISBN: 978-2-84306-174-5

نيقولاي أوستروفسكي

كيف سقينا الفولاذ

ترجمة: غائب طعمة فرمان

مقدمة

آنا كرافايفا

صديق لا يُنسى[1]

باب الشرفة مفتوح. وتيار عريض من برد المساء يندفع إلى الغرفة التي كانت تنعم بالدفء دائماً كما ينعم عش. وتحرك الريح الستارة. فتخفق، وترتفع قليلاً بتراخٍ مثل شراع في طريقه إلى الانطلاق. وتلوح على جهاز الراديو فوطة مدعوكة رماها شخص. إنها تشبه الأرنب الأبيض الذي يختفي متحفزاً إلى الوثوب، ضاغطاً أذنيه الكبيرتين على ظهره.

يخطر في الذاكرة صباح ساطع من شهر أيلول في سوتشي قبل عامين، وبيت صغير في شارع أوريخوفايا، وثمار زعفرانية وبنية في الحديقة الصغيرة المترعة بالشمس، والغرفة الهادئة بجدرانها الناصعة البياض ـ والوجه الأليف الحبيب على وسائد عالية.

اختفى الأرنب الأبيض بين طيات البطانية. وأصابع كوليا[2]

---

(١) من ذكريات عن أوستروفسكي.

(٢) اسم التدليل لنيقولاي.

أوستروفسكي السمراء العصبية تمسد برقة على أذني الأرنب الحريرية الطويلة ويبتسم كوليا بحنان، وتلتمع أسنانه البيض كقطع من السكر. على المنضدة كومة من ثمار التفاح الكبيرة الريانة الحمراء، وشذاها المدهش يفوح في البيت كله. ويلعق الأرنب الأبيض بلسانه الوردي يد الرجل الحنون محركاً أذنيه الناعمتين بصورة مضحكة.

وتتملكني الرغبة مجدداً في أن أغمض عيني وأرى مرة أخرى ذلك الصباح الأيلولي الحار المترع بالشمس وشذى التفاح. في البداية لا تريد أفكاري أن تمس الجانب المؤلم، فكأن الوعي لم يزل غير قادر على أن يدرك، وأن يواجه نفسه بمنتهى الصراحة قائلاً لها: "هذا هو الشيء الذي لا يُرد!".

إلا أن الواقع يفعل فعله. فترى العينان بجلاء لا هوادة فيه. الوجه الذي تخلت الحرارة عنه إلى الأبد. إن مصارعة الموت في سبيل الحياة قد امتصت كل عصارته، وأيبسته، مثلما تيبّس ريح حارة لافحة ورقة شجر. إنها لم ترحم غير جبينه العالي البديع، وشعره الكستنائي الداكن المنفوش الناعم.

إن هذا الجبين الوضيء العريض الواسع كقبة يشمخ فوق الوجه الصغير اليابس. فيتولد انطباع بأن المخيلة المبدعة لا تزال فوارة بعمل ملتهب مفعم بالحماس الثوري وبالهمة التي لا يدركها الكلل وبحب الحياة... وأضع يدي على جبينه العالي.

إنه لا يزال دافئاً، بل ورطباً، وكأن نيقولاي قد هجع فقط لينال قسطاً من راحة بعد مجهود عمل مرح. ويُخيّل إلى أن الصدر النحيل يوشك أن يرتفع في شهيق خفيف، ويلمع وسام

لينين عليه كما يلمع على صدر حي.

ظلت طوابير لا حصر لها من الأطفال والشبيبة والشيوخ تمر ثلاثة أيام من الصباح حتى ساعة متأخرة من المساء بالتابوت الغائص بالزهور والأكاليل.

إن نيقولاي أوستروفسكي حي لا في كتبه فقط، بل هو نفسه صورة بطولية، شخصية من ألمع وأقوى الشخصيات في عهدنا.

كانت الطبيعة غير رحيمة به، فقد انتزعت منه صحته، ويديه، ورجليه، وعينيه. إلا أنه تغلب على وهن الجسد، والداء العضال، والأسى، والضعف، وفقدان القدرة على الحركة، وأثبت، كمنتصر، حياته وإبداعه ونضاله! وغنى بقوة غنائية مدهشة أغنية كفاحية مشمسة، أغنية النضال وانتصار الاشتراكية فسمعتها البلاد السوفييتية كلها، والعالم أجمع.

ما لنا وللذكريات الحزينة! لنتركها ولنترك هذه الحقيقة التي لا مناص منها، حقيقة الطبيعة الفانية لكياننا الجسدي، ولنتحول إلى ينبوع الحياة الجبار الذي لا ينضب!..

في يوم عاصف بارد في بداية ربيع عام ١٩٣٢ زرت نيقولاي أوستروفسكي في مسكنه في زقاق ميرتفى [٣] في موسكو.

شقة واسعة مكتظة بساكنيها، ضاحية ضيقة. بعض الأشخاص يتلكأون في الدهليز، والأطفال يتصايحون، وفي

---

(٣) يحمل هذا الزقاق اليوم اسم ن.أوستروفسكي.

مكان ما تدق آلة كاتبة بإزعاج مثل نقار الخشب.

فلا بد أن يقول كل زائر: "عجباً!... أهذا وضع يليق بكاتب! غير ممكن!"...

وانفتح الباب...

كان يرقد على السرير رجل متدثر إلى صدره بالبطانيات واللفاعات. رأيت الشعر الكستنائي الداكن المنفوش، والجبين الكبير البارز، والوجه الشاحب الخالي من كل قطرة دم، النحيل، الضاوي المنطرح على وسائد عالية.

رف جفناه الرقيقان رفة خفيفة: وألقت الرموش الكثيفة ظلالاً مزرورقة على الوجنتين الغائرتين. وارتمت يدان نحيلتان لهما شفافية الشمع فوق البطانية.

كنت أعرف أن نيقولاي أوستروفسكي مقعد، ولكنني لم أتصوره بهذه الصورة.

لقد بدا لي ضعيفاً جداً وعاجزاً حتى قررت فجأة بأن أعود أدراجي من دون أن أزعج هذا الإنسان، وأن أؤجل الحديث إلى مناسبة أخرى.

في تلك اللحظة دخلت إلى الغرفة امرأة عجوز نحيلة خفيفة الحركة لها عينان بنيتان داكنتان في وجه يبتسم مرحباً.

وفجأة صدر صوت فتى معدوم الرنين واهن كلياً:

ـ يا أمي، من جاء؟

وسمّت الأم القادم.

ـ أه! لطيف! تعالي إلى هنا!

وافترت على وجهه ابتسامة بديعة عن أسنان بيض. وأشرقت

٨

كل تقطيعة من تقاطيعه الدقيقة، وشعت بالشباب وفرحة الحياة. وفي الدقائق الأولى خيل إلي أن عينيه الكبيرتين السوداوين تلمعان أيضاً، وتشعان، ولكن سرعان ما عرفت أن هذا اللمعان متأتٍ من اللون الكثيف المتماسك لحدقة عينيه. ومع ذلك فغالباً ما كنت أنسى، أثناء الحديث، أن عينيه كفيفتان، فقد كان ذاك الوجه يشع بالفكر الجاهد، والانتباه، وروح المرح.

جرى حديثنا حول الكتاب الأول من رواية "كيف سقينا الفولاذ" الذي وافقت مجلة "مولودايا غفارديا"(٤) على نشره قبل حين. وكان نيقولاي متعطشاً لمعرفة الأثر الذي خلفه فينا أبطاله.

قال بتخابث دعابي مفتراً عن ابتسامته البيضاء:

ـ أظن أن بافل فتى ليس بالسيئ جداً. وأنا لا أريد أن أخفي أن نيقولاي أوستروفسكي تربطه ببافل كورتشاغين صداقة وطيدة. إن بافل هذا مصنوع بفكري ودمي.. ولكن أود أن أسال عن شيء آخر: ألا تبدو روايتي مجرد سيرة ذاتية... أو كما يمكن أن يقال، تاريخ حياة واحدة؟ ها؟...

وانطفأت ابتسامته فجأة، وانطبقت شفتاه، واكتسى وجهه صرامة وجهامة.

ـ لقد تعمدت أن أضع السؤال بهذه الحدة لأنني أريد أن أعرف هل أن قضيتي صالحة، طيبة نافعة للمجتمع؟ هناك عدد

---

(٤) كرافايفا، كاتبة سوفييتية مشهورة كانت في الثلاثينات تعمل محررة في مجلة "مولودايا غفارديا" ("والحرس الفتى").

غير قليل من الحالات الفردية طريفة بحد ذاتها. ينظر إليها الإنسان بل وقد تثير حب استطلاعه، مثلما تثيره واجهة مخزن، ولكن ما أن ينصرف عنها حتى ينساها. ومثل هذه النتيجة تخيف كل كاتب وتخيفني، أنا الكاتب المبتدئ، بشكل خاص.

فقلت: إن ليس هناك ما يخاف بخصوص "الفردية" بالذات. قاطعني بنعومة:

ـ لنتفق على شيء واحد، وهو: لا حاجة إلى تسكيني بسبب من رقة القلب! يمكن أن تقولي لي بصراحة واحدة عن كل شيء. فأنا رجل مقاتل، ركبت الخيول منذ صغري... والآن لا تزال لدي قوة على ذلك.

وعلى الرغم من أن شفتيه اختلجتا، وأطلت ابتسامة رقيقة مرتبكة، شعرت فجأة وبأقصى حد من الوضوح بمقدار ما في إرادته من قوة وصلابة. وفي تلك اللحظة أحسست بسعادة غير اعتيادية من أنني قادرة على إدخال السرور إلى قلبه.

حدثته عن منظومة كاملة من أبطال أدبنا الروسي والأدب الغربي الذين طافوا في ذاكرتي وأنا أتعرف على بافل كورتشاغين.

وكثيرون منهم كانوا من خلق مبدعين موهوبين، وقد صاغـوا إرادة ووعـي أجيـال مـن النـاس. وكـان وراء هـذه الشخصيات من الأدب العالمي والروسي تاريخ من العلاقات الاجتماعية والمآسي العامة والفردية، والماضي التليد لمكاسب الثقافة الإنسانية.

وفي وسع بافل كورتشاغين أن يقف بثقة وبكامل الإحساس بلياقته أمام هذه المنظومة من الشخصيات العظيمة المجيدة. إنه

لن يضيع بين هؤلاء "الشيوخ" المحنكين، وهو الفتى الخارج من أتون الحرب الأهلية. كما لا حاجة له إلى التوسل، وكما يُقال، إلى استجداء موضع له في جنائن الأدب. فإن له ما لا يملك الآخرون. فإن قلبه الفتي عامر بقوة وحماس للنضال لا ينفدان ولا ينطفئان، وفي أفكاره تلتهب أنبل المعتقدات وأكثرها تقدمية عن الحرية وسعادة الإنسانية.

إن بافل كورتشاغين، بالطبع، على عداوة مستحكمة مع شخص مثل راستينياك[٥]، إلا أن كل تطلع أصيل إلى الحرية في شخصيات بوشكين أو بايرون أو ستندال قريب إليه، وشيج الصلة بروحه.

وبالطبع إن بافل كورتشاغين سيجد بين أبطال مكسيم غوركي أكثر ما يجده من ذوي القربى ـ إخواناً كباراً وأصدقاءَ.

وزالت كلفة المخاطبة بيننا، فتحولنا إلى المخاطبة بضمير المفرد، وكان حديثنا يقفز في بعض الأحيان إلى مواضيع مختلفة، ولكنه كان يعود إلى الرواية لا محالة. واهتم نيقولاي بأن يعرف كيف صححنا ، مارك كولوسوف[٦] وأنا ـ روايته. وحين حكيت له كيف أننا شذبنا من روايته أنواعاً مختلفة من "البديع" ضحك بمرح وبالتخابث الدعابي نفسه، ضحك من الكلمات والتعابير غير الموفقة.

ثم تحول فجأة إلى الجدية والتأمل.

---

(٥) أحد أبطال روايات بلزاك، وهو شاب محب للعظمة، وصولي.

(٦) كاتب وناقد كان في الثلاثينات نائب رئيس تحرير مجلة "الحرس الفتي".

ـ ولكن أتعرفين من أين تأتي هذه الحوشيات؟

تقولين من نقص في الثقافة؟ نعم، ولكن أضيفي إلى ذلك سبباً آخر، هو الممارسة الفردية لفن الكتابة... فقد كنت في البداية وحيداً، أكتب على هواي ومسؤوليتي. وأنا أعتز الآن بأنه سيكون لي رفاق في الأدب.

وسأل كيف كان حظه من التوفيق في تكوين الرواية ككل، وفي مواضع منفردة وفي الحوار، ووصف الطبيعة، ورسم الصفات المميزة لبعض الشخصيات، وأي "سقطات" له في حقل اللغة والتشابيه، والاستعارة، والأوصاف، إلى غير ذلك.

وكان كل سؤال يظهر أن أوستروفسكي لم يقرأ فقط ويفكر في مشاكل الخلق الفني، بل كان إنساناً متمكناً في الكثير منها.

كانت الدقائق والساعات تنقضي من دون أن نلحظ. وقد هممت مرات عدة بالانصراف خائفة من أن يتعب نيقولاي. ولكن أي كلمة وملاحظة قيلت "كخاتمة الكلام" كانت تؤجج محادثتنا من جديد، فكنا نتنقل من موضوع إلى موضوع، مثلما يحدث غالباً لأناس يتعارفون لتوهم، ولكن الحديث كان بين الحين والآخر يعود إلى الرواية، إلى فصولها المقبلة، إلى العمل في الجزء الثاني، قد نسيت كلياً أنني في غرفة إنسان مريض ميئوس من شفائه.

حدثني عن اهتماماته الإبداعية، وحدد لنفسه مواعيد ومهمات، ولم أحاول من جهتي، وأنا أواجه هذه الطاقة الملتهبة تماماً والغبطة، أن أقنعه أو أشجعه ولو بشيء ما، بل ونسيت ذلك.

ولِمَ ذاك؟ لقد كنت، بالعكس، سعيدة في أن يظهر بيننا في مجلة "مولودايا غفارديا" كاتب، هو كومسومولي مناضل قديم، وفنان بلشفي، وإنسان من نمط فكري وخلقي متفتح هذا التفتح الباهر بشكل غير اعتيادي، وموهبة غضة وقوية.

ولهذا السبب لم أرد أن أضيق مشاريعه، بل بالعكس، كنت أريد مساعدته على توسيعها. فقد كان أمامي إنسان قوي ذو إرادة ومراس.

وكأنني أسمع الآن ذلك الصوت العميق المفعم بالسعادة والفرح :

ـ ها أنا أعود إلى الصفوف من جديد!... وهذا هو أهم شيء! أنا في الصفوف من جديد! ـ أي حياة رائعة، أي حياة تتفتح!..

وبينما كنت ذاهبة إلى البيت كانت ترن في أذني كلحن غنائي هذه الكلمات "أي حياة تتفتح!"

وفي اللقاءات التالية قبل سفر نيقولاي إلى سوتشي تكشف أمامي على نحو أعمق طراز فكر وخُلق هذا الإنسان الرائع الشجاع.

لم تكن حياته في الشقة المكتظة في موسكو سهلة جداً، فإلى جانب العذابات الشخصية التي يعانيها لم يتعلم المشاغل المعيشية والمضايقات. كانت ميزانية العائلة متواضعة إلى ما فوق حدود التواضع. ومهما حاولت أولغا أوسيبوفنا إخفاء العجز المادي المستمر عن ابنها، ومهما انشغلت حوله مرحة تهمس في أذنه بالنكات كان هو يحدس كل شيء بحساسيته المرهفة الدقيقة.

ـ "أنا أفهم كل شيء، كل شيء، يا أمي، فلا تتحايلي. إن حساباتنا ليست باهرة". فتقول لي "لا تتدخل في شؤون العجوز!". وتبدأ بالمزاح. فأرد عليها بمثله.

ولكن كانت هناك أمور لم يكن في الإمكان "إخفاؤها بالمزاح" حتى بصلابته، مثال على ذلك أن الغرفة كانت رطبة باردة، وصار من المستحيل على المريض البقاء هناك مدة أطول.

تقدمت هيئة تحرير مجلة "مولودايا غفارديا" إلى اللجنة المركزية لاتحاد الشبيبة الشيوعية اللينينية برجاء نقل نيقولاي أوستروفسكي إلى سوتشي. وفي صيف ١٩٣٢ سافر مع عائلته إلى الجنوب.

كتب لي في عشية سفره إلى سوتشي:

"عزيزتي الرفيقة آنا!

غداً في الساعة العاشرة صباحاً سأنتقل إلى الجنوب. لقد فعلتم كل شيء لأجمع بقايا قوة بغية الاستمرار في توسيع الهجوم. أريد أن أمكث في سوتشي إلى وقت متأخر من الخريف. وسأصمد ما دامت لي قوى".

كان يعني بـ "الهجوم" العمل في الجزء الثاني من رواية "كيف سقينا الفولاذ". ولم تكن هذه مجرد كلمات بل تحديداً فعلياً لتلك العملية المعقدة الصعبة الموجعة أحياناً التي سماها نيقولاي "عملي".

غالباً ما كانت تطوف في ذاكرتي يداه النحيلتان المصفرتان اللتان كانتا تستلقيان دائماً على البطانية، يدان عصبيتان حساستان

للغاية، يدا رجل مكفوف البصر. والوصف الأدق هو مشطا يدين، لأنه لم يكن يستطيع أن يحرك إلا مشطي يديه، فإن الداء الرهيب ـ التهاب المفاصل (وهو أحد أسباب موته)، كان قد سيطر على جسمه البائس سيطرة لا فكاك منها.

ذات مرة (قبل وقت قصير من سفره إلى سوتشي) قال على عادته في المزاح:

ـ كأن كتفي وكوعيَّ ليسوا لي. مسألة عجيبة!... لم يبق إلا هذان لي،، كل ملكيتي!..

ورفع مشطي يديه قليلاً فوق البطانية، وعلى شفتيه ابتسامة ساخرة حزينة، وحرك أصابعه.

ـ فدبر أمرك كما تريد!..

وقبل هذا كان قد حدثني بضنن على عادته في الحديث عن مرضه كيف أنه كان بعض الأحيان يكتب بمساعدة كارتونة مسطرة:

ـ وضع غير مريح جداً. والشيء الرئيسي أنني أرى شيئاً. ولكن من الممكن الاستفادة من ذلك.

في بداية آب ١٩٣٢ تلقيت رسالة من نيقولاي مرسلة من سوتشي. كانت مكتوبة بالقلم الرصاص بمساعدة الكرتونة المسطرة. وجعلتني الخطوط المستقيمة جداً، والحروف المعوجة بشكل غير طبيعي أتمثل الإجهاد العضلي والإرادة اللذين كتبت بهما هذه الرسالة.

٥ آب

سوتشي، شارع بريمورسكايا دار رقم ١٨

"عزيزتي الرفيقة آنا!

أعيش مع والدتي عند البحر تماماً. وطوال النهار في الفناء أكتب تحت شجرة بلوط، مقتنصاً النهارات الجميلة (وفي ما بعد غير مقروء)... رأسي صاف.

أنا أتعجل العيش، يا رفيقة آنا، حتى لا آسف على الأيام المضاعة. والهجوم الذي أوقفه المرض السخيف يتسع من جديد، فتمني لي النصر".

وفي الإمكان تلمس توتر هذا "الهجوم" حتى من هذا السطر وحده.. "أنا أتعجل العيش حتى لا آسف على الأيام المضاعة".

وبعد وصوله إلى سوتشي بوقت قصير أصابه المرض من جديد.

كان المرض يبدو له "سخيفاً" وضياعاً للوقت وعقبة لا تُطاق أبداً في الطريق إلى الهدف. وإرادته التي لا تلين أعانت كيانه المتداعي على مغالبة المرض.

وها هو ما كان يتماثل إلى الشفاء حتى أخذ يجرب قوة احتماله، ويكتب رسالة "بخط يده". وتمثلته لنفسي راقداً في الظل الوريف لشجرة البلوط يقضي ساعات متوالية في الإملاء على سكرتيريه المتطوعين غير راغب في التفكير في نيل شيء من الراحة. وجبينه يتفصد عرقاً، حاجباه الكثيفان يرتفعان وينخفضان بانفعال، وأصابعه الرقيقة تتلمس البطانية. وهو يتنحنح غالباً، وقد تعب من الكلام، إلا أن مخيلة الأسى على هذه

١٦

"الأيام المضاعة" بسبب المرض تسعى بتعطش إلى التعويض عنها. ويلتهب جبينه، ويجمد قلبه، ويتراءى له ميدان المعركة والأرض ترتجف من الكركبة المخيفة التي ترسلها الخيول المقدامة، وينطلق الفرسان البواسل كالزوبعة ويمزقون أعداء الشعب العامل. ويرى نيقولاي أوستروفسكي موسكو السنوات الأولى من البناء السلمي، ومؤتمر الشبيبة الشيوعية في مسرح البولشوي، ويلتقي بالأصدقاء المكافحين.

"أسرع، أسرع... أتعجل للعيش....".

وفي عدد كانون الثاني لعام ١٩٣٣ من مجلة "مولودايا غفارديا" يبدأ بالظهور الجزء الثاني من رواية "كيف سقينا الفولاذ".

تظهر رسائل تلك الفترة الثمن الغالي الذي دفعه "لتوسيع الهجوم"، دفعه بكل قطرة من دمه، وبكل أعصابه.

واضطر أن يتأخر في سوتشي.

"أنا أوسع دراستي، فإن الوحدة صعبة. وتوجد مواد، ولا أناس ذوو كفاءة، ومع ذلك أحس بأن الحدود الضيقة لتجربتي الشخصية الضئيلة، ومتاعي الثقافي في اتساع... كيف قضيت الأشهر الثلاثة الأخيرة؟ انتزعت من دراسة الأدب مقداراً كبيراً من الوقت ووهبته للشباب. وتحولت من حرفي يعمل لنفسه إلى مثقف جماهيري. تعقد في شقتي اجتماعات مكتب اللجنة. وأصبحت منظم حلقة من نشطاء الحزب، وصرت رئيس سوفييت المنطقة للبناء الثقافي، وبشكل عام انتقلت إلى العمل الفعلي المباشر للحزب، وأصبحت فتى يافعاً. حقاً إنني أحرق

الكثير من القوة، إلا أنني أصبحت أعيش في الدنيا عيشة أحفل بالفرح، كومسوموليون حولي.

نظمت حلقة أدبية على قدر مستطاعي، وأخذت أوجهها. واهتمام لجان الحزب والكومسومول بي وبعملي كبير. وتعقد عندي ندوات لنشطاء الحزب كثيرة. وأحس بنبض الحياة. لقد وهبت هذه الأشهر الثلاثة عن وعي الممارسة المحلية لأتحسس ما هو يومي، حياتي".

ويكتب بعدها:

"ومع ذلك فأنا أطالع كثيراً. قرأت "جلد الشغرين" لبلزاك، و"الذكريات" لفيغنر و"الدخول" لغيرمان، و"الأوديغي الأخير"، و"المنحدر الشديد" و"آنا كارنينا" و"التراث الأدبي" وكل أعداد مجلة "النقد الأدبي"، و"عش الأعيان" لتورغينيف، إلخ...".

لا أتذكر لمن من الرفاق أعطيت هذه الرسالة ليقرأها في ذلك اليوم، فهتف منذهلاً:

ـ إنه شخصية بطولية حقاً! لو كنت لا أعرف كاتب هذه الرسالة لتصورت كاتبها فتى معافى غضاً يكتب تقريراً عن نفسه. وفي ما بعد فقط عرفنا عن شدة مرضه آنذاك.

لقد كتب في بداية ١٩٣٤:

"كدت أموت.. قضيت شهراً كاملاً في صراع قاسٍ، والآن أصبح هذا كله طي الماضي، وقواي تعود من يوم إلى يوم...".

أخذت رواية "كيف سقينا الفولاذ" تتغلغل أكثر فأكثر في أعماق الجماهير القارئة، وأخذ أوستروفسكي يتلقى أعداداً

١٨

متزايدة من الرسائل تذكر أن الكتاب يتعذر الحصول عليه في كثير من المناطق.

"الرفيقة آنا، أتوجه إليك وإلى مارك كولوسوف بالدعوة للمساعدة في قضية طبع الكتاب طبعة شعبية. أنا أتلقى عشرات الرسائل من المنظمات الكومسومولية في أوكرانيا ومقاطعات أخرى. وكلها تشكو من شيء واحد: استحالة الحصول على الكتاب، فقد غرق في بحر القراء: وجميعهم تقريباً يقرأونه في مجلة "م.غ" ("مولودايا غفارديا" - الناشر) مثال على ذلك أن مدينة شيبتوفكا ليست فيها نسخة واحدة".

إن الرواية لم تحظَ فقط بشهرة واسعة، بل وبالمجد أيضاً في المعنى الحقيقي لهذه الكلمة. فقد كان قراء المكتبات في كل مكان يطالبون بهذا الكتاب. وجرت الأحاديث عنه في كل اجتماعات الشبيبة، وأحب الناس أبطاله أكثر من جميع الأبطال.

وأخذت مواكب كاملة من الحجاج تسير إلى بيت نيقولاي أوستروفسكي في شارع أوريخوفايا الظليل في سوتشي. وتردد ألوف الناس على الحديقة الصغيرة عند سرير نيقولاي أوستروفسكي.

في زيارتي لسوتشي في خريف ١٩٣٤ روى لي بدعابته الماكرة المعتادة:

- أتعرفين أن الحظ يسعفني كثيراً ككاتب. لا حاجة لي، كما ترين، إلى البحث عن أبطال. فإنهم يأتون إلي بأنفسهم، فقط إنني، أنا الفتى التعيس الحظ، لا أستطيع أن أراهم! ولكن كلما ازداد إحساسي بهم ازدادت معاناتي من حضور كل واحد

منهم، ولكن كوني مطمئنة. فإن أي شيء مهم لم يفلت مني! أنا أسمع قصصاً عن عمل العديد من الناس، من عمال المعادن، وعمال المناجم وعمال الصهر، والكهربائيين، وسواق القاطرات على السكك الحديدية، والوقادين، والمحاسبين، والمعلمين، والفنانين، والرسامين. ومثل هؤلاء الناس الرائعين يشرفون على كولخوزاتنا!... وبعض رؤساء الفرق الكولخوزية يفهمون الحياة فهماً ممتازاً. أي شخصيات! ومعرفتهم في الحياة وتجربتهم تدخلان البهجة إلى القلوب!...

إن الإنسان الواقعي، إنسان الممارسة، كان دائماً ينطق فيه، ولم يكن اجتيازه لمدرسة الحياة القاسية بلا جدوى. وكان، وهو الذي يلحظ بفرح وعزة كل صفة إنسانية رائعة، يحس بأي شكل من أشكال التفاهة. فقد كانت أي وضاعة، وبلاهة، واعتداد تكدره وكأنما هو الذي عاناها.

في رسالة بتاريخ ١٩٣٤ كتب:

"... على الرغم من أنني أعيش الآن أيضاً، إذا حكمت الضمير في ذلك، حياة أسر بكثير و"أسعد" من حياة الكثيرين الذين يترددون علي عن حب استطلاع، على الأرجح. إن لهؤلاء أجساماً معافاة، إلا أنهم يحيون حياة عديمة اللون مضجرة. وعلى الرغم من أنهم ينظرون بعينيهم الاثنتين إلا أن نظرتهم غير مكترثة، وفارغة في أغلب الظن. إنهم، على الأرجح، يعتبرونني تعيساً ويقولون في سرهم: "عسى الله ألا يجعلني في مكانه"، بينما أقول في سري: "ما أتفههم! لن أبادلهم دوري مهما يكن الثمن".

٢٠

هل من حاجة إلى إضافة شيء إلى هذه السطور التي تعلن عن نفسها بطاقة تعبيرية قصوى؟

لقد كان من قبل أيضاً يتحدث عن قصر اليوم بالنسبة له. وكان يبدأ يومه دائماً زاخراً بالمشاريع، وبطاقة لا تغلب، وبروح المرح والعناد النبيل.

وكان من الصعب زعزعة قوة الحياة هذه فيه بأي درجة كانت، بله ليَّ قناتها. وإذا حدثت له بعض المنغصات فإن أصدقاءه كانوا يعرفونها عرضاً، وحين تصبح "خبر كان".

اندفع متشوقاً إلى موسكو ليكون أقرب إلى أصدقائه في الأدب، إلى مصادر المواد، إلى المشورة الضرورية له وللعمل في الرواية الجديدة "أبناء العاصفة".

في بداية كانون الأول ١٩٣٥ أفلحنا في أن نحصل لنيقولاي على شقة في شارع غوركي، في الدار رقم ٤٠.

على الرغم من كل العتابات الودية، "لم يهدأ" نيقولاي، كما كنا نقول مازحين، بل كان يعمل خمس عشرة ساعة في اليوم، ويبذل جهداً كبيراً في الاجتماع مع عدد كبير من الناس، وينام قليلاً. عندما أخذت "أعاتبه" بهذا الخصوص في سفرتي الأخيرة إلى سوتشي تظاهر بالإذعان المضحك والشعور بالذنب، وأخذ يتحسر ويتمتم باعتذارات لا معنى لها.

احتفظت بالجدية لبضع دقائق، ثم أخذت أضحك، وضاعت كل نصيحتي هباء. ومزح نيقولاي قائلاً:

ـ أنت ترين بنفسك أنني ميئوس منه!

إلا أن هذا الحماس الذي لا يكبح وتبديد القوى لم يمضيا

من دون أن يكلفاه ثمناً. في آب ١٩٣٥ ساءت حالة نيقولاي بشدة فجأة.

"ردت الحياة لي جزاء عنادي سعادة لا نهائية، مذهلة، رائعة، فنسيت كل تحذيرات وتهديدات أطبائي النطاسيين. ونسيت أن قواي الجسدية هزيلة. إن الموصل الإنساني الخاطف - الشبيبة الكومسومولية، والناس البارزين من المصانع والمناجم، وبناة سعادتنا الأبطال، الذين جذبهم "كيف سقينا الفولاذ" إليَّ ألهبوا فيَّ، على ما يبدو، ناراً خابية. فأصبحت من جديد داعياً ومتحمساً.

وكنت غالباً ما أنسى حتى موضعي من الصف، حيث كان يلزمني العمل بالقلم أكثر مما باللسان.

وخانتني صحتي الخائنة مرة أخرى. فانحدرت فجأة إلى حد الخطر من الناحية الصحية. وعلى الرغم من هذا الخطر كله، لن أموت طبعاً في هذه المرة أيضاً، على الأقل لأنني لم أنفذ المهمة التي أوكلها الحزب لي.

ينبغي عليَّ أن أكتب "أبناء العاصفة". لا أكتبه فقط، بل أضع فيه كل نار قلبي. وعلي أن أكتب سيناريو "كيف سقينا الفولاذ". كما يجب أن أكتب للأطفال كتاب "طفولة بافل" وبالتأكيد كتاباً عن سعادة بافل كورتشاغين. وسيقتضيني ذلك خمسة أعوام من العمل المشدد. ذلك هو الحد الأدنى من حياتي الذي يجب أن أعد نفسي له. تبتسمين؟ ولكن لا بديل لذلك. إن الأطباء أيضاً يبتسمون بذهول وسوء فهم. ومع ذلك فإن للواجب مكان الصدارة. ولهذا السبب أنا مع الخطة

الخماسية، على الأقل. أخبريني، يا آنا، أين ذلك المجنون الذي يفارق الحياة في زمن رائع مثل زمننا؟ أريد أن أعود إليكم في موسكو في هذا الخريف. تحياتي إلى جميع العاملين في "مولودايا غفارديا".

إن صديقنا في هذه الرسالة أخطأ خطأً واحداً. فأنا "لم أبتسم" بل لم يخطر ببالي "الابتسام"! لقد كانت قوة الحياة وقوة المقاومة فيه عظيمتين جداً، وكانت فرحة الحياة تعدي دائماً إلى درجة أنني صدقت من دون أي شك بـ "حده الأدنى". ليكن ذلك بالطبع. فأي بديل له؟..

في تشرين الثاني عام ١٩٣٥ تلقيت رسالة سارة من نيقولاي كتب فيها:

"... بعد أيام سيزورني عضو في الحكومة لتسليمي وسام لينين. وهذا سيؤخر سفري إلى موسكو، لأن شيئاً من المرض قد أصابني مرة أخرى. وعندما يتضح كل شيء سأكتب لك بتفصيل، وأحدد اليوم بالضبط".

وكنا مشغولين في تأثيث شقة نيقولاي في شارع غوركي دار رقم /٤٠/.

ذات مرة وأنا في معمعان وعجالة عمل التحرير استدعيت إلى مكالمة تلفونية من سوتشي. كانت العاصفة الثلجية تعصف في الخارج. وفي المدخنة أعولت الريح مزوبعة، بينما انسلت من السماعة موسيقى، وصفير، وخشخشة، ومجموعة كاملة من الأصوات المتنافرة الغامضة.

وفجأة جاء صوت نيقولاي أوستروفسكي العميق الأصم فتياً

نقياً قريباً جداً وكأنما يتحدث من حي أربات في موسكو لا من سوتشي :

ـ نعم، نعم... قادم إلى موسكو! في الحادي عشر من كانون الأول سأكون عندكم. ما أن نلتقي حتى نعقد في عربة القطار مباشرة اجتماعاً لـ "هيئة الأركان"... ستخبرينني بكل الأخبار، وسأخبرك أنا أيضاً... أعمل أنا بشكل جيد!...

وأنا أتذكر ذلك اليوم الشتائي القصير، يوم ١١ كانون الأول، حين ذهبنا جمعاً صغيراً إلى مدينة سيربوخوف للقاء نيقولاي أوستروفسكي. كان الثلج يسقط ندفاً. وفجأة اندفعت قاطرة عالية مصوتة في الضباب الزغبي.

وعندما توقف القطار ركضنا إلى عربة خدمة القطار اليانعة الخضرة. خرجت إلى الرصيف امرأة شابة مدورة الوجه تقرقع بمجرفتها الحديدية.

ـ أخبرينا أهذه عربة نيقولاي أوستروفسكي ؟

قالت وقد ابتسمت فجأة:

ـ هذه، هذه.

كانت المقصورة التي يرقد فيها نيقولاي مظلمة وحارة.

كان ضوء الممر الباهت يلقي على وجهه ظلالاً مزرقة. وكان قد نحف، ولكنه كان يبتسم ابتسامة جذابة، وأسنانه البيضاء تلمع، ووجهه النحيل يحفل بالتعبير، حتى أنني نسيت مرضه، كما كنت أنساه دائماً.

ـ المحارب يعود إلى الصفوف! ـ مزح نيقولاي بذلك، ولكن في صوته عزة وانتصار.

وحدثنا عن الاحتفالات التي أقامتها الشبيبة له في الطريق.

قال لي حين بقينا وحيدين بعض الوقت:

ـ أتعرفين كم وددت.... ـ وهنا انقطع صوته لحظة ـ كم وددت أن أرى وجوه هؤلاء الفتية الرائعين!... لقد أحسست بهم جميعاً، وقد كانوا قريبين مني، أعزاء علي، حتى كان يخيل إلي أحياناً أنني أراهم رأي العين... بالطبع ـ فكرت أنا في تلك اللحظات ـ أن ليس هناك في العالم الآن فتى أسعد مني. ولكن لو كنت أرى لعبرت بشكل أقوى عن حبي لشبيبتي الكومسومولية العزيزة.

حاولت أن أحول الحديث إلى موضوع آخر، إلا أن حاجبيه تحركا بعناد. فقد كان يريد أن يضيف شيئاً.

تابع حديثه وقد رفت على شفتيه شبه ابتسامة صبورة ساخرة.

ـ فافهمي إذاً نفسية الأطباء أحياناً. من الممكن إجراء عملية جراحية تجعل الإنسان يستعيد بصره خمسة أو ستة أيام، وبعدها يعود إلى عماه.... يبدو أن ذلك يسمى ترقيع القزحية. على كل حال ليس هذا جوهر الموضوع. رفضت بالطبع هذه النعمة. إن الناس لا يفهمون إنهم بذلك لا يدفعونني إلى الأمام بل إلى الوراء. لقد تعلمت أن أسيطر على جميع الانفعالات التي تنشأ عن عملي. بينما الأطباء مستعدون حباً للإنسانية أن يهدوا لي عذابات أسوأ. سأراكم جميعاً، يا أعزائي، ولكن ماذا في ما بعد؟...

لا، لقد انتصرت على الظلمة، ودربت نفسي على أن

أعيش مزدرياً هذا التنغيص الفيزيولوجي، فلا تخلقوا لي عبئاً زائداً، أرجوكم أيها الأطباء الأعزاء!...

وأثناء الطريق تركناه مرات عدة وحده في المقصورة تفادياً لإتعابه. ولكن بينما كنا نتحدث في الممر كانت بين الحين والآخر تصدر من المقصورة المظلمة كلمة حاذقة بالمناسبة.

... بعد بضعة أيام التقينا بكوليا في شقته الجديدة.

كانت الغرفة الكبيرة العالية السقف حارة. فقد كانت مدفأتان كهربائيتان كبيرتان تحافظان فيها على درجة حرارة ظهر صيفي ما بين ٢٥ و٢٦ درجة مئوية.

كان كوليا في قميص أوكراني أبيض مطرز يرقد، كما هو دائماً، على وسائد عالية. وأنا لم أره قط بمثل هذه النضارة. كان القميص يناسبه جداً. وقد أطل على الوجنتين الغائرتين تورد خفيف، ونزل شعره الكستنائي الداكن ناعماً على جبينه الأبيض العالي. وكانت أسنانه تلمع، ووجهه مضاء بابتسامة هانئة عميقة فريدة. وتبادل جميع الذين كانوا في الغرفة من محبيه نظرات مرحة. فقد كانت تشع قوة حياة رائعة غامرة في كل تقطيعة من تقاطيع هذا الوجه.

جرى الحديث صاخباً تتخلله النكات. وفجأة اضطرب أحدنا وسأل صاحب البيت عما إذا كان الضيوف قد أسرفوا في ضجيجهم. فضحك نيقولاي وقال:

ـ لا ، لا تدشين البيت حسب الأصول!..

... ذات مرة زرته مساءً، وقد انتهى يوم عمله من توه...

كان كوليا يرتدي قميصه الاعتيادي السميك من الجوخ

العسكري، ويبدو متعباً، فسألته كم ساعة عمل اليوم؟ فبدأ كلامه بمكر:

ـ قليلاً، قليلاً حقاً...

ثم اعترف قائلاً:

ـ حوالى عشر ساعات، لا تؤيدين؟ ولكنني جائع ومشتاق جداً إلى العمل... صدقيني... والعاشقان لا يشتاق أحدهما للآخر قدر اشتياقي!... وأنت تعرفين من تجربتك لطف مزاج الإنسان بعد العمل! خرجت سكرتيرتي وبدأت أتخيل المشهد التالي، وتراءى كل شيء لي بوضوح حتى وددت أن أعود إلى الإملاء من جديد!... وفي مثل هذه اللحظات لا يوجد إنسان في العالم أكثر سعادة مني...

وبصراحة ألست فتى محظوظاً؟ أها، وأي فتى!

وتذكر كيف زارته ذات مرة صحفية أمريكية في منزله في شارع أوريخوفايا في سوتشي.

ـ لصقت بي تماماً. أرو هذا، واشرح ذاك. شخصية ملحاحة حقاً!... ثم أرادت أن "تفحص" عمل قلبي، وحالتي العامة، وما شابه ذلك. وظللت أصغي وأصغي حتى سألتها أخيراً ما حاجتها إلى كل هذه المعلومات عني، أنا الآثم. فأخذت تدور وتلف "أنت تعرف... اعتبارات الإنسانية والحب والشفقة على إنسان..." وفهمت أنها تريد أن تجعل مني صاحب طريقة، رواقيا ليس من هذا العالم...، وكم وددت لو أعنفها!... ولكنني اكتفيت بأن أوضحت لها الطريقة التي يجب أن يعالج فيها "وصف" حياتي، ولماذا اعتبر نفسي عضواً نافعاً في المجتمع.

٢٧

كان نيقولاي لا يطيق أن يعامل معاملة إشفاقية تلطفية عاطفية، مثلما يعامل مريض. وإذا ما حاول أحد أن يرثي له أو يتفجع عليه سخر هو من مثل هذا الرجل سخرية قاسية. إلا أنه كان شديد الحساسية للغاية، يتحسس حالاً أي تحول في مزاج أصدقائه والقريبين منه.

وكان له سره الخاص في بعث الهمة في الناس. وقد كان يتحدث عن ذلك بأبسط الكلمات، ولكنها كانت أقوى من كلمات التعاطف الملتهبة المتفجرة.

كان يحاول أن يوضح لنفسه سبب مضايقات الآخرين، وينصح بطريقة عملية، معتدلة في كلماتها، رقيقة جداً، مشدداً بلباقة ومستخرجاً الشيء الذي لا يستحق، حسب رأيه، أن يحرق الإنسان عليه أعصابه.

إن هذه المهارة في النفاذ إلى كل شيء بجدية موضوعية متحمسة كانت صفة من أقوى صفاته.

إن كل من التقى به، ولو مرة واحدة، يعرف كيف كان يعمل. ومن المفجع لي أنني لم أكن في موسكو في الأسابيع الأخيرة من حياته. وقد حدثتني سكرتيرتاه كيف كان يعمل بعناء في الأيام الأخيرة من حياته على الرغم من مرضه المهلك. كانت السكرتيرتان تتعبان، وهما تسجلان ما يمليه في وجبتين أو ثلاث، بينما كان هو لا يعرف الوجبات فسار بصلابة مقاتل حقيقية لإتمام العمل في الجزء الأول من روايته "أبناء العاصفة". فقد وعد اللجنة المركزية لاتحاد الشبيبة الشيوعية بالفراغ من الرواية في منتصف شهر كانون الأول، وبر بوعده.

كان نيقولاي لا يفتأ يكرر بأنه يحتاج إلى أن يتعلم، وقد تعلم فعلاً بتعطش نبيل، وحب للثقافة.

كان يومه يمضي وفق نظام قاسٍ. منذ الصباح بضع ساعات من العمل المجهد للغاية. كان يملي على السكرتيرة، ثم يجعلها تعيد قراءة ما أملى مثنى وثلاث... ثم فترة قصيرة للغداء، وبعدها عودة إلى العمل. وبعد ذلك مطالعة الجرائد والكتب الجديدة أو الكلاسيكية. وكان يحب فن الإلقاء. وكان يلوح على وجهه أثناء الإصغاء انتباه متركز ذو سذاجة طفولية. وينتهي المساء بالاستماع إلى موسيقى الراديو وآخر الأنباء.

ذات مرة اجتمعنا في جمع حاشد في غرفته، واستمعنا إلى حفلة موسيقية. إنها هدية فريدة من لجنة الإذاعة لعموم الاتحاد السوفييتي. كانت الحفلة تشتمل على معزوفات موسيقية كان يحبها نيقولاي أوستروفسكي بشكل خاص. وعندما انتهت الحفلة قال برقة واستغراق:

ـ هذه هي السعادة... هل دار في خلدي أنني سأسمع في يوم من الأيام حفلة موسيقية مكرسة لي.

ها؟...

ثم دخلنا في الحديث معه عن الموسيقى. فتذكر سنوات الطفولة، حيث كان يحدث أن يتوقف تحت نوافذ بيوت الآخرين ليسمع كيف يعزفون على البيانو.

ـ كانت هذه الآلة الموسيقية تجذبني إليها دائماً، وتذهلني للغاية. وبالطبع لم أكن أجرؤ حتى على الحلم بهذه الآلة... ولكن حين تعلمت العزف على الهارمونيكا أحسست بالفخر من

أن نغمات الأغنية تخرج من بين يدي. وكم أحببتها! لم نفارق الهارمونيكا حتى ونحن في الجبهة... جميل أن تدخل المعركة مع أغنية!..

وأخذ يتذكر "السنوات الحالكة" عندما كان يعمل "صبي مشرب" في محطة القطار ـ قليل على ذلك العمل أن تصفه بالشاق. اجلب هذا، واجلب ذاك، واركض، وانطلق، واغرب وطر! وأكثر ما رأيت الحياة من الأسفل، تماماً كما يرى المرء أقدام المارة القذرة من نوافذ سرداب. كم من الناس الهالكين مروا أمام عيني بلا حصر! وأكثر من كان يثير إشفاقي ويفزعني نساء وفتيات في ريعان الشباب ضللن سواء السبيل على مرأى مني.

وتحول الحديث إلى موضوع الشخصيات النسائية في رواية "أبناء العاصفة"، وأخذ كوليا يتحدث بحرارة أشد. كان يريد أن يظهر في هذه الرواية المشاعر العميقة الكبيرة للحب والصداقة، والموقف النبيل حقاً والإنساني إزاء امرأة رفيقة.

ـ قد تكون هناك صداقة بلا حب، ولكن الحب الخالي من الصداقة، من الرفقة، من الاهتمامات المشتركة إنما هو حب هزيل... إنه ليس حباً بل لذة أنانية، وتفاهة منمقة.

ما فات، وأستطيع أن أقول من دون أي صبيانية: في الأيام البعيدة كانت الفتيات يرمقنني... بينما كنت أنا بصراحة خجولاً حيياً... عندما تنظر إليَّ هذه الفتاة أو تلك من ذوات العيون الزرق أو السود فإن رد النظرة بمثلها شيء مريح، إذا أردت الحق.

وضحك طويلاً بصوت منخفض، وقد استسلم للذكريات لمحة من الزمن. وبعد أن صمت قليلاً قال:

ـ أتعرفين أن تونيا تومانوفا[٧] قد أرسلت إليّ رسالة قبل مدة قصيرة... لا، ليست تونيا... أنت تفهمين... تلك التي كتبت عنها.. تونيا... تصوري أنها لم تنسني.

وصمت نيقولاي فجأة، وقضى بضع دقائق صامتاً، ورقد هادئاً مستغرقاً.. ورموشه الكثيفة وحدها كانت ترف قليلاً، ثم وكأنه عاد إلى نفسه أخذ يتحدث عن تونيا تومانوفا. إنها لم توفق في الحياة. فإن المهندس الذي أحبته وتزوجته ظهر أنه رجل سيئ ضعيف الشخصية. وقد انفصلت عنه، وهي تعيش الآن مستقلة. وتشتغل معلمة، وطفلاها يتعلمان.

ـ كانت فتاة طيبة، رقيقة المشاعر. سوى أنها لا تصلح للنضال. وليس هذا بالنادر. فإن الناس الذين لم يكونوا قادرين على النضال في سبيل قضية عامة، كانوا غير قادرين على بناء حياتهم الخاصة.

وذات مرة لاحظت من أول نظرة ألقيها على نيقولاي أنه شاحب جداً يبدو عليه المرض الشديد. وبعد قليل من "التمنع" أجاب على سؤال ملح:

ـ إن مقلتي تؤلماني... يبدو أن فيهما التهاباً... والعين اليمنى بشكل خاص تضايقني جداً.. ألم يصادف أن وقع في عينيك غبار فحم في يوم ما؟.. في بعض الأحيان أحس هذا الإحساس.

---

(٧) إحدى شخصيات رواية "كيف سقينا الفولاذ.."

وكأن مقلة عيني امتلأت بهذا الغبار اللعين، وأنه يطوف فيها بوحشية، ويحزها، ويمزقها قطعاً.. قبل مدة زارني بروفيسور.. وصمت، وسعل سعالاً جافاً، وقال بصوت مخنوق قليلاً.

ـ أقترح إزالة العينين... تفادياً للألم...

فأسأله: "وهل سيقوم الحاجبان مقامهما أو توضع لي عينان زائفتان.. زجاجيتان؟".

وظهر الامتعاض على وجهه، وعض على شفتيه بقوة، وأغمض عينيه، وكأنما انكمش كل كيانه في رغبة واحدة عنود في المقاومة والتغلب. وقال بعد صمت ممدود: عينان زائفتان.

ـ عندئذٍ قلت: يجب ألا يفكر الإنسان في نفسه وحدها، بل في الناس الذين يخالطونه. قلت: "فكر هل سيرتاح أصدقائي من النظر إلى هذا الوسيم بهاتين العينين... الزائفتين...". أنا أتحمل الكلام عن ذلك!.. قلت: "مهما أتضايق أحياناً، فسأظل بعيني الطبيعيتين. فهما على الرغم من عماهما سوداوان. أليس هذا صحيحاً؟"..

وشدت على يدي أصابعه الرقيقة العصبية التي كانت تبدو دائماً وكأنها تنطق بلغتها الخاصة. وكان أخوف ما أخافه في مثل هذه اللحظ هو أن تغلبني العاطفة وذلك ما لا يحتمله هو. أخذت بيدي أصابعه الباردة وكأنما تسري فيها قشعريرة، وأخذت أقول بلهجة مزاح رقيق لو كان مثلاً، أصهب كالعسل، مقوس الأنف مثل الصبي في حكاية بيرو لما قل حبنا له قط...

ابتسم. وكان يحب ويجيد المزاح، ويسره مزاح الآخرين، ويضحك بشكل يعدي الآخرين، فلا يستطيع أن يظل ساكناً في

٣٢

مثل هذه اللحظات إلا الموسوس المستعصي.

قال ببساطة وجدية :

ـ يجب أن يمتد بي العمر خمس سنوات أخرى كحد أدنى. فإن العمل في الجزئين الثاني والثالث من رواية "أبناء العاصفة" يتطلب عملاً ضخماً.

صمت، وتنهد بخفوت، وقال حالماً :

ـ نعم... ليتني أعيش خمس سنوات أخرى ... وفي ما بعد، إذا خرجت من الصفوف، فسأعرف على الأقل أن الهجوم قد نجح.

كانت كلمات "الهجوم" و"المعركة" و"الصلابة" و"النصر" و"الصفوف" كلماته المحببة التي كان ينطق بها بهمة وحرارة خاصتين، وذات مرة نبهته إلى ذلك. ابتسم، وعقد بين حاجبيه الطويلين الكثين، على عادته دائماً في لحظة الاستغراق العميق المفرح.

ـ وكيف لا أحب مثل هذه الكلمات، وفيها معنى الحياة الأساسي بالنسبة لي...

وأتذكر السعادة التي اضطرم بها وجهه حين تلقى دفتر الخدمة العسكرية من مفوضية الشعب للدفاع.

ـ إنهم يسجلونني في صفوف المقاتلين.. لم يضع كل شيء بالنسبة لي.

ذات مرة تطرق الحديث بيننا إلى الصداقة. فسأل كوليا لماذا لا نزوره ـ مارك كولوسوف وأنا ـ إلا نادراً نسبياً. بينما هناك أناس غير قليلين يزورونه كل يوم تقريباً. قلت إنني لا أجد حاجة

إلى الزيارات اليومية والمتكررة. أولاً إننا لا نريد أن نتعبه، لأنه في اختلاطه بالناس يصرف كثيراً من الجهد العضلي والنفسي. ثانياً لا نريد أن نقتطع وقتاً من الآخرين الذين ينفعهم كثيراً الاختلاط معه، مثال ذلك شبيبتنا. ثم هل المسألة في عدد الزيارات؟ إن الفنان يحتاج إلى أن يخلو لنفسه ليفكر، يتأمل دون إعاقة، ويتحدث إلى أبطاله، وجهاً لوجه على حد التعبير السائد. ومثل هذه الساعات مهمة جداً وضرورية بالنسبة له، على وجه الخصوص فإن عملية إبداعه نفسها تجري "بين الناس". وهذا صعب بشكل مضاعف، إن لم يكن أكثر. ونحن نأخذ كل ذلك بعين الاعتبار، ولهذا سنلتزم في مسألة الزيارات بالنظام الذي وضعناه لأنفسنا هذا في المستقبل أيضاً. أما ما يخص المظاهر الخارجية لصداقتنا وحبنا له فإن لديه في هذا المضمار أدلة كافية تماماً على ما يبدو لي، أليس ذلك صحيحاً؟..

فأكد منفعلاً:

ـ صحيح، صحيح!..

وسرعان ما تحول الحديث إلى موضوع آخر. ولا أتذكر كيف تطرق إلى مراسلات نيقولاي الواسعة.

وقد بدت الحيوية عليه. وتذكر رسائل كثيرة طريفة للغاية، هي وثائق إنسانية فريدة "تسر النفس" قراءتها. ثم أخذ فجأة يتحدث عن النظام الذي تجري فيه كل مراسلاته.

ـ إذا صادف في يوم ما أن اضطررت إلى معاينة أوراقي، فإنك ستجدين بسهولة كبيرة أن لكل ورقة موضعها الخاص عندي... أحب النظام، فأنا رجل عسكري...

إن كل من كان على معرفة قريبة منه سيشعر دائماً حين يتذكر بمرارة الخسارة التي لا ترد، خسارة العزيز علينا. إن حدتها ستنثلم، وهذا أمر طبيعي، بمرور الزمن، ولكن سيبقى عمقها.

فليس في الإمكان نسيان نيقولاي أوستروفسكي.

لن ينساه أصدقاؤه، والملايين العديدة من قرائه، ولن تمحى من الذاكرة صورته الممتلئة بالشجاعة العالية والتفاني لقضية الاشتراكية. لقد كان إنساناً جذاباً بشكل نادر، نقياً بشكل مؤثر، حبيباً إلى القلب.

الجـزء الأول

الفصل الأول

ـ ليقف كل من كان عندي قبيل عيد الفصح، ليجيب عن الدرس!

نظر الرجل البدين المترهل ذو الغفارة، والصليب الثقيل في رقبته، إلى التلامذة، وفي نظرته تهديد.

ولكأن العينين الصغيرتين الضاغنتين وخزتا جميع التلامذة الستة الناهضين من مقاعدهم ـ أربعة أولاد، وصبيتان. نظر الأطفال إلى الرجل ذي الغفارة في هلع.

ـ اجلسا ـ وأومأ الكاهن بذراعه إلى الصبيتين.

فجلستا سريعاً وتنفستا الصعداء.

تركزت عينا الأب فاسيلي على الأربعة الآخرين.

ـ تعالوا إلى هنا، يا أعزائي!..

ونهض الأب فاسيلي، وأزاح الكرسي، وتقدم من الأولاد المتكورين على أنفسهم.

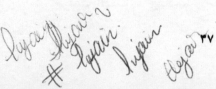

٣٧

ـ من يدخن منكم، أيها الأرذال؟

رد الأربعة سوية بخفوت:

ـ نحن لا ندخن، أيها الأب!

أحمر وجه الأب.

ـ لا تدخنون، يا أوغاد، ولكن من نثر تبغ الماخوركا على العجين! لا تدخنون؟ إذاً، سنرى الآن! اقلبوا بطائن جيوبكم! هيا بسرعة! أقول لكم أقلبوها!..

بدأ ثلاثة يخرجون محتويات جيوبهم، ويضعونها على الطاولة.

فحص الكاهن الدروز بعناية، باحثاً عن آثار التبغ، غير أنه لم يجد شيئاً، فتحول إلى الرابع، وهو صبي أسود العينين يرتدي قميصاً رمادياً، وسروالاً أزرق مرقعاً عند الركبتين.

ـ وأنت لماذا تقف كالصنم؟..

أجاب ذو العينين السوداوين بصوت خافت ناظراً بكراهية مضمرة:

ـ ليست لي جيوب ـ ومرر يديه على الدروز المخاطة.

ـ أها، من غير جيوب! أتخالني لا أعرف، مَنْ قدر أن يأتي بهذه الفعلة الشنيعة ـ إفساد العجين! أتظن أنك ستظل في المدرسة بعد الآن؟ لا، يا عزيزي، لن يفوت ذلك من دون عقاب. في المرة الماضية تشفعت لك أمك بالبقاء، والآن النهاية. اخرج من الفصل! ـ وأمسك بأذن الصبي موجعاً، وألقى به إلى الممشى، وأوصد الباب من دونه.

صمت الفصل، وانكمش. لم يفهم أحد لماذا طردوا بافل

٣٨

كورتشاغين من المدرسة. لم يعرف غير سيرغي بروزجاك، صديق بافل وخدينه، كيف نثر بافل حفنة من تبغ الماخوركا على عجين عيد الفصح في مطبخ الكاهن، حيث كان في انتظاره ستة تلامذة راسبين، كان عليهم أن يجيبوا على الدروس في بيت الكاهن.

جلس بافل الطريد على الدرجة الأخيرة من المدخل. فكر كيف يعود إلى البيت، وماذا يقول لأمه الحريصة، المشتغلة من الصباح حتى ساعة متأخرة من الليل طباخة في بيت مفتش الضرائب.

غص بافل بدموعه.

"ماذا عليّ أن أفعل الآن؟ كل ذلك بسبب الكاهن الملعون. فأي شيطان وسوس لي لأنثر الماخوركا على عجينه؟ حرضني سيرغي. قال: "تعال، ننثره على الأفعوان المؤذي". فنثرنا. ولم يحصل لسيرغي شيء بينما سأطرد أنا في الغالب".

بدأت هذه الشحناء مع الأب فاسيلي منذ زمن طويل. تشاجر بافل ذات مرة مع ميخائيل ليفتشوكوف، فتركوه "بلا غداء". ولكيلا يتعفرت في فصل فارغ، أرسله المعلم إلى التلامذة الكبار، في الصف الثاني. وجلس بافل على مقعد خلفي.

تحدث المعلم الجاف العود ذو السترة السوداء عن الأرض، والأجرام السماوية. أصغى بافل فاغر الفم، وقد أدهشه أن الأرض قائمة منذ ملايين عديدة من السنين، وأن النجوم عوالم مثل الأرض، والأجرام السماوية. كان من

الدهشة بما سمع حتى راودته نفسه أن ينهض، ويقول للمعلم: "هذا غير مكتوب في كتاب الله". ولكنه خشي أن يرتد القول عليه.

كان الكاهن يعطي لبافل دائماً علامة كاملة في الكتاب المقدس. كان يحفظ التراتيل كلها والعهد القديم والعهد الجديد عن ظهر قلب، كان يعرف بدقة ماذا خلق الله في كل يوم من أيام الأسبوع.

صمم بافل أن يستفسر من الأب فاسيلي، ما كاد هذا الكاهن أن يجلس على مقعده في الدرس التالي عن الكتاب المقدس، حتى رفع بافل يده، ونهض حين أذن، له بالكلام:

ـ أيها الأب، لماذا يقول المعلم في فصل الكبار إن الأرض قائمة منذ ملايين السنين، لا كما جاء في الكتاب المقدس: خمسة آلاف..... ـ وأوقفته في الحال صيحة الأب فاسيلي الزاعقة:

ـ ماذا قلت، أيها الرذل؟ على هذا النحو تتعلم كلام الرب!...

وقبل أن يتفوه بافل بكلمة، أمسك الكاهن بأذنيه، وراح يضرب رأسه على الحائط. وبعد دقيقة ألقى بافل في الممشى مضروباً مرعوباً.

ولقي بافل من أمه سوء العاقبة أيضاً.

في اليوم التالي جاءت إلى المدرسة، وتوسلت إلى الأب فاسيلي أن يعيد ابنها إلى المدرسة. ومنذ ذلك الحين كره بافل الكاهن بكل كيانه. كرهه وخشيه. ولم يغفر لأحد عن أي إساءة،

ولم ينسَ للكاهن أيضاً ضرباً لم يستحقه، وتنكد طبعه، وانطوى على نفسه.

وتحمل الصبي إساءات كثيرة أخرى من الأب فاسيلي: كان الكاهن يطرده وراء الباب، يوقفه في الركن أسابيع كاملة جزاء على أشياء تافهة، ولم يسأله عن الدروس قط، ومن جراء ذلك كان عليه قبيل عيد الفصح أن يذهب مع الراسبين إلى بيت الكاهن لأداء الدروس، وهناك ذر بافل الماخوركا على عجين عيد الفصح في المطبخ.

لم يره أحد، بيد أن الكاهن عرف في الحال لمن هذه الفعلة.

... انتهى الدرس، وتناثر الأولاد في الفناء، وأحاطوا ببافل الذي اعتصم بالصمت جهم المحيا، ولم يخرج سيرغي بروز جاك من غرفة الدرس، وشعر بأنه مذنب أيضاً، ولكن لم يكن في ميسوره أن يساعد رفيقه.

برز رأس ناظر المدرسة يفريم فاسيليفيتش من نافذة مفتوحة في غرفة المعلمين، فجفل بافل من صوته العالي الكثيف، صرخ الناظر:

ـ ابعثوا كورتشاغين إليّ حالاً!...

وذهب بافل إلى غرفة المعلمين واجف القلب.

ألقى صاحب مشرب المحطة الكهل الشاحب ذو العينين الحائلتين نظرة خاطفة على بافل المنتحي ناحية.

ـ كم عمره؟..

أجابت الأم: ـ اثنتا عشرة...

ـ حسناً، ليبق، وهذه هي الشروط: ثمانية روبلات في

الشهر، والغذاء في أيام العمل، أربع وعشرون ساعة عملٍ، وأربع وعشرون في البيت، على أن لا يسرق.

قالت الأم مرعوبة:

ـ لا حاجة لهذا القول! لن يسرق. أنا المسؤولة.

ـ إذاً، فليبدأ العمل اليوم ـ أمر صاحب المشرب والتفت إلى البائعة الواقفة إلى جانبه وراء المنصة، وطلب إليها قائلاً ـ زينا، خذي الصبي إلى مغسلة الأواني، وقولي لفروسيا أن تعطيه عمل غريشا.

ألقت البائعة السكين الذي كانت تشرح به لحم الخنزير المقدد، وأومأت لبافل برأسها، وسارت عبر الصالة، متجهة نحو باب جانبي يؤدي إلى مغسلة الأواني. تبعها بافل، وأمه تسير إلى جانبه مسرعة هامسة بعجالة:

ـ حاول، يا عزيزي بافل، أن لا تسيء إلى نفسك.

واتجهت إلى المخرج مشيعة ابنها بنظرة قاسية.

كان العمل في مغسلة الأواني محتدماً: تل من الصحون والشوكات والسكاكين ملقى على طاولة، وبضع نساء يمسحنها بفوط متدلية عبر أكتافهن.

وصبي أصهب ذو شعر ملتث غير ممشط، أكبر سناً من بافل بقليل، منشغل بسماورين جسيمين.

كانت مغسلة الأواني مملوءة بخاراً متصاعداً من حوض غسيل كبير فيه ماء مغلي كانت تُغسل فيه الأواني. ولم يستطع بافل، في الوهلة الأولى، أن يتبين وجوه النساء العاملات. وقف لا يعرف ماذا يتوجب عليه أن يفعل، وأين يتوجه.

تقدمت البائعة زينا من إحدى النسوة غاسلات الأواني، وأمسكت كتفها، وقالت:

ـ هذا، يا فروسيا، صبي جديد يعمل هنا مكان غريشا. أخبريه ماذا عليه أن يفعل.

وقالت زينا مخاطبة بافل، مشيرة إلى التي سمتها فروسيا قبل برهة:

ـ هي كبيرة العاملات هنا. فاعمل ما تقوله لك ـ واستدارت ومضت إلى المشرب.

ـ حسناً ـ أجاب بافل بخفوت، ونظر مستفسراً إلى فروسيا الواقفة أمامه. مسحت هذه العرق من جبينها، وصعّدت فيه النظر، وكأنما تقوِّم جدارته، وطوت كمها المتهدل من كوعها، وقالت بصوت لطيف بشكل مذهل منبعث من الصدر:

ـ عملك، أيها العزيز، صغير، تسخين هذا المرجل في الصباح، بحيث يظل فيه ماء مغلي دائماً، ثم عليك تكسير الحطب بالطبع، ثم هذان السماوران ضمن عملك أيضاً وعند الضرورة نظف السكاكين والشوكات، واخرج الماء القذر. هناك ما يكفي من العمل، وستتعب أيها العزيز ـ قالت ذلك بلهجة ناعمة. ومن لهجتها هذه ووجهها المحمر ذي الأنف الأفطس انشرح مزاج بافل بعض الشيء.

"لا بأس بهذه العمة كما يبدو" ـ أقر بذلك في سره، وواتته الجرأة لأن يقول لفروسيا:

ـ وماذا عليَّ أن أفعل الآن يا عمة؟

قال ذلك، وتلجلج. غطت على كلماته الأخيرة قهقهة

العاملات في مغسلة الأواني.

ـ ها ـ ها ها !! ... أصبح لفروسيا ابن أخ...

ـ ها ها !...

ضحكت فروسيا أكثر من الجميع.

لم يتبين بافل وجه فروسيا بسبب البخار، كانت فروسيا في الثامنة عشرة.

التفت إلى الصبي، وهو في غاية الارتباك، وسأل:

ـ ماذا عليَّ أن أعمل الآن؟

إلا أن الصبي رد عن سؤاله بضحكة خفيفة:

ـ سل عمتك، وستبلغك بكل شيء. أنا أعمل هنا مؤقتاً.

واستدار، وقفز إلى الباب المؤدي إلى المطبخ.

وسمع بافل صوت إحدى عاملات المغسلة، امرأة تخطت سن الشباب.

ـ تعال إلى هنا، ساعد في مسح الشوكات ـ لماذا تضحكن؟ .. ماذا قال ذلك الغلام من مضحك القول؟... هاك هذه ـ وقدمت لبافل فوطة ـ أمسك طرفها بأسنانك، وشد الطرف الثاني من الحافة. وهذه شوكة وأدخل حافة الفوطة بين أسنانها وادفعها جيئة وذهاباً بحيث لا تبقي فضلات بين الأسنان.

إنهم يراقبون ذلك بصرامة عندنا. والسادة يفحصون الشوكات، وإذا يرون قذراً تحصل مصيبة: تطردك السيدة في رمشة عين.

ـ السيدة؟ ـ لم يفهم بافل ـ ذلك الذي قبلني في العمل سيد.

ضحكت غسّالة الأواني:

ـ سيدنا، يا بني، مثل قطعة أثاث، فراش. والسيدة هي الرئيسة على كل شيء هنا. وهي اليوم غائبة. ستعمل وسترى.

فتح باب مغسلة الأواني ودخل المغسلة ثلاثة ندل يحملون أعمدة من الأواني الوسخة.

قال أحدهم، وهو رجل عريض المنكبين أحول ذو وجه كبير مربع:

ـ تحركن أنشط، سيأتي الآن قطار الساعة الثانية عشرة، وأنتن تتباطأن.

وسأل وهو يحدج بافل بنظرة:

ـ من هذا؟

ـ أجابت فروسيا: ـ إنه مستجد.

ـ أها، مستجد، ـ قال الرجل ـ إذاً، اسمع ـ وحطت يد ثقيلة على كتف بافل، ودفعته نحو السماورين ـ يجب أن يكونا جاهزين لديك دائماً.

ولكن انظر إليهما: واحد همد، والآخر لا يكاد يتنفس. اليوم تسامح، وغداً، إذا تكرر ذلك، ستُلطم على وجهك، هل فهمت؟

لم يقل بافل شيئاً، وشرع يعمل على السماورين.

وعلى هذا النحو بدأت حياته العملية. لم يسع بافل بقدر ما سعى في يوم عمله الأول. أدرك أن هذا ليس بيته، حيث في وسعه أن لا يطيع أمه. لقد تكلم الأحول بوضوح: إذا لا يطيع يُلطم على وجهه.

٤٥

تطاير الشرر من السماورين المنتفخين بطناً، الجسيمين حين نفخ فيهما بافل بعد أن خلع فردة حذائه الطويل، ووضعها على المدخنة. حمل دلوي الماء القذر، وركض إلى حفرة القاذورات، ووضع الحطب تحت مرجل الماء، وجفف الفوط المبللة على السماورين الفائرين، فاعلاً كل ما قيل له. وفي ساعة متأخرة من المساء توجه بافل تعباً إلى المطبخ. قالت انيسيا الغسّالة الكهلة، وقد نظرت إلى الباب الذي غيّب بافل:

ـ هذا الصبي غير طبيعي، يشتغل كالمجنون. لم يرسلوه للعمل هنا عن غنى، كما يبدو.

فقالت فروسيا: ـ إنه لفتى صالح ومثله لا يحتاج إلى دفع.

ـ سينهك سريعاً ـ عارضت لوشا ـ كلهم يبذلون جهدهم في بادئ الأمر...

في الساعة السابعة صباحاً، سلّم بافل السماورين الفائزين إلى صبي ممتلئ الوجه، وقح العينين، وقد عذبه سهر الليل، وحركة لا تنقطع.

بعد أن تأكد الصبي من أن كل شيء على ما يرام، وأن السماورين يغليان حشر يديه في جيبيه، وبصق من خلال أسنانه المطبقة، ونظر إلى بافل بمظهر الاستعلاء المستحقر من عينين مبيضتين قليلاً، وقال بلهجة من لا يسمح باعتراض.

ـ انظر، أيها الغر! تعال غداً في الساعة السادسة لتحل في النوبة.

ـ لماذا في السادسة؟ ـ استفهم بافل ـ هم يتناوبون في السابعة.

ـ ليتناوب من يتناوب، أما أنت فتعال في السادسة. وإذا تهذر أجعل في وجهك عجزة. يا للبيدق، بدأ العمل من توه، ويريد أن يفرض رأيه.

راقبت غسالات الأواني اللواتي سلمن النوبة إلى الوجبة المقبلة حديث الصبيين باهتمام. أغاظت بافل لهجة الصبي الوقحة، وسلوكه المستفز. تقدم من بديله خطوة متهيأ لأن يلطم وجه الصبي، ولكن الخوف من الطرد في أول يوم للعمل أوقفه. وقال، وقد أظلم وجهه:

ـ هدئ من طبعك، ولا تتجاوز، وإلا ستلزم عند حدك. غداً سأجيء في السابعة، إن قدرتي على العراك لا تقل عن قدرتك. وإذا تريد أن تجرب، تفضل.

تراجع الخصم خطوة نحو المرجل، ونظر إلى بافل المنفوش الشعر مدهوشاً. لم يكن يتوقع مثل هذا الرد القاطع، فاعتراه بعض الذهول. وتمتم قائلاً:

ـ حسناً، سنرى.

انقضى اليوم الأول بسلام، وسار بافل إلى البيت بشعور إنسان كسب راحته بنزاهة. الآن يكدح هو أيضاً. ولا يحق لأحد الآن أن يقول له إنه طفيلي.

صعدت شمس الصباح متوانية من وراء جرم مصنع النجارة، بعد قليل سيلوح بيت بافل. إنه هنا، وراء حديقة ليشينسكي.

"أغلب الظن أن أمي متيقظة، وأنا عائد من العمل، ـ فكر بافل، وأسرع خطاه صافراً. ـ تبين أن طردي من المدرسة ليس

سيئاً جداً. ما كان الأب الملعون ليتركني وشأني، والآن لا
يهمني في شيء ـ قلّب بافل الأمر في فكره، وهو يتقدم من
البيت، وتذكر، وهو يفتح البوابة: ـ أما الكتاني الشعر ذلك،
فسأقلب له وجهه بالتأكيد".

وكانت الأم في الفناء تعد سماوراً، ولما رأت ابنها سألت
هلعة:

ـ كيف الحال؟

أجاب بافل:

ـ جيدة.

همت الأم أن تحذر من شيء، وفهم. في شباك الغرفة
المفتوح لاح ظهر أخيه ارتيم العريض. فسأل خجلاً:

ـ هل وصل ارتيم؟

ـ وصل يوم أمس، وسيقيم هنا، ويشتغل في مستودع
القطارات.

فتح بافل باب الغرفة في شيء من التردد.

استدار الجسم الضخم الذي كان ظهره إلى بافل، وحدقت
به عينا أخيه الصارمتان من تحت حاجبين كثّين أسودين.

ـ هل جئت، أيها المولع بالماخوركا، سلاماً إذاً!...

لم يبشر الحديث مع الأخ القادم بشيء يريح بافل.

فكر بافل مع نفسه: "ارتيم يعرف كل شيء الآن ويستطيع
أن يسلقه سباباً، ويهرسه...".

كان بافل يخاف أخاه أرتيم.

ولكن أرتيم لم ينو أن يتشاجر، كما يبدو؛ جلس على

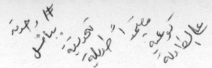

المقعد معتمداً كوعيه على الطاولة، وحدق ببافل تحديقة طويلة بين السخرية والزراية. وقال:

ـ إذاً، تخرجت من الجامعة كما تقول، وأنهيت كل العلوم، والآن أقبلت على الماء القذر؟

ثبّت بافل عينيه في الأرضية المتشققة وفحص بعناية مسماراً ناتئ الرأس. إلا أن أرتيم نهض من مقعده، وذهب إلى المطبخ.

وتنفس بافل الصعداء مفكراً: "يبدو أن الأمر سينتهي من دون ضرب".

أثناء شرب الشاي، استجوب أرتيم بافل بهدوء عما حدث في المدرسة، وقص بافل كل شيء.

وقالت الأم شجية:

ـ ماذا سيكون من أمرك في ما بعد، حين ستصير بذلك شقياً؟ ماذا علينا أن نفعل معه؟ على من طلع؟ يا إلهي كم شقيت بهذا الغلام.

دفع أرتيم الطاسة الفارغة عنه، وقال مخاطباً بافل:

ـ اسمع أيها الأخ. ما حصل حصل، والآن ألزم الحذر أكثر، ولا تركن إلى الألاعيب في العمل، وأفعل كلّ ما ينبغي عليك. وإذا طردوك من هناك أصابك مني ما لا مزيد عليه. وتذكر ذلك. كفاك تعذيباً لأمك. أينما اتجهت، أيها الشيطان، وقعت في ورطة، وأثرت المتاعب. والآن يكفي هذا. بعد أن تشتغل عاماً، سألتمس ليشغلوك صبياً ممهناً، في مستودع القطارات، لأن المياه القذرة تلك لن تصنع منك إنساناً. يجب أن تتعلم مهنة. وأنت الآن صغير السن، ولكن بعد عام،

سأطلب منهم، فقد يقبلونك. وقد نقلت أنا، وسأعمل هنا. وأمنا لن تخدم بعد الآن. كفاها أن تحني ظهرها لكل خنزير. حافظ على سلوكك يا بافل وكن إنساناً.

نهض بكل جذعه الضخم، وارتدى السترة التي كانت معلقة على ظهر المقعد، وقال لأمه:

ـ أنا ذاهب في شغل لساعة من الزمن.

ـ وأحنى قامته عند الباب وخرج. وقال وهو يمر بالشباك في الفناء:

ـ جلبت لك حذاءً، وسكيناً، ستعطيهما أمك لك.

كان مشرب المحطة يعمل ليل نهار بلا انقطاع.

وكانت عقدة السكك الحديدية تجمع ستة خطوط. وكانت المحطة مكتظة بالناس، ولا تهدأ إلا ساعتين أو ثلاثاً في الليل، في الفترة ما بين قطارين. كانت مئات القطارات تصل إلى هذه المحطة وتخرج منها إلى مختلف الجهات من الجبهة وإلى الجبهة. وتأتي من هناك بأناس محطمين مقعدين، وتذهب إلى هناك بسيل من الناس الجدد بمعاطف رمادية من طراز واحد.

قضى بافل عامين في هذا العمل، لم ير خلالهما غير المطبخ، ومغسل الأواني ـ عمل محموم، وأكثر من عشرين شخصاً كانوا يعملون، وعشرة ندل كانوا يروحون ويجيئون من المشرب إلى المطبخ.

وكان بافل قد أخذ يتقاضى عشرة روبلات لا ثمانية. فقد كبر خلال عامين، واشتد ساعده، ولقي الكثير من المحن. عمل ستة أشهر كصانع طباخ في المطبخ، ثم أعيد إلى مغسلة الأواني

ـ رماه الرئيس العظيم الحول، إذ لم يرق له الصبي الصعب المراس، الذي قد يرد عليك بطعنة سكين في قفاك.

ولولا قدرة الصبي الدائبة على العمل لطرد من المشرب منذ زمان. كان بوسع بافل أن يعمل أكثر من الجميع من دون لغب.

في الساعات التي يحتدم فيها العمل في المشرب كان يحمل الصواني منطلقاً كالمجنون، قافزاً عبر أربع أو خمس درجات إلى المطبخ في الأسفل وعائداً منه.

في الليل، حين كان الهرج ينقطع في قاعتي المشرب، كان الندل يجتمعون في مستودعات المطبخ في الأسفل، ويبدأ لعب في الورق متحمس طائش.

وكان بافل في بعض الأحيان يرى أوراقاً مالية موضوعة على الطاولات. ولم تكن تدهشه هذه المبالغ من النقود، فقد كان يعرف أن كل واحد منهم يحصّل ما بين ثلاثين وأربعين روبلاً من بقشيش الخدمة خلال الساعات الأربع والعشرين من نوبته. كان كل بقشيش نصف روبل أو روبلاً. وبعد ذلك كانوا يشربون ويقامرون. وكان بافل يحنق عليهم.

فكر مع نفسه: "خنازير لعينة. هذا أرتيم براد من الدرجة الأولى، لكنه يتقاضى ثمانية وأربعين روبلاً، وأنا عشرة روبلات، أما هم فينهبون خلال أربع وعشرين ساعة مبلغاً طائلاً من المال، ولأي شيء؟ يقدمون، ويرفعون، يشربون، ويقامرون".

وكان بافل يعتبرهم غرباء أعداء مثل صاحب المشرب. "هؤلاء الأوغاد يتذللون هنا كالخدم، بينما زوجاتهم وأولادهم

يعيشون في المدن كالأغنياء".

كانوا يأتون بأبنائهم لابسين بزات تلامذة المدارس، ويأتون بنسائهم المائعات من رغد العيش. وكان بافل يفكر: "أن فلوسهم، في أغلب الظن، أكثر من فلوس السادة الذين يخدمونهم".

ولم يكن يدهشه أيضاً ما كان يحدث، ليلاً، في الزوايا المظلمة من المطبخ، وفي مستودعات المشرب، كان بافل يعرف جيداً أن كل غاسلة أوانٍ، وكل بائعة لا تستطيع أن تحتفظ بعملها طويلاً في المشرب، من دون أن تبيع نفسها، لقاء بضعة روبلات، لكل من كان له الأمر والقوة هنا.

نفذ بافل إلى أعماق الحياة، إلى قعرها، إلى جبها، ولفحه العفن الخانق، ورطوبة المستنقع، لفحه وهو المتعطش لكل شيء جديد، مجهول.

لم يوفق أرتيم في أن يجد لأخيه عمل صبي ممهن في مستودع القطارات. لم يقبلوا فتياناً دون الخامسة عشرة. وانتظر بافل اليوم الذي يخرج فيه من المشرب، وانجذب نحو البناية الآجرية الهائلة المسودة بالسخام.

كان غالباً ما يزور أرتيم هناك، ويذهب معه لفحص العربات، ويسعى إلى أن يساعده.

وزادت وحشته بشكل خاص حين خرجت فروسيا من العمل.

ذهبت الفتاة الضاحكة المرحة، وأحس بافل على نحو أشد بشعور الصداقة القوي نحوها. كان يحس بالفراغ والوحدة حين

يأتي في الصباح إلى مغسلة الأواني، ويسمع صرخات النساء اللاجئات ضارية.

في فترة الهدوء الليلية قرفص بافل أمام باب الموقد المفتوح، واضعاً الحطب تحت المرجل، وحدق في النار مقلصاً عينيه، متلذذاً بدفء الموقد. كانت المغسلة خالية.

سرح فكره، من دون أن يدري، إلى ما كان قبل وقت وجيز، إلى فروسيا، وتراءت أمامه الصورة بوضوح.

في فترة الهدوء الليلية، يوم السبت، نزل بافل الدرج إلى المطبخ. وفي العطفة حمله الفضول على أن يتسلق كومة الحطب، وينظر في المستودع، حيث كان لاعبو الورق يجتمعون عادة.

كان اللعب هناك في معمعانه. وكان زاليفانوف يقامر بانفعال شديد.

وتردد وقع أقدام على الدرج. التفت، ورأى بروخور هابطاً. نزل بافل تحت الدرج منتظراً هبوط بروخور إلى المطبخ. وكان الظلام دامساً تحت الدرج، ولم يكن بوسع بروخور أن يراه.

انعطف بروخور إلى الأسفل وكان بافل يرى ظهره العريض، ورأسه الكبير.

هبط الدرج شخص آخر بخطى خفيفة مستعجلة، وسمع بافل صوتاً مألوفاً:

ـ بروخور، انتظر.

توقف بروخور، والتفت، ورفع بصره إلى فوق. وغمغم: ماذا بك؟

طبطبت الخطوات منحدرة إلى الأسفل وعرف بافل فروسيا.

أمسكت النادل من كمه، وقالت بصوت منقطع مكتوم:

ـ بروخور، أين النقود التي أعطاها لك الضابط؟...

انتزع بروخور يده بحدة ونطق في حنق شديد:

ـ ماذا؟ نقود؟ ألم أعطك إياها؟

ـ ولكنه أعطاك ثلاثمئة روبل ـ وكان في صوت فروسيا نشجات مكبوتة.

ـ تقولين ثلاثمئة روبل؟ ـ قال بروخور هازئاً ـ هل تريدين أن تأخذيها؟ أليس هذا كثيراً جداً على غسالة أواني، أيتها المبجلة؟ أظن الروبلات الخمسين التي أعطيتها لك كافية أيضاً. فكري أي مغنم ذاك! سيدات أنظف منك ومتعلمات لا يأخذن هذا القدر من الفلوس. خليق بك أن تكوني شاكرة. نمت ليلة، وانتزعت خمسين روبلاً صافياً.

ـ ليس أمام أغبياء، سأعطيك عشرة روبلات أخرى، وينتهي الأمر، وإذا كنت ذكية فستكسبين أكثر، سأساعدك. ـ واستدار بعد كلماته الأخيرة، ومضى إلى المطبخ.

ـ وغد، حشرة! ـ صاحت فروسيا في أثره، واتكأت على الحطب، وبكت بخفوت.

تملكت بافل مشاعر تعز عن الوصف، حين سمع هذا الحديث، ورأى، وهو واقف في الظلام تحت الدرج، رأس فروسيا المختلج المرتطم بكتل الخشب. ولم يطلع بافل من مخبئه، وصمت شاداً بتشنج على دعائم السلم الحديدية، وطاف في رأسه، وتثبت بوضوح وصفاء:

"باعوها، الملاعين، أف، يا فروسيا، يا فروسيا!....."

وتعمق واشتد كرهه لبروخور، ونفر من كل ما يحيط به، وصار مقيتاً إلى نفسه: "آه، لو كانت لي قوة لضربت ذلك الوغد حتى الموت! لماذا لست كبيراً، وقوياً مثل أرتيم؟".

توهجت النيران في الموقد، وارتعشت ألسنتها الحمراء، وتلوت كغصينة طويلة مزرورقة؛ وخيل إلى بافل أن شخصاً ساخراً مستهزئاً يخرج له لسانه.

لا صوت في الغرفة خلا فرقعة النار في الموقد وتساقط قطرات الماء من الحنفية على نسق موزون.

وضع كليمكا على الرف آخر قدر جلي لامعاً، ومسح يديه. ولم يكن في المطبخ أحد غيره، أوى الطباخ المناوب ومساعداته في النوم في حجرة الملابس. كان المطبخ هادئاً خلال ساعات ثلاث.

2 chapters today.

وكان كليمكا يقضي هذه الساعات في الأعلى عند بافل دائماً. توثقت صداقة طيبة بين هذا الطباخ الصغير، ومسخن المرجل الأسود العينين. صعد كليمكا إلى الأعلى، فرأى بافل جالساً القرفاء أمام فوهة الموقد المفتوحة. فطن بافل إلى ظل الجسم المألوف الأشعث الشعر مرتسماً على الحائط، فقال من دون أن يلتفت إليه:

ـ اجلس يا كليمكا.

صعد غلام الطباخ على كومة الخشب، وتمدد عليها، ونظر إلى بافل الصامت، وقال مبتسماً: ـ هل أنت تسحر في النار؟

انتزع بافل بصره من ألسنة النار بصعوبة ونظر إلى كليمكا

عينان كبيرتان لامعتان، رأى كليمكا فيهما أسى لم يفصح عنه. رأى كليمكا هذا الأسى في عيني رفيقه لأول مرة.

ـ أنت غريب، يا بافل، في هذا المزاج اليوم ـ وبعد أن صمت قليلاً سأل ـ هل حدث لك شيء؟...

ـ نهض بافل وجلس جنب كليمكا. وأجاب بصوت مثلوم:

ـ لم يحدث شيء. أنا أشعر هنا بالضيق يا كليمكا ـ وشد قبضتي يديه الموضوعتين على ركبتيه.

ـ ماذا طرأ لك في هذا اليوم؟ ـ تابع كليمكا سؤاله ورفع جذعه على كوعيه.

ـ ماذا طرأ اليوم؟ كان ذلك يحدث دائماً، كلما جئت إلى هنا للعمل. انظر ماذا يجري هنا؟ نحن نشتغل كالبعران. وجزاء على ذلك يلطمك كل من عنَّ له لطمك من دون أن يحميك أحد. أنا وأنت استأجرنا أصحاب العمل لنخدمهم، ولكن كل من يملك قوة، يملك الحق في ضربنا. وأنت لا تستطيع أن ترضي كل الناس، ولو قتلت نفسك، ومن لا ترضيه يقتص منك. ومهما تحاول أن تقوم بعملك كما ينبغي، فلا تترك عذراً لأحد في الإساءة إليك، وأن تبذل كل جهدك تجد فلاناً من الزبائن غير راض فتضرب أنت والخطأ ليس خطأك...

قاطعه كليمكا مذعوراً:

ـ لا تصرخ هكذا، فقد يأتي شخص، ويسمعك.

قفز بافل :

ـ فليسمع، فأنا خارج من هنا على أي حال. من الأفضل لي أن أشتغل برفع الثلج من الطرقات... أما هنا.. فقبر يتزاحم

فيه الفاسقون. وجميعهم يملكون نقوداً كثيرة! ويعتبروننا بهائم، ويفعلون بالفتيات ما يشاؤون. والفتاة الصالحة، التي لا تستسلم لهم يطردونها في رمشة عين، فإلى أين تذهب؟ إنهم يشغلون اللاجئات المتشردات المتضورات جوعاً. وهن يقنعن بالخبز، فهنا، (على الأقل، يجدن ما يأكلنه. وهن يقبلن بكل شيء دفعاً للجوع.)

نطق بذلك في حنق شديد: حتى أن كليمكا خشي أن يسمع أحد حديثهما، وقفز من مكانه، وأوصد الباب المؤدي إلى المطبخ، بينما ظل بافل يتحدث عما اعتمل في دخيلة نفسه.

ـ وأنت يا كليمكا، تسكت حين يضربونك، فلماذا؟..

جلس بافل على مقعد عند الطاولة، وأسند رأسه على كفه تعباً، وضع كليمكا حطباً في الموقد، وجلس إلى الطاولة أيضاً، وسأل بافل:

ـ هل سنقرأ اليوم؟

أجاب بافل:

ـ لا يوجد كتاب. الكشك مغلق.

ـ أحقاً إنه لا يفتح اليوم؟ ـ قال كليمكا ذلك مندهشاً فرد عليه بافل:

ـ اعتقل رجال الدرك البائع. وجدوا عنده شيئاً.

ـ وعلى أي شيء؟

ـ على السياسة، كما يقولون.

نظر كليمكا إلى بافل في حيرة.

ـ وما تعني السياسة هذه؟

هز بافل كتفيه.

ـ الشيطان يعلم! يقول الناس كل من يعارض القيصر يسمونه سياسة.

جفل كليمكا وجلاً:

ـ وهل يوجد مثل هؤلاء الناس حقاً؟

ـ لا أعرف.

ـ فتح الباب، ودخلت إلى مغسلة الأواني غلاشا تغالب النعاس.

ـ أيها الولدان، لماذا لا تنامان؟ في وسعكما أن تغفيا ساعة حتى مجيء القطار. اذهب يا بافل. وسأرعى المرجل بنفسي.

انتهت خدمة بافل، قبل ما توقعه لها، انتهت بشكل لم يتنبأ به.

في أحد أيام كانون الثاني الزمهريرية فرغ بافل من نوبته، واستعد للعودة إلى البيت، إلا أن الصبي المناوب لم يأتِ. فذهب بافل إلى صاحبة المشرب، وأبلغها بأنه يريد الذهاب إلى البيت، إلا أنها لم تأذن له. واضطر بافل المتعب أن يمضي في لغبه أربعاً وعشرين ساعة أخرى، وعند الليل خارت قواه تماماً. كان عليه في فترة الهدوء أن يملأ المراجل، ويعدها لقطار الساعة الثالثة.

فتح بافل الحنفية، ولم ينزل الماء، يبدو أن آلة الضخ معطلة. ترك الحنفية مفتوحة واستلقى على الحطب، وغفا يغلبه التعب.

بعد بضع دقائق، بقبقت الحنفية، وهسهست، وانصب الماء

في المرجل، وملأه حتى الحافة، وتقاطر على أرض المغسلة المبلطة بالقرميد، والتي لم يكن فيها أحد كالعادة. واتسع الماء أكثر فأكثر، حتى غمر الأرض، وتسرب من تحت الباب إلى القاعة.

دبت جداول الماء تحت أمتعة المسافرين النائمين وحقائبهم ولم يلاحظ أحد ذلك، حتى بلغ الماء مسافراً راقداً على الأرض، فانتفض هذا على قدميه، وصرخ، واندفع الجميع إلى أمتعتهم، وارتفعت ضوضاء.

وظل الماء يجري.

كان بروخور يمسح مائدة في القاعة الثانية، فهرع على صياح المسافرين، واندفع إلى الباب قافزاً عبر برك الماء، وفتحه بقوة فتدفق الماء المحتبس خلف الباب إلى القاعة كالسيل.

اشتدت الصيحات. وتراكض الندل المناوبون إلى مغسلة الأواني واندفع بروخور نحو بافل النائم.

وانهالت الضربات واحدة بعد الأخرى على رأس الصبي الذاهل كلياً من الألم.

لم يعِ شيئاً من نومه. تطايرت شرارات بارقة في عينيه، وتشرب جسمه كله بالألم.

ووصل بافل إلى البيت مهروساً لا يكاد يحمل نفسه.

وفي الصباح استجوب أرتيم أخاه بافل عن كل ما حدث. وكان جهماً مقطب الجبين.

وقص بافل كل شيء كما حدث. فسأل أرتيم بصوت أجش:

ـ من ضربك؟

ـ بروخور

ـ لا بأس، تمدد.

ارتدى ارتيم سترته الجلدية، وخرج من دون أن يقول شيئاً.

سأل عامل غريب غلاشا:

ـ هل أستطيع أن أرى النادل بروخور ؟

فأجابته :

ـ سيأتي الآن، انتظر.

اتكأ الجسم الضخم على قائمة الباب.

ـ لا بأس، سأنتظر.

دفع بروخور الباب بقدمه، وكان يحمل تلاً من الأواني، ودخل المغسلة.

ـ هو بعينه ـ قالت غلاشا، وهي تشير إلى بروخور.

تقدم ارتيم، ووضع كفه الثقيلة على كتف النادل، وسأله بنظرة شزراء:

ـ لماذا ضربت أخي بافل؟

أراد بروخور أن يحرر كتفه، إلا أن لكمة رهيبة ألقته أرضاً، حاول أن ينهض، غير أن ضربة أخرى، أرهب من الأولى، سمرته على الأرض.

جفلت غاسلات الأواني المروعات وانتحين جانباً.

وتمرغ بروخور على الأرض دامي الوجه، وفي المساء لم يعد أرتيم إلى مستودع القطارات.

وعرفت الأم أنه موقوف في قسم الدرك.

بعد ستة أيام عاد أرتيم مساءً، حين كانت أمه نائمة. تقدم من بافل الجالس على سريره وسأله برقة:

ـ هل شفيت، يا شقيقي؟ ـ وجلس إلى جانبه ـ يحدث أسوأ من ذلك ـ وصمت برهة وأضاف بعدها ـ لا بأس، ستذهب إلى محطة الكهرباء. فقد تحدثت عنك. وهناك ستتعلم مهنة.

شد بافل قوياً على يد أرتيم الضخمة بيديه كلتيهما.

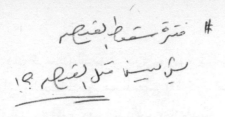

الفصل الثاني

اجتاح البلدة الصغيرة نبأ صاعق كالإعصار:

"طوحوا بالقيصر!".

نزل من القطار الداخل إلى المحطة في عاصفة ثلجية طالبان يتنكبان بندقيتين، ويرتديان معطفين، وفصيل من الجنود الثوريين يشدون على أكمامهم شارات حمر، واعتقلوا رجال الدرك في المحطة، وضابطاً عجوزاً برتبة عقيد، وآمر الحامية. فصدق أهل البلدة. سار آلاف الناس في الشوارع المكسوة بالثلج إلى الساحة.

واستمعوا بظمأ إلى كلمات جديدة: الحرية، المساواة، الأخوة.

مرت أيام صاخبة مفعمة بالانفعال والفرح. وران هدوء، ولم يكن هناك ما يدل على التبديل الحاصل غير العلم الأحمر فوق بناية البلدية، حيث نادى المناشفة والبونديون بأنفسهم سادة. وبقيت سائر الأشياء على سابق عهدها.

في أواخر الشتاء نزل في البلدة فوج من فرسان الحرس. وفي الصباح كان الفرسان يمتطون خيولهم كوكبات، ويذهبون إلى محطة القطارات لتصيد الجنود الهاربين من الجبهة الجنوبية الغربية.

كان فرسان الحرس ذوي وجوه شبعى، وأبدان ضخمة معافاة. والضباط في معظمهم إما كونتات أو أمراء، وكانت الكتافيات مذهبة، وشرائط السراويل فضية، وكل شيء كما كان في عهد القيصر، وكأن ثورة لم تحدث.

مر عام ١٩١٧. ولم يتغير شيء بالنسبة لبافل، وكليمكا، وسيرغي بروزجاك. وبقي السادة القدامى. وفي تشرين الثاني المطير فقط بدأ شيء غير طبيعي بالظهور. تحرك في المحطة أناس من طراز جديد، وزاد عدد الجنود القادمين من الخنادق الملقبين بكنية غريبة: "بلاشفة".

ولا أحد يعرف من أين جاءت هذه الكنية القوية الصلدة. وصعب على رجال الحرس اعتقال الجنود الهاربين من الجبهة. وكثر تهشم زجاج المحطة بفرقعة البنادق. وتوالى هروب الجنود من الجبهة جماعات، وكانوا، إذا أوقفوا قاتلوا بالحراب. وفي بداية كانون الأول تدفقت قطارات كاملة منهم.

اقتحم رجال الحرس المحطة، وأرادوا اعتقال الجنود، إلا أنهم صعقوا بصليات الرشاشات. انهمر من العربات أناس اعتادوا الموت.

ورد جنود الجبهة ذوو المعاطف الرمادية رجال الحرس إلى البلدة، وفي ما بعد توالت القطر واحداً تلو الآخر.

في ربيع ١٩١٨ خرج الأصدقاء الثلاثة من بيت سيرغي بروزجاك، حيث كانوا يلعبون الورق. وفي الطريق انعطفوا على حديقة كورتشاغين، وارتموا على العشب. وكانوا ضجرين. ملوا جميع المشاغل المعتادة. وشرعوا يفكرون في أحسن طريقة

٦٤

لقضاء اليوم، ثم سمعوا من ورائهم كركبة حصان. كان في الطريق فارس يعدو. عبر الحصان الساقية بين الطريق وسياج الحديقة الواطئ بقفزة واحدة، ولوح الفارس بالسوط لبافل وكليمكا المستلقيين.

ـ هاي، أيها الصبيان، تعالا!...

قفز بافل وكليمكا واقفين، وركضا إلى السياج، كان الفارس مسربلاً بالغبار، كانت طبقة كثيفة من غبار الطريق الرمادي تغطي طاقيته السارحة على مؤخر رأسه، وقميصه، وسرواله الكاكيين. وقد تدلى من نطاقه العسكري القوي مسدس ناغان، وقنبلتان يدويتان ألمانيتان.

ـ اجلبا لي بعض الماء، أيها الولدان ـ طلب الفارس ذلك، وحين ركض بافل إلى بيته ليجلب الماء، قال الرجل مخاطباً سيرغي المتفرس به ـ قل لي أيها الفتى، أي سلطة في المدينة؟..

راح سيرغي يقص على القادم كل أنباء المدينة بعجالة.

ـ لا يوجد عندنا أي سلطة منذ أسبوعين، السلطة عندنا هي الدفاع عن النفس. جميع الأهالي يتناوبون في حراسة البلدة ليلاً.

ـ وأنتم من؟ ـ سأل سيرغي بدوره. فأجاب الفارس مبتسماً:

ـ هوه، لئن تعرف كثيراً تشخ سريعاً.

خرج بافل من بيته مسرعاً يحمل قدح ماء في يديه.

عب الفارس الماء بعطش في جرعة واحدة، وناول بافل القدح، وجذب العنان، وانطلق من مكانه يعدو صوب حرش الصنوبر.

سأل بافل كليمكا متعجباً:

٦٥

ـ من هذا؟

ـ من أين أعرف؟ ـ رد كليمكا هازاً كتفيه.

ـ سيحصل تناوب في السلطة مرة أخرى، في أغلب الظن، ولهذا السبب غادر آل ليشنسكي يوم أمس. ما دام الأغنياء يرحلون يعني أن الأنصار قادمون، ـ قال سيرغي بحسم ويقين باتاً بهذه القضية السياسية.

كانت استنتاجاته مقنعة جداً حتى أن بافل وكليمكا أيداه في الحال.

وقبل أن يتسنى للأولاد مناقشة الأمر كما ينبغي كركبت حوافر خيل في الطريق. واندفع الثلاثة إلى السياج.

زحف من الغابة، من وراء بيت حارسها الذي لا تكاد عيون الأولاد تتبينه، أناس، وعربات. وفي الطريق على مسافة دانية زهاء خمسة عشر شخصاً راكبين الخيول، واضعين البنادق عرض سروجهم. وفي مقدمة الخيالة فارسان، أحدهما كهل في سترة كاكية مشدودة بنطاق مما يرتديه الضباط، والمنظار على صدره، وإلى جانبه الفارس الذي رآه الأولاد قبل برهة. وكانت على سترة الكهل شدة حمراء.

ـ ماذا قلت أنا؟ ـ لكز سيرغي جنب بافل بكوعه ـ انظر إلى الشدة الحمراء، يعني أنهم من الأنصار... تعمى عيني إذا لم يكونوا أنصاراً... ـ وهتف فرحاً، وقفز طائراً عبر السياج إلى الشارع.

وتبعه صديقاه، كان الثلاثة في تلك اللحظة واقفين عند حافة الطريق ينظرون إلى المتقدمين.

اقترب الفرسان تماماً. ورأى الأولاد الفارس الذي يعرفونه يلوح لهم. أشار بالسوط إلى بيت آل ليشنسكي، وسأل:

ـ من يعيش في هذا البيت؟

تكلم بافل، وهو يحاول أن يواكب حصان الفارس:

ـ هنا يعيش المحامي ليشنسكي. هرب يوم أمس. يبدو أنه خاف منكم.

سأل الكهل باسماً:

ـ من أين تعرف من نحن؟

فأجاب بافل مشيراً إلى الشدة:

ـ وما هذا إذاً؟.. إنه شيء يُعرف راساً...

خرج الأهالي إلى الشارع ينظرون بحب استطلاع إلى الفصيل الداخل إلى البلدة. ووقف أصدقاؤنا الصغار عند الطريق، ينظرون أيضاً إلى الحراس الحمر المغبرين المتعبين.

ولما مر المدفع الوحيد في الفصيل مقرقعاً على الحجارة، ومرت عجلات الرشاشات، سار الأولاد وراء الأنصار، ولم يتفرقوا إلى بيوتهم إلا بعد أن توقف الفصيل في مركز البلدة، وأخذ رجاله يتوزعون على البيوت للإقامة.

في المساء جلس أربعة أشخاص هم ثلاثة من هيئة القيادة، وآمر الفصيل الرفيق بولغاكوف ـ الكهل الذي خط الشيب شعره، جلسوا على طاولة كبيرة ذات أرجل منقوشة، في غرفة الضيوف الواسعة، في بيت ليشنكسي، حيث نزلت قيادة الفصيل.

بسط بولغاكوف خارطة الولاية على الطاولة، ومرر ظفره

٦٧

عليها، متابعاً الخطوط، قال مخاطباً رجلاً ذا فكين عريضين وأسنان قوية يجلس قبالته:

ـ أنت تقول، أيها الرفيق يرماتشنكو: يجب أن نقاتل هنا، بينما أعتقد أنا بوجوب التراجع في صباح الغد. ولطيف لو نخرج الليلة، ولكن الرجال قد تعبوا. إن مهمتنا الانسحاب إلى كازاتين، قبل أن يصل الألمان إليها، من المضحك أن نقاوم بقوانا هذه... مدفع واحد، وثلاثون قنبلة، مئتا حربة وستون سيفاً. فيا لها من قوة رهيبة... بينما يتقدم الألمان مدججين بالفولاذ. نحن لا نستطيع القتال إلا إذا انضممنا إلى وحدات الحماء المتراجعة الأخرى. لأننا يجب أن نأخذ بعين الاعتبار، أيها الرفيق، أننا سنلقى في طريقنا، فضلاً عن الألمان، مختلف العصابات المعادية للثورة، وفي رأيي يجب أن نتراجع في صباح الغد بعد نسف القنطرة وراء المحطة. فإن تصليحها سيكلف الألمان يومين أو ثلاثة. وسيعاق تقدمهم على السكة الحديدية، ما رأيكم، أيها الرفاق؟.. دعونا نقرر ـ خاطب بذلك الجالسين إلى الطاولة.

حرّك ستروجكوف شفتيه، وكان جالساً إلى زاوية منحرفة من بولغاكوف، ونظر إلى الخارطة ثم إلى بولغاكوف، أخيراً نطق في صعوبة بكلمات لصقت في حنجرته:

ـ أنا... أ... ؤيد بولغاكوف.

فوافق ذو البلوزة العمالية، وكان أحدثهم سناً:

ـ بولغاكوف على حق.

إلا يرماتشنكو الذي تحدث نهاراً مع الأولاد، فقد هز رأسه سلباً.

ـ إذاً، لأي شيطان جمعنا الفصيل؟ لكي نتراجع أمام الألمان من دون مناوشة؟ في رأيي يجب أن نصطدم بهم هنا. ضجرت وتعبت من التراكض... لو كان الأمر عائداً إلي لقاتلت هنا حتماً ـ وحرّك المقعد بحدة، ونهض، وتمشى في الغرفة، نظر إليه بولغاكوف باستنكار.

ـ يجب القتال إذا كانت ثمة جدوى، يا يرماتشنكو. أما إلقاء الناس إلى التهلكة والفناء فلا يجوز لنا أن نفعله. ثم أن ذلك مضحك. تزحف وراءنا فرقة كاملة بمدفعية ثقيلة، ومصفحات... لا حاجة إلى الصبيانية، أيها الرفيق يرماتشنكو ... ثم تحول إلى الرجلين الباقيين، وختم القول: ـ سنجلو في الصباح إذاً...

وتابع بولغاكوف الاجتماع.

ـ المسألة الثانية حول الاتصال. بما أننا آخر المتراجعين، فإن مهمة تنظيم العمل في مؤخرة الألمان تقع على عاتقنا. هنا يوجد ملتقى سكك حديدية، وفي البلدة محطتان للقطارات. وعلينا أن نهتم بأن يعمل في المحطة رفيق يُعتمد عليه. والآن سنقرر من سنترك من رفاقنا هنا لتنظيم العمل. سموا مرشحين.

ـ من رأيي يجب أن يبقى البحار جوخراي هنا ـ قال يرماتشنكو وهو يتقدم نحو الطاولة ـ أولاً أن جوخراي من أهل هذه البقاع، ثانياً إنه براد ومصلح يستطيع أن يجد عملاً في المحطة. ولم يره أحد في فصيلتنا ـ فهو لا يأتي إلينا إلا ليلاً. ثم إنه فتى ذو دماغ، وسينظم الأمر هنا. في رأيي إنه أصلح إنسان.

هز بولغاكوف رأسه.

ـ صحيح، أنا متفق معك يا يرماتشنكو ـ هل لديكما

٦٩

اعتراض أيها الرفيقان؟ ـ خاطب بذلك الرجلين الآخرين ـ لا اعتراض. يعني أن المسألة قد حلت. سنبقى لجوخراي بعض النقود، ووثيقة التفويض في العمل.

ومضى بولغاكوف يقول:

ـ المسألة الثالثة، وهي آخر مسألة، أيها الرفاق هي مسألة السلاح الموجود في البلدة. هنا يوجد مستودع كامل من البنادق ـ عشرون ألف بندقية بقيت من الحرب القيصرية. وقد وضعت في زريبة فلاحية، وظلت هناك منسية من الجميع. وقد أبلغني بذلك فلاح هو صاحب الزريبة. يريد التخلص منها... وبالطبع لا يجوز إبقاء هذا المستودع للألمان. وأرى من الضروري حرقها في هذه الساعة، حتى يكون كل شيء جاهزاً في الصباح. إلا أن حرقها خطر؛ فإن الزريبة واقعة في طرف البلدة، بين بيوت الفقراء. وقد تأتي النيران على أكواخ الفلاحين.

تململ ستروجكوف على كرسيه وكان ركين البنيان ذا لحية خشنة لم تحلق منذ وقت طويل.

ـ لـ... لـ... لماذا تحرق؟ أرى أن يوزع السلاح... على السكان.

التفت بولغاكوف إليه بسرعة:

ـ يوزع، أيها الرفيق؟

ـ صحيح، هذا صحيح! ـ هتف يرماتشنكو بحماس ـ يوزع على العمال، والذين يريدون من السكان، على الأقل سيكون هناك ما يحك به جوانب الألمان، حين يتمادون في أفعالهم. وسيتمادون كثيراً، كما هو المفروض. وحين تصير الأمور غير

٧٠

محتملة، سيشهر الناس السلاح. نطق ستروجكوف بالصواب: ليوزع السلاح. وجميل أيضاً أن ينقل إلى القرية. فإن الفلاحين سيخبئونه في مخبأ أعمق، وحين يبدأ الألمان بمصادرة كل شيء، سيكون للبنادق نفع عظيم.

ضحك بولغاكوف:

ـ نعم، ولكن الألمان سيأمرون بتسليم السلاح وسيسلمه الجميع.

فاعترض يرماتشنكو قائلاً:

ـ ليس كل الناس. سيسلمه بعض الناس، ويبقيه آخرون.

أدار بولغاكوف بصره على الجالسين مستفسراً.

فأيد العامل الشاب يرماتشنكو وستروجكوف:

ـ لنوزع البنادق.

ـ إذاً، فلنوزعها ـ قال بولغاكوف موافقاً ـ هذه كل المسائل ـ ونهض من وراء الطاولة قائلاً ـ والآن نستطيع أن نستريح حتى الصباح. إذا جاء جوخراي أرسلوه إليّ. أريد أن أتحدث معه قليلاً.

أما أنت، يا يرماتشنكو، فاذهب لتفقد مواقع الحراسة.

ولما بقي بولغاكوف وحده ذهب إلى غرفة نوم صاحب البيت المجاورة لغرفة الضيوف، وبسط معطفه العسكري على حشية السرير، وتمدد.

عاد بافل من محطة الكهرباء في الصباح. منذ عام وهو يعمل مساعد وقاد.

كان يسود البلدة جو من الحركة غير المألوفة. وقد فطن إلى

هذه الحركة فوراً، التقى في طريقه بعدد متزايد من أهالي البلدة يحمل كل فرد منهم بندقية، أو بندقيتين، أو ثلاثاً. أسرع بافل في الذهاب إلى البيت، غير عارف جلي الأمر، وعند بيت ليشنسكي رأى رجال الأمس يمتطون جيادهم.

دخل بافل بيته مسرعاً، واغتسل، ولما عرف من أمه أن أرتيم لم يعد بعد، خرج مهرولاً إلى سيرغي بروزجاك الذي يسكن في الطرف الآخر من البلدة.

كان سيرغي ابن مساعد سائق قاطرة. وكان أبوه يملك بيتاً صغيراً، بل واستثمارة صغيرة ملحقة بالبيت.

لم يكن سيرغي في البيت، نظرت أمه إلى بافل غير راضية، وكانت امرأة بدينة بيضاء الوجه.

ـ الشيطان يعلم أين هو! خرج في باكر الصباح لا يلوي على شيء. يقول إنهم يوزعون السلاح في مكان ما، وهو هناك في أغلب الظن. أنتم بحاجة إلى ضرب، أيها المحاربون ذوو الأنوف القذرة، فقد أفلتم من اليد كلياً. من الفطامة إلى حمل السلاح. قل لذلك المحتال: لو جلب خرطوشة واحدة إلى البيت لنزعت رأسه من رقبته. إنه يأتي بكل التوافه، ونتحمل نحن المسؤولية. هل أنت ذاهب إلى هناك أيضاً؟..

إلا أن بافل انطلق إلى الشارع، ولم يسمع تقريع أم سيرغي.

سار في الشارع رجل يحمل على كل كتف بندقية.

فهرع بافل إليه:

ـ قل لي، أيها العم، من أين حصلت على البندقيتين؟

ـ إنهم يوزعون السلاح عند فيرخوفينا.

انطلق بافل بكل سرعته إلى المكان المذكور.

وبعد أن عبر شارعين التقى بصبي يجر بندقية مشاة ثقيلة فيها حربة. فأوقفه بافل:

ـ من أين أخذت البندقية؟...

ـ الأنصار يوزعون البنادق قبالة المدرسة.

ولكن لم يبق شيء منها. وزعت كلها. ظلوا يوزعون طوال الليل، ولم تبق إلا الصناديق الفارغة. هذه هي البندقية الثانية ـ ختم الصبي كلامه فخوراً.

واغتم بافل بهذا الخبر غماً شديداً.

فكر في أسى:

"كان يجب الذهاب إلى هناك فوراً، لا إلى البيت، كيف غاب ذلك عن بالي؟".

وفجأة عنّت له فكرة، فاستدار بحدة، ولحق بالصبي بقفزات ثلاث، وانتزع البندقية من يده عنوة، وقال بلهجة من لا يقبل اعتراضاً:

ـ عندك بندقية في البيت تكفيك، وهذه لي.

هجم الصبي على بافل، وقد أهاجه النهب في وضح النهار، إلا أن بافل ارتد خطوة إلى الوراء، وصاح، وهو يصوب الحربة نحوه:

ـ انصرف، وإلا تتأذى!

أخذ الصبي يبكي متكدراً، وركض عائداً، شاتماً لحنقه العاجز. وانطلق بافل إلى البيت راضياً، وعبر السياج قفزاً،

ودخل الزريبة، ووضع البندقية المغنومة على الأعواد تحت السقف، ودخل إلى بيته يصفر جذلاً.

أمسيات الصيف في أوكرانيا جميلة لا سيما في بلدات ريفية صغيرة من مثل سيبتوفكا حيث تحيط بالبلدة أرياف الفلاحين.

في تلك الأماسي الصيفية الهادئة يخرج جميع الشبان إلى الشوارع. الفتيات والفتيان جميعاً عند مداخل بيوتهم، وفي الحدائق البيتية، وفي الشارع، وعلى أعمدة الخشب المكومة للبناء، جماعات، ومثاني، في ضحك وغناء.

الهواء يترجرج من الكثافة ورائحة الزهور. وفي أعماق السماء تلتمع النجوم قليلاً كالحباحب، والصوت يُسمع من بعيد.

وبافل مغرم باكورديونه. يضع هذه الآلة الطروب على ركبته بحنان. ويمس بأنامله الماهرة صفي المفاتيح مساً رقيقاً، ويمررها متنقلاً بها من الأعلى إلى الأسفل بسرعة. وتنتهي أنغام وتترقرق أخرى متتابعة.

ويتأوه الأكورديون فكيف لا ترقص معه؟ وتتحرك قدماك تلقائياً. ويزفر الأكورديون أنفاساً حارة ويجعل الحياة حلوة!

وكان مساء اليوم مرحاً بشكل خاص. اجتمع الشبان جالسين على الخشب عند مسكن بافل، وكانت غالينا جارة بافل أمرح الجميع وأصدحهم صوتاً.

وكانت ابنة البناء هذه تهوى الرقص والغناء مع الفتيان. وصوتها رخيم ناعم رنان.

وبافل يخافها قليلاً للسانها الحاد. ها هي جالسة إلى جانب بافل على الخشب، تحتضنه بقوة، وتقهقه:

ـ آه، أيها الموسيقي الجسور! مؤسف أنك ما تزال حدثاً،
وإلا كنت زوجاً لطيفاً لي. فأنا أحب العازفين على الأكورديون،
وقلبي يذوب غراماً بهم.

ويتورد بافل حتى بصلات شعره، ولكن المساء، من حسن
الحظ، يخفي الأشياء. ويتنحى عن اللعوب، غير أنها تمسك به
بقوة، ولا تتركه. وتقول مازحة:

ـ إلى أين تهرب، يا عزيزي؟ يا لك من خطيب غرير.

ويحس بافل بنهدها الرخص على كتفه، ويتملكه انفعال
وقلق. وفي ما حوله ضحك يهز الشارع الهادئ عادة.

يدفع بافل بيده كتف غالينا، ويقول:

ـ أنت تعيقينني عن العزف. ابتعدي.

وتنفجر نوبة أخرى من الضحك، والمناكدة والمزاح.

وتتدخل ماروسيا:

ـ اعزف يا بافل لحناً حزيناً يهز أوتار القلب.

ويمتلئ منفاخ الأكورديون بالهواء ببطء، وتتنقل الأنامل
بهدوء، والنغم أليف معروف للجميع تصاحبه غالينا بالغناء أولاً،
ثم تتبعها ماروسيا، والآخرون.

اجتمع كل النوتية.

في كوخهم.

ما أطيب المكان.

نعزف فيه نغم الأحزان.

وتنطلق الأصوات الفتية الصداحة المترنمة بالأغنية إلى
البعيد، إلى الغابة.

٧٥

ـ بافل! ـ هذا صوت أرتيم.

ويطبق بافل منفاخ الأكورديون، ويشد أحزمته.

ـ هم ينادونني. أنا ذاهب.

وتقول ماروسيا متوسلة:

ـ أمكث قليلاً وأعزف ألحاناً أخرى. لن يفوتك البيت.

إلا أن بافل يسرع:

ـ لا، سنعزف غداً، أما الآن فعلي أن أذهب.

أرتيم يدعوني ـ وهرول عبر الشارع إلى البيت الصغير.

فتح الباب فرأى حول الطاولة رومان رفيق أرتيم، ورجلاً ثالثاً لا يعرفه.

سأل بافل:

ـ هل ناديتني؟

أومأ أرتيم برأسه لبافل، وخاطب الرجل الغريب:

ـ هذا هو بافل، شقيقي.

مد الرجل يداً متغضنة، وقال أرتيم لبافل:

ـ قلت لي إن الكهربائي في محطة الكهرباء مريض. فأعرف غداً ما إذا كانوا يقبلون رجلاً عليماً في مكانه؟ إذا كانوا بحاجة إليه أخبرني.

تدخل الرجل الغريب:

ـ لا، سأذهب أنا معه، وسأتحدث بنفسي إلى الرئيس.

ـ هم بحاجة طبعاً. فاليوم لم تشغل المحطة لأن ستانكيفتش مريض. وقد جاء الرئيس راكضاً مرتين يبحث في كل مكان عن

شخص يخلفه، إلا أنه لم يجد. ولا يمكن أن يشغل المحطة الوقاد وحده، إن الكهربائي أصيب بالتيفوئيد.

ـ إذاً، فقد سويت المسألة ـ قال الغريب ثم خاطب بافل ـ غداً سأمر عليك وسنذهب سوية.

ـ حسناً.

ـ والتقى بافل بعيني الغريب الرماديتين الوديعتين، الفاحصتين إياه بعناية. وأربكته النظرة القوية الثابتة بعض الإرباك. كان الرجل يرتدي سترة رمادية مزررة من الأعلى إلى الأسفل يضيق بها ظهر عريض قوي ـ يبدو أن الرجل مكتنز الجسم. كانت رقبته غليظة كرقبة الثور، تربط رأسه ببدنه، وكيانه كحله ممتلئ قوة مثل شجرة بلوط متينة معمرة.

ـ موفق، وإلى اللقاء يا جوخراي. تعال في الغد إلى أخي، وسوِّ الأمر كله.

دخل الألمان البلدة بعد ثلاثة أيام من خروج الفصيل. أعلن عن دخولهم صفير قاطرة في المحطة المقفرة في الأيام الأخيرة. وشاع نبأ في البلدة:

ـ الألمان قادمون.

واضطربت البلدة مثل بيت نمل منزعج، بالرغم من أن أهلها جميعاً كانوا يعرفون منذ وقت بعيد أن الألمان داخلون لا محالة. بيد أنهم كانوا ضعيفي الإيمان بذلك. وها هم الألمان المخيفون داخل البلدة لا في مكان ما خارجها.

التصق أهل البلدة جميعاً على الأسيجة والبوابات، وخافوا الخروج إلى الشارع.

وسار الألمان صفين على جانبي الطريق، تاركين الجادة فارغة. كانوا في بزات خضر داكنة، وبنادقهم متأهبة. وقد شكت على البنادق حراب عراض كالسكاكين. وعلى رؤوسهم خوذ فولاذية ثقيلة. ووراء ظهورهم حقائب كبيرة. ساروا من المحطة إلى البلدة كسيل لا نهاية له، ساروا في حذر، مستعدين لصد الهجوم في أي لحظة، على الرغم من أن أحداً من الناس لم ينو مهاجمتهم.

سار في المقدمة ضابطان وفي يديهما مسدسان "موزر". وفي وسط الطريق سار المترجم وهو ضابط هيتماني [٨] في سترة أوكرانية زرقاء، وقبعة فرائية طويلة.

اصطف الألمان في الساحة وسط المدينة وقرعت الطبول. وتجمع حشد غير كبير من العامة ذوي الجرأة. وصعد الهيتماني ذو السترة الأوكرانية على مدخل صيدلية، وقرأ بصوت جهوري أمر الآمر الميجور كورف.

وكان الأمر يعلن:

على جميع سكان البلدة تسليم كل ما لديهم من الأسلحة النارية والسلاح الأبيض خلال ٢٤ ساعة. ومن يخالف الأمر يرم بالرصاص.

٢

تُعلن في البلدة حالة طوارئ، ويمنع الخروج بعد الساعة الثامنة مساءً.

_____

(٨) نسبة إلى هيتمان وهو الحاكم وقائد الجيش القوزاقي في أوكرانيا القديمة. والهيتمانيون كانوا معادين للثورة، حكموا أوكرانيا بعض الوقت. الناشر .

آمر البلدة الميجور كورف.

أقامت القيادة الألمانية في الدار التي كانت تقيم فيها إدارة البلدة من قبل، وبعد الثورة أقام فيها مجلس نواب العمال، وقف عند مدخل الدار حارس لا يلبس الخوذة، بل طاقية الاستعراض ذات النسر الإمبراطوري الهائل. وفي الفناء أعد مكان لخزن السلاح المصادر.

ظل الأهالي الذين أرعبهم التهديد بالرمي يحملون الأسلحة طوال اليوم. لم يخرج الكبار بالسلاح، بل حمله الفتية والصبيان. ولم يعتقل الألمان أحداً.

والذين لم يريدوا إيصال السلاح ألقوه في الطريق ليلاً، وجمعته الدورية الألمانية صباحاً، وحملته على عجلة حربية إلى مقر القيادة.

في الساعة الواحدة بعد الظهر، حين انتهى موعد تسليم السلاح أخذ الجنود الألمان يحصون غنائمهم، وكان مجموع ما سلم من البنادق أربعة عشر ألف بندقية، وهكذا لم يحز الألمان على الآلاف الستة الأخرى. ولم تأتِ تفتيشاتهم الشاملة بغير نتائج ضئيلة.

وفي فجر اليوم التالي أعدم عاملان من عمال السكك الحديدية رمياً بالرصاص في المقبرة اليهودية القديمة خارج البلدة، وكان الألمان قد عثروا عندهما أثناء التفتيش على بنادق مخبأة.

عندما سمع أرتيم بالأمر أسرع عائداً إلى البيت. والتقى بافل في الفناء، وأمسكه من كتفه، وسأله بهدوء، ولكن بحزم:

ـ هل جلبت شيئاً من المخزن إلى البيت؟...

كان بافل قد عزم على السكوت عن البندقية، إلا أنه لم يرد الكذب على أخيه، فقص عليه كل شيء.

ذهب الاثنان إلى الزريبة، وأنزل أرتيم البندقية الموضوعة على الأعواد، وأخرج منها الترباس، ونزع الحربة، وأمسك البندقية من ماسورتها، وضرب بها عمود السياج بكل قوته حتى تهشم أخمص البندقية. ثم قذف بباقي البندقية بعيداً في الأرض الخواء وراء الحديقة. ورمى الترباس والحربة في المرحاض.

بعد أن فرغ أرتيم من كل ذلك تحول إلى أخيه قائلاً:

ـ لست الآن طفلاً، يا بافل، أنت تفهم أن اللعب في السلاح لا فائدة منه. وأنا أقول لك جاداً: لا تجلب شيئاً إلى البيت، أنت تعرف أن ذلك الآن قد يزهق نفساً. حذار أن تخدعني، فإنك إذا جئت بشيء، ووجدوه فسأكون أنا أول من يُرمى. ولا يمسونك، فأنت صبي. إن الوقت الآن قاسٍ، أتفهم؟

وعد بافل بالامتناع عن جلب أي شيء.

عندما سار الاثنان، عبر الفناء، إلى البيت، توقفت عربة عند بيت آل ليشنسكي، ونزل منها المحامي وزوجته وطفلاه نيلي وفيكتور.

قال أرتيم حانقاً:

ـ عادت الطيور الهاربة. الآن ستبدأ الهرجلة، عليهم اللعنة.

ودخل البيت.

حزن بافل على البندقية طوال اليوم. في ذلك الحين كان صديقه سيرغي يكدح بكل ما أوتي من قوة في سقيفة قديمة

٨٠

مهجورة، حافراً الأرض عند الجدار بالجاروف. وأخيراً أعدت الحفرة، ووضع سيرغي ثلاث بنادق جديدة حصل عليها عند التوزيع، وقد لفها في خرق. لم يرد أن يسلمها إلى الألمان. ومن أجل ذلك تعذب طوال الليل.

أهال التراب على الحفرة، ورصّه بقوة، وحمل إلى المكان المسوّى كومة من القاذورات والنفايات القديمة. وبعد أن دقق في نتائج عمله ورآه مرضياً، خلع طاقيته، ومسح بها العرق من جبينه.

"الآن دعهـم يبحثـون. لا بـأس إذا وجدوهـا، فإن هـذه السقيفة لا تعود لأحد".

نشأت، بشكل غير ملحوظ، صداقة بين بافل والكهربائي الصارم الذي مضى شهر على اشتغاله في محطة الكهرباء.

أطلع جوخراي مساعد الوقاد الصغير بافل على تركيب الدينامو، ودربه على العمل.

راق الصبي الذكي للبحار جوخراي. وكان جوخراي غالباً ما يزور أرتيم في الإجازات. كان هذا البحار الرزين الجاد يصغي بصبر لكل الحكايات عن مشاغل العيش لا سيما حين كانت الأم تشكو من نزوات بافل. وكانت له المقدرة على تهدئة آلام ماريا ياكو فليفنا حتى أنها كانت تنسى متاعبها، وتصير أمرح نفساً.

ذات مرة أوقف جوخراي بافل في فناء محطة الكهرباء، بين أكوام الحطب، وسأله مبتسماً:

ـ أمك تقول إنك تحب العراك، وعلى حد قولها "عندي ولد يتعارك كالديك" ـ وضحك جوخراي مستحسناً وأضاف ـ

والعراك على العموم غير ضارٍ، ولكن يجب أن تعرف من تضرب، ولأي شيء تضرب.)

فقال بافل، وهو لا يعرف أيضحك منه جوخراي أم يقول ذلك جاداً:

ـ أنا لا أتعارك من دون سبب، بل عن إنصاف دائماً.

فاقترح جوخراي بغتة:

ـ أتريد أن أعلمك كيف تتعارك بشكل حقيقي.؟..

نظر بافل إليه مندهشاً:

ـ كيف بشكل حقيقي؟

ـ والآن سترى.

واستمع بافل لأول محاضرة قصيرة في الملاكمة الإنجليزية.

ولم يتلق بافل هذا العلم بسهولة، ولكن أتقنه جيداً. في أحيان كثيرة كان يطير منقلباً وقد أطاحت به لكمة من جمع جوخراي، إلا أنه كان تلميذاً نجيباً صبوراً.

في أحد الأيام الحارة، بعد أن عاد بافل من بيت كليمكا، عزم، وهو يتمشى في الغرفة من دون عمل على أن يصعد إلى مكانه المفضل ـ إلى سطح السقيفة الخشبية، صعد إلى سطحها. وتسلل عبر الأغصان الكثيفة لأشجار الكرز، منحنياً على السقيفة حتى وصل إلى منتصف السطح، واستلقى في الشمس.

كان أحد جانبي السقيفة يطل على حديقة آل ليشنسكي، حتى أن المرء، حين يصل إلى طرفها، يرى الحديقة كلها وجانباً من البيت. أخرج بافل رأسه فوق الحافة ورأى جانباً من الفناء وعربة واقفة هناك. ورأى مرافق الملازم الأول الألماني المقيم

٨٢

في بيت ليشنسكي ينظف أشياء رئيسه بالفرشاة. وكان بافل قد رأى الملازم نفسه واقفاً عند بوابة البيت أكثر من مرة.

كان الملازم الأول ربع القامة أحمر الوجه له شاربان صغيران مقصوصان، ويضع على أنفه نظارة أنفية، وعلى رأسه طاقية لها ظليلة لامعة مصقولة.

كان بافل يعرف أن الملازم الأول يسكن غرفة جانبية تطل نافذتها على الحديقة، وكانت تُرى من السطح.

في تلك اللحظة كان الملازم الأول جالساً وراء طاولة يكتب شيئاً، ثم تناول ما كتب وخرج. وأعطى الرسالة لمرافقه، وسار في ممشى الحديقة إلى البوابة المواجهة للشارع. وتوقف عند خميلة ملتوية، وصار يتحدث إلى شخص كما يبدو. خرجت نيلي ليشنسكي من الخميلة. فأخذ بيدها، وسار معها إلى البوابة، وخرج الاثنان إلى الشارع.

راقب بافل كل ذلك. وتهيأ ليغفو حين رأى المرافق يدخل غرفة الملازم، ويعلق البزة على المشجب، ويفتح النافذة المطلة على الحديقة، ويشرع في تنظيف الغرفة، بعد ذلك خرج غالقاً الباب وراءه. وفي اللحظة التالية رآه عند الإسطبل حيث تقف الخيول.

كان بافل يرى، من خلال النافذة المفتوحة، داخل الغرفة كلها بشكل جيد. كان على الطاولة أحزمة وشيء لامع.

نزل بافل من السطح بهدوء مدفوعاً بحب استطلاع لا يقاوم منحدراً على جذع شجرة كرز، وحط في حديقة ليشنسكي. طوى جذعه، وركض إلى النافذة المفتوحة، ونظر في الغرفة.

كان على الطاولة حزام ونطاق كتف، وغلاف فيه مسدس رائع من طراز "مانليخير" ذي الطلقات الاثنتي عشرة.

احتبست أنفاس بافل، ومضت عدة ثوانٍ في صراع نفسي، إلا أن روح الجرأة تغلبت عليه، فقفز إلى الغرفة، واختطف غلاف المسدس، وأخرج منه المسدس الجديد ذا الزرقة الفولاذية وقفز إلى الحديقة. تلفت في ما حوله، وحشر المسدس في جيبه بحذر، وسار عبر الحديقة إلى شجرة الكرز. تسلقها مسرعاً كالقرد إلى سطح السقيفة، ونظر خلفه. كان المرافق يتحدث بوداعة إلى السائس. والحديقة هادئة... نزل من السقيفة، وهرول إلى البيت.

كانت أمه تشتغل في المطبخ لتهيئ طعام الغداء، فلم تعر بالاً لقدومه.

التقط بافل خرقة كانت موضوعة وراء الصندوق، ودسها في جيبه، وانسل إلى الباب خلسة، وجاز الفناء راكضاً، وقفز عبر السياج، وهبط إلى الطريق المؤدي إلى الغابة. انطلق بأقصى سرعته صوب مصنع الآجر القديم المتهدم واضعاً يده على المسدس ليمنعه من الارتطام ثقيلاً على فخذه.

كانت قدماه لا تكادان تمسان الأرض، وكانت الريح تصفر.

ألفى المكان ساكناً عند مصنع الآجر القديم. كان السقف المنهار في المصنع، وأكوام الآجر المحطم، وأكوار الحرق المهدمة تبث الوحشة في النفس. وقد نمت الأعشاب في كل مكان. كان الأصدقاء الثلاثة وحدهم يجتمعون هنا أحياناً للعب.

وكان بافل يعرف بعض الأماكن الخفية التي يمكن أن يخفي فيها الكنز المسروق.

صعد إلى فوهة كورة، ونظر باحتراس، ورأى الطريق خالياً. كانت أشجار الصنوبر ترسل حفيفاً ناعماً، والنسيم الرقيق يثير غبار الطريق، ورائحة صمغ الصنوبر قوية.

وضع بافل المسدس الملفوف بخرقة في زاوية في قعر الكورة، وغطاه بهرم من الآجر القديم. وخرج من فوهة الكورة القديمة، وسدها بالآجر، وعلم موقع الآجر، وخرج إلى الطريق عائداً أدراجه بطيء الخطى.

كانت ركبتاه ترتجفان قليلاً.

فكر مع نفسه: "بأي شيء سينتهي كل هذا؟".

وتقلص قلبه بثقل ورهبة.

وصل إلى محطة الكهرباء مبكراً ليتحاشى بيته. أخذ المفتاح من الحارس، وفتح الباب العريض، المؤدي إلى موقع المحركات. وبينما كان ينظف حفرة الرماد، ويفتح الماء في المرجل، ويسخن الموقد كان يفكر.

"ماذا يجري الآن في بيت آل ليشنسكي؟"

في وقت متأخر، في الساعة الحادية عشرة أقبل جوخراي على بافل، وناداه في الفناء، وسأله خفيض الصوت:

ـ لماذا كانوا يفتشون بيتكم اليوم؟

ارتعد بافل مذعوراً.

ـ يفتشون؟!

صمت جوخراي برهة ثم قال:

٨٥

ـ نعم، أمر سيئ، ألا تعرف عم كانوا يبحثون؟...

كان بافل يعرف جيداً، إلا أنه لم يرد أن يحدث جوخراي عن سرقته للمسدس. بل سأل وهو يرتعش خوفاً:

ـ وهل اعتقلوا أرتيم؟

ـ لم يعتقلوا أحداً، ولكنهم قلبوا كل ما في البيت رأساً على عقب.

هدأت هذه الكلمات من روعه قليلاً، ولكن الذعر لم يزايله. انشغل كل واحد منهما في أفكاره بضع دقائق. فكر أحدهما بالمغبة خائفاً وكان يعرف سبب التفتيش، وتوجس الآخر الحذر لجهله بالسبب.

فكر جوخراي مع نفسه: "الشيطان يعرف ما في قلوبهم، ربما تشمموا شيئاً عني، أرتيم لا يعرف شيئاً عني فلماذا فتشوا بيته؟ يجب أن أكون على حذر".

وتفرقا إلى عملهما صامتين.

بينما في بيت آل ليشنسكي جلبة وضوضاء.

بعد أن اكتشف الملازم غياب مسدسه، استدعى المرافق، وحين علم بضياعه لطم المرافق على أذنه بكل قوته، على الرغم من استقامته المعتادة وحلمه، ترنح المرافق من الضربة، وتنحى جانباً، إلا أنه وقف منتظراً بخضوع ما سيعقبها.

كما اضطرب المحامي الذي استدعي للاستفسار، واعتذر للضابط عن حدوث هذا الحادث المؤسف في بيته.

كان فيكتور ليشنسكي حاضراً هذه المقابلة، فأشار إلى أبيه

بأن من الممكن أن يكون الجيران قد سرقوا المسدس، لا سيما الشقي بافل كورتشاغين. فأسرع الأب في شرح فكرة ابنه للضابط، فأمر هذا في الحال بالتفتيش.

ولم يسفر التفتيش عن شيء، وقد اقتنع بافل من حادث ضياع المسدس بأنه حتى مثل هذه المغامرات الخطرة قد تنتهي بخير.

الفصل الثالث

وقفت تونيا عند نافذة مفتوحة، ونظرت بحنين إلى الحديقة العزيزة الأليفة، وإلى أشجار الحور الممشوقة المحيطة بها، المهتزة قليلاً بالنسيم الرقيق. لم تكن تصدق أنها غابت عن بيتها عاماً بكامله. وبدا لها أنها لم تغادر هذه الأماكن المألوفة لها منذ الطفولة إلا بالأمس، وأنها عادت اليوم في قطار الصباح.

لم يتبدل شيء هنا، صفوف شجيرات العليق المشذبة تقف برشاقتها المعهودة، ومماشي الحديقة المخططة هندسياً تحف بها زهور الثالوث المفضلة عند أمها، وكل شيء في الحديقة نظيف ومنسق.

وكل مكان مسته يد البستاني الخبيرة. وضجرت تونيا من هذه المماشي النظيفة المنسقة.

تناولت تونيا الرواية التي كانت تقرؤها، وفتحت الباب إلى الشرفة، وهبطت الدرج إلى الحديقة، ودفعت باباً صغيراً مشبكاً مطلياً، وسارت متمهلة إلى البركة عند برج الضخ.

اجتازت القنطرة، وخرجت إلى الطريق المعرّش.

البركة إلى يمينها محفوفة بالصفصاف والحور، وإلى يسارها تبدأ الغابة.

يممت صوب البرك قرب مقلع الأحجار القديم، إلا أنها توقفت، وقد لاحظت عود صنارة عند البركة في الأسفل.

انحنت على جذع صفصافة منحنية، وأزاحت الأغصان بيدها، ورأت صبياً ملوح البشرة، حافي القدمين، ساقا بنطلونه مطويتان حتى الركبتين، وإلى جانبه علبة صفيح صدئة فيها دود. كان الصبي منغمراً بعمله، ولم يلحظ نظرة تونيا المتفرسة.

ـ هل في البركة سمك يصاد؟

التفت بافل مغتاظاً:

رأى فتاة لا يعرفها تقف ماسكة بصفصافة، منحنية إلى الأسفل كثيراً. كانت ترتدي قميصاً بحارياً أبيض ذا ياقة زرقاء مخططة، وتنورة قصيرة رمادية فاتحة، وجوربين قصيرين لهما حافة ملونة يشدان على ساقيها المسمرين الممشوقتين. وكانت تنتعل حذاء بنياً، وشعرها الكستنائي قد جمع في غديرة ثقيلة.

اهتزت اليد الممسكة بعود الصنارة قليلاً، وبقبقت غمازة الصنارة المصنوعة من ريش الوز، وأرسلت دوائر متسعة على سطح الماء الساكن.

صدر صوت منفعل من وراء بافل:

ـ انظر، هذه سمكة تجذب الخيط...

ارتبك بافل كلياً، وجذب العود، وخرجت مع طرطشة الماء دودة تتلوى في نهاية الشص.

وفكر بافل: "اللعنة، لا مجال للصيد الآن! ما الذي جاء بها إلى هنا!"، ولكي يخفي حراجته ألقى العود أبعد مسافة في الماء بين نبتتي أرقطيون، في مكان غير ملائم مطلقاً؛ فقد

٩٠

يتشربك الشص بسائب النبت.

أدرك بافل ذلك، فهمس في ناحية الفتاة الجالسة في الأعلى، من دون أن يلتفت:

ـ لماذا تضوضئين؟ سيهرب السمك كله.

وسمع من الأعلى صوتاً ساخراً:

ـ هرب السمك منذ زمان من منظرك وحده.

هل يمكن صيد السمك نهاراً؟ يا لك من صياد مسكين!

وكان هذا كثيراً جداً على بافل الذي كان يحاول أن يحتفظ برصانته. وقف، وأنزل طاقيته على جبهته، إشارة معتادة على غيظه، وقال متخيراً أليق الكلمات:

ـ خليق بك، أيتها الآنسة، أن تبتعدي عن هنا!..

تقلصت عينا تونيا قليلاً، وتراقصت الابتسامة فيهما:

ـ هل أنا أعيقك حقاً؟

زالت نبرة السخرية من صوتها، وحلت نبرة ود ومصالحة، وأفحم بافل الذي كان قد عزم على أن يبدي خشونة لهذه "الآنسة" التي جاءت من حيث لا يدري.

ـ تفرجي إذاً، إذا كنت ترغبين. لست ضنيناً بالمكان ـ قال بافل موافقاً، وجلس ثانية ونظر إلى الشص، وكان واضحاً أنه تشربك في جذر. ولم يرد بافل أن يسحبه.

ناقش ذلك في سره: "إذا كان قد تشربك فلا يمكن فكه. إنها ستضحك مني بالطبع... أوه، ليتها تنصرف!".

إلا أن تونيا جلست في موضع أروح على صفصافة منحنية مهتزة قليلاً، ووضعت كتابها على ركبتيها، وشرعت تراقب

٩١

الصبي الملوح البشرة الأسود العينين، الخشن الطبع الذي قابلها بجفاء، والذي لا يعيرها الآن التفاتاً عن قصد.

كان بافل يرى جيداً، في مرآة الماء، صورة الفتاة الجالسة، إنها تطالع، وهو يجذب الخيط المشربك خفية. والغمازة في الماء، والخيط يتوتر.

"تشربك الملعون!" ومضت هذه الفكرة في رأسه. وكان يخالس النظر في الماء إلى وجه الفتاة الباسم.

عبر القنطرة عند برج الضخ شابان، هما طالبان في السنة السابعة من المدرسة، أحدهما في سن السابعة عشرة، أشقر الشعر، منمش الوجه، أخرق متهور كان زملاؤه في المدرسة يلقبونه بـ "شورا المجدر" هو ابن المهندس سوخاركو رئيس مستودع القطارات. كان يمسك عود صنارة جميل، ويضع في فمه سيكارة ممصوصة في وضع تظاهري. وإلى جانبه فيكتور ليشنسكي الشاب الرشيق المتخنث.

كان سوخاركو يقول غامزاً منحنياً على فيكتور:

ـ تلك الفتاة فاتنة لا مثيلة لها هنا. أؤكد لك إنها شخصية رومانتيكية. إنها تدرس في السنة السادسة في كييف، وقد جاءت في الصيف إلى أبيها، رئيس حراس الغابة هنا، وأختي ليزا تعرفها. ذات مرة كتبت لها رسالة مثيرة، قلت فيها أنا مغرم، وأنتظر جوابك بجنون وارتعاش، بل وأخذت بعض الأشعار الملائمة من نادسون(٩).

---

(٩) شاعر من الشعراء الروس (١٨٦٢ ـ ١٨٨٧). الناشر.

سأل فيكتور بفضول:

ـ وماذا كانت النتيجة؟

فقال سوخاركو بشيء من الارتباك:

ـ إنها تتكبر. تقول: لا تصرف الورق عبثاً.

ولكن ذلك يحصل دائماً في البداية، أنا خبير بهذه الأمور، ولكن لا رغبة لي في المغازلة الطويلة والمماطلة. والأفضل بكثير الذهاب مساء إلى ثكنات عمال التصليح. حيث تستطيع، لقاء ثلاثة روبلات، أن تختار حسناء يسيل لها اللعاب. ومن دون أي ممانعة. ذهبت أنا وفالكا تيخونوف، أتعرفه؟ إنه مراقب في السكة الحديدية.

عبس فيكتور مشمئزاً:

ـ هل أنت تمارس هذه القذارة يا شورا؟..

مضغ شورا سيكارته، وبصق، وقال متهكماً:

ـ يا لك من نظيف، نحن نعرف ماذا تمارسون.

قاطعه فيكتور بسؤال:

ـ هل ستعرفني بهذه الفتاة؟

ـ بالطبع، لنسرع قبل أن تفلت. بالأمس خرجت بنفسها صباحاً لتصطاد السمك.

كان الصديقان قريبين الآن من تونيا. أخرج سوخاركو سيكارته من فمه، وحيا بانحناءة أنيقة:

ـ مرحباً يا مدموزل توما نوفا. هل أنت تصطادين السمك؟

أجابت تونيا:

ـ لا ، بل أراقب كيف يصطاد.

ـ هل أنتما متعارفان؟ ـ قال سوخاركو مسرعاً جاذباً فيكتور من يده ـ هذا صديقي فيكتور ليشنسكي.

قدم فيكتور يده لتونيا مرتبكاً، وسأل سوخاركو ليبدأ حديثاً:

ـ ولماذا لا تصطادين اليوم؟

ـ لم أجلب معي صنارة.

قال سوخاركو بعجالة:

ـ سأجلب الآن صنارة أخرى، صيدي الآن بصنارتي، وسأجلب الصنارة الأخرى حالاً.

وفى سوخاركو بوعده لفيكتور بتعريفه على تونيا، والآن حاول أن يتركهما لوحدهما. أجابت تونيا:

ـ لا، سنعيق من يصطاد هنا الآن.

سأل سوخاركو:

ـ نعيق من؟ اها، هذا؟

وفي تلك اللحظة فقط فطن إلى بافل الجالس عند حرش ـ سأطرده في رمشة عين.

وقبل أن يتسنى لتونيا الوقت لتوقفه نزل إلى الأسفل، نحو بافل المستغرق في عمله.

ـ أخرج صنارتك حالاً ـ قال سوخاركو لبافل، وحين رآه ماضياً في صيده تعجله قائلاً ـ هيّا، أسرع، أسرع.

رفع بافل رأسه، وحدج ساخاركو بنظرة لا تبشر بخير.

ـ اسكت. لماذا لا تطبق فمك؟

هتف سوخاركو:

ـ ما..ذا؟ ـ ولك الجرأة على الكلام، أيها الصعلوك التعس! ابتعد عن هنا! ـ وركل صفيحة الديدان برأس حذائه بقوة. فتقلبت الصفيحة في الهواء، ووقعت في الماء، وتناثر رذاذ الماء المتطاير على وجه تونيا. فصرخت:

ـ ألا تستحي، يا سوخاركو!..

وقفز بافل. كان يعرف أن سوخاركو هو ابن رئيس مستودع القطارات الذي كان يعمل فيه أرتيم. ولو ضربه الآن على وجهه الرخو الأحمر لشكى الطالب إلى أبيه، ولوصل الأمر إلى أرتيم. وكان ذلك السبب الوحيد الذي أمسكه عن الرد فوراً.

شعر سوخاركو بأن بافل سيضربه في اللحظة التالية، فاندفع إلى الأمام، ودفع بكلتا يديه صدر بافل الواقف قرب الماء. تخبطت ذراعا بافل في الهواء، وترنح، ولكنه أعاد توازنه، ولم يسقط في الماء.

كان سوخاركو أكبر من بافل بعامين، ومشهوراً بأنه المخاصم والمشاكس الأول.

جن بافل تماماً بعد أن تلقى ضربة على صدره.

ـ هكذا! إذاً خذ ـ وبهزة قصيرة من يده لطم وجه سوخاركو لطمة قاطعة، وقبل أن يدعه يفيق من الضربة أمسكه من سترة بزته المدرسية، وجذبه إليه، ودفعه إلى الماء.

وجد سوخاركو نفسه واقفاً في الماء إلى الركبتين، وقد تبلل حذاؤه اللامع وبنطلونه، فحاول بكل قوته أن يفلت من يدي بافل المتشبثتين. أما بافل، فبعد أن دفع الطالب إلى الماء، قفز إلى الشاطئ.

تبع سوخاركو الغاضب بافل، وكان مستعداً لتمزيقه.

بعد أن قفز بافل خارج الماء، استدار نحو غريمه بسرعة، وفي تلك اللحظة تذكر : "استند على رجلك اليسرى، ووتر اليمنى وأعكفها قليلاً، واضرب لا بيدك فقط، بل بكل جسمك من الأسفل إلى الأعلى، تحت الحنك".

طاق!..

واصطكت أسنان، وصرخ سوخاركو من ألم فظيع في حنكه وفي لسانه المقضوم، وشمّر ذراعيه بحركة هوجاء، وسقط في الماء ثقيلاً، وبكل جسمه.

وعلى اليابسة لم تقو تونيا على ضبط نفسها، فانفجرت ضاحكة.

ـ "برافو، برافو" ـ صاحت مصفقة ـ هذا شيء رائع!... أمسك بافل الصنارة، وجذبها، وبعد أن انتزع الشص قفز إلى الطريق.

وسمع، وهو يبتعد، قول فيكتور لتونيا:

ـ هذا بافل كورتشاغين، أوقح شقي.

(ساد الاضطراب محطة القطار. جاءت شائعات من الخط بأن عمال السكك الحديدية يشرعون في الإضراب. وفي المحطة الكبيرة المجاورة بدأ عمال المستودعات بإثارة القضية. اعتقل الألمان سائقين من سواق القطارات بشبهة نقل النداءات. وبدأت بين العمال الذين كانت لهم علاقات بالأرياف، قلاقل كبيرة بسبب المصادرة وعودة أصحاب الأطيان إلى ضياعهم.

قلّمت سياط الحرس الهيتمانيين ظهور الفلاحين. واتسعت في الولاية حركة أنصار. نظم البلاشفة نحو عشر من فصائل الأنصار.

في تلك الأيام لم يذق جوخراي طعم الراحة. أنجز خلال إقامته في البلدة عملاً كبيراً. تعرف على كثير من عمال السكك، وحضر أمسيات الشبيبة: وكون جماعة قوية من برادي المستودعات وعمال النشارة. وحاول أن يعرف موقف أرتيم أيضاً. سأل أرتيم عن رأيه في البلاشفة وحزبهم فأجاب البراد الضخم:

ـ أنا، يا فيدور، لا أفهم كثيراً بخصوص هذه الأحزاب، ولكن إذا اقتضت الحاجة تجدني مستعداً للمساعدة دائماً، في وسعك أن تعتمد عليَّ.

ورضي فيدور بهذا القول أيضاً. كان يعرف أن أرتيم فتى إذا قال كلمة وفى بها. وفكر البحار مع نفسه: "لم يصل هذا الرجل إلى الحزب بعد، بيد أن الزمن خليق بأن يعلّمه سريعاً".

انتقل فيدور من العمل في محطة الكهرباء إلى مستودع القطارات، فقد كان العمل هناك أصلح لقضيته، بينما كان في محطة الكهرباء مقطوعاً عن السكة الحديدية.

كانت الحركة على السكة الحديدية هائلة. نقل الألمان إلى ألمانيا آلاف العربات المحملة بكل ما نهبوه في أوكرانيا: الشوفان، والقمح، والماشية...

اعتقل الحرس الهيتماني عامل التلغراف بونومارينكو في محطة القطار فجأة. وضربوه في مقر القيادة ضرباً مبرحاً. والظاهر

أنه وشى برومان سيدورنكو زميل أرتيم في مستودع القطارات.

جاء ألمانيان، وهيتماني، هو مساعد آمر المحطة، لاعتقال رومان أثناء العمل، سار الهيتماني إلى دكّة رومان من دون أن ينطق بكلمة، وضربه على وجهه بمقرعته.

ـ اتبعنا، أيها الخنزير! سنحدثك بشيء هناك ـ قال ذلك، وكشّر ببشاعة، وجذب البراد من كمه: ـ تعال حرضنا هناك!..

ألقى أرتيم المبرد، وكان يعمل على ملزمة مجاورة، وأقبل على الهيتماني ضخم الجرم، وسأل كظيم الغيظ.

ـ كيف تجرؤ على ضربه هكذا، أيها الحشرة؟

تراجع الهيتماني، وفك حزام مسدسه. وألقى أحد الألمانيين البندقية الثقيلة بحربتها العريضة عن كتفه، وكان رجلاً قميئاً قصير الساقين، وحرك ترباسها .

ـ Halt ـ نبح الألماني مستعداً لإطلاق النار عند أول حركة .

وقف البراد الطويل أمام الألماني الضئيل بلا حول، غير قادر على أن يفعل شيئاً.

واعتقل الاثنان، ثم أطلق سراح أرتيم بعد ساعة، واحتجز رومان في قبو الأمتعة.

بعد عشر دقائق توقف جميع العمال في المستودع عن العمل، واجتمع عمال المستودع في حديقة المحطة حيث انضم إليهم عمال آخرون محولون وعاملون في مخازن التجهيز. كانوا جميعاً مستثارين جداً. وكتب بعضهم نداء يدعو إلى إطلاق سراح رومان وبونومارينكو.

وزاد الاستياء حدة، حين اندفع الهيتماني إلى الحديقة مع

رهط من الحرس شاهراً مسدسه، وصرخ:

ـ إن لم تعودوا اعتقلتم جميعاً هنا، في هذه اللحظة! بل ورميت بعضكم بالرصاص.

إلا أن صيحات العمال الساخطين جعلته يتراجع إلى المحطة.

وفي الحال ظهرت في الطريق سيارات شحن مملوءة بالجنود الألمان استدعاها آمر المحطة.

(أخذ العمال يتراكضون إلى بيوتهم، وغادر الجميع أماكن عملهم حتى خفير المحطة، وظهر أن عمل جوخراي لم يذهب عبثاً. فقد كانت هذه أول حركة جماهيرية في المحطة.)

نصب الألمان رشاشة ثقيلة على رصيف المحطة. فكانت مثل كلبة صيد متهيئة للوثوب. جلس خلفها عريف ألماني واضعاً يده على الزناد.

وأقفرت المحطة.

وفي الليل بدأت الاعتقالات، واعتقل أرتيم أيضاً. ولم يجدوا جوخراي لأنه لم يبت في بيته.

جمعوا كل المعتقلين في سقيفة التخزين الكبيرة، وخيروهم بين شيئين: إما العودة إلى العمل، وإما التقديم إلى محكمة عسكرية عرفية.

وعلى الخط الحديدي أضرب جميع عمال السكة تقريباً. ولم يمر قطار واحد في غضون يوم كامل، وجرت على بعد مئة وعشرين كيلو متراً معركة مع فصيلة كبيرة من الأنصار قطعت الخط، ونسفت الجسور.

وفي الليل وصل إلى المحطة قطار من الوحدات العسكرية الألمانية، إلا أن سائقه ومساعده والوقاد فروا من القاطرة. وكان في المحطة قطاران ينتظران دوريهما في الانطلاق بالإضافة إلى القطار الحربي.

فتحت بوابة سقيفة التخزين الثقيلة، ودخل آمر المحطة، وملازم ألماني، ومساعده، ورهط من الألمان.

وقال مساعد آمر المحطة.

ـ كورتشاغين، بوليتوفسكي، بروزجاك.

اذهبوا الآن لسياقة قطار. وعند الامتناع سترمون في أماكنكم. هل تذهبون؟

هزّ العمال الثلاثة رؤوسهم مكرهين. وسيقوا إلى القاطرة بحراسة حارس، بينما راح مساعد آمر المحطة يعين أسماء سائق القطار الآخر ومساعده ووقاده.

نخرت القاطرة في غضب حزمة من الشرر الوضاء، وزفرت بعمق، وشقت الظلمة، وانطلقت عبر الخط إلى جوف الليل.

ألقى أرتيم فحماً في الموقد، وركل بقدمه الضلفة الحديدية وشرب جرعة ماء من السخان الأفطس الموضوع على صندوق، والتفت صوب السائق العجوز بوليتوفسكي قائلاً:

ـ إذاً، فنحن سننقلهم، يا أب؟

رمش هذا من تحت حاجبيه البارزين في غضب وقال:

ـ نعم، ستنقل، إذا كانت الحربة في ظهرك.

ـ لنترك كل شيء، وننسل من القاطرة ـ اقترح بروزجاك ناظراً من طرف عينه إلى الجندي الألماني الجالس على مقطورة الوقود.

فغمغم أرتيم:

ـ هذا ما أراه أنا أيضاً. ولكن هذا المخلوق وراء ظهورنا.

ـ نعم ـ تمتم بروزجاك لا على التحديد، وأطل برأسه من النافذة.

اقترب بوليتوفسكي من أرتيم وهمس:

ـ لا يمكننا أن نوصل القطار. أتفهم؟ هناك تجري معركة، والثوار نسفوا الخط. فإذا نقلنا هؤلاء الكلاب قضوا عليهم في لحظة. اعلم، يا بني، إنني في عهد القيصر لم أسق قطاراً أثناء الإضرابات. ولن أفعل الآن. فسنجلل بالعار إلى آخر العمر إذا جلبنا الدمار لقومنا. هرب المكلفون بسياقة هذا القطار، وجازفوا بحياتهم، ولكنهم أقدموا على الهرب. والآن من غير الممكن لنا أن نوصل القطار. ما رأيك؟

ـ أنا متفق معك، يا أب، ولكن ماذا ستفعل بهذا؟ ـ وأشار بنظره إلى الجندي.

قارب السائق بين حاجبيه، ومسح جبينه العرق بنسالة كتان، ونظر بعينين محمرتين في مقياس الضغط، وكأنما يأمل في إيجاد جواب عن هذا السؤال المعذب. ثم راح يشتم بغيظ وفورة يأس.

شرب أرتيم من السخان. فكر الاثنان في أمر واحد، ولكن لم يرد أي منهما أن يكون البادئ في القول. وتذكر أرتيم قول جوخراي:

"ما رأيك، أيها الأخ، بالحزب البلشفي، والفكرة الشيوعية؟".

وكان جواب أرتيم:

١٠١

"أنا مستعد دائماً لتقديم المساعدة. في وسعك أن تعتمد عليّ...".

"فأي مساعدة في نقل الجلاوزة المنكلين..."

انحنى بوليتوفسكي على صندوق الآلات، وكتفه إلى كتف أرتيم، وقال بعسر:

- يجب القضاء على ذلك. أتفهم؟

جفل أرتيم. وأضاف بوليتوفسكي بعد أن كز على أسنانه:

- وإلا فلا مخرج آخر. يجب أن نسدد ضربة له، ونرمي منظم السرعة، والعتلات في الموقد، ونضع القاطرة إلى السرعة المتناقضة. ونغادر القطار.

قال أرتيم وكأن عبئاً ثقيلاً انزاح عنه:

- جيد.

انحنى أرتيم نحو بروزجاك مساعد السائق، وأخبره بالقرار المتفق عليه.

تمهل بروزجاك في الرد. إن كل واحد منهم مقبل على مجازفة كبيرة. وكان كل واحد منهم قد ترك عائلة في بيته. وكان بوليتوفسكي كثير العيال بشكل خاص. خلّف في بيته تسع أنفس. إلا أنهم جميعاً كانوا يدركون أن توصيل القطار إلى غايته لا يجوز بتاتاً.

قال بروزجاك:

- موافق، إذاً، ولكن من سيتكفل... - ولم يكمل الجملة المفهومة لدى أرتيم.

التفت أرتيم إلى السائق العجوز المنشغل عند منظم

السرعة، وأومأ برأسه، وكأنه يقول إن بروزجاك أيضاً متفق معهما، إلا أن أرتيم المعذب بالسؤال الذي لا جواب له حتى الآن، اقترب من بوليتوفسكي أكثر، وسأل:

ـ ولكن كيف سنفعل ذلك؟

نظر بوليتوفسكي إلى أرتيم:

ـ ابدأ أنت. فأنت أقوانا. ضربة واحدة بالمخل، وينتهي الأمر ـ وكان الشيخ منفعلاً جداً.

قطب أرتيم.

ـ لا أستطيع ذلك، إن يدي لا تطاوعني. فإن الجندي بريء إذا فكرنا بالأمر جيداً. هو أيضاً قد سيق تحت الحراب.

لمعت عينا بوليتوفسكي:

ـ أتقول بريء؟ نحن أيضاً أبرياء، في سوقنا إلى هنا، ثم إننا ننقل جلاوزة منكلين. إن هؤلاء الأبرياء سيقتلون الأنصار، فهل الأنصار مذنبون؟

أنت ضخم الجثة كالدب ولكن نفعك قليل.

ـ طيب ـ قال أرتيم بصوت غير صافٍ، وتناول المخل. إلا أن بوليتوفسكي همس:

ـ سأفعل أنا فذلك أوثق، سآخذ أنا المخل، وخذ أنت المجرفة، واصعد إلى مقطورة الوقود، وادفع الفحم منها. فإذا لزم الأمر اضرب أنت بالمجرفة بينما أتظاهر أنا بتفتيت الفحم.

هزّ بروزجاك رأسه:

ـ هذا معقول ـ ووقف عند منظم السرعة.

كان الألماني بطاقيته اللبادية ذات الحاشية الحمراء جالساً

على حافة مقطورة الوقود، واضعاً البندقية بين ساقيه، يدخن سيكارة، ناظراً بين الحين والآخر إلى العمال المنشغلين على القاطرة.

حين صعد أرتيم إلى فوق ليدفع الفحم، لم يعر الحارس التفاتاً خاصاً لذلك. وبعد ذلك، حين تظاهر بوليتوفسكي بأنه يريد دفع قطع كبيرة من الفحم عند حافة المقطورة، وأشار إلى الألماني بالتنحي، سار هذا طائعاً نحو الباب المؤدي إلى قمرة القاطرة.

وفي تلك اللحظة شج المخل جمجمة الألماني بضربة مصمة قصيرة انتفض لها أرتيم وبروزجاك وكأنها لسعة جمر. وسقط جسم الألماني كالزكيبة في ممر القمرة.

تلونت الطاقية اللبادية الرمادية بالدم سريعاً. وقرقعت البندقية لدى ارتطامها بالحاجز الحديدي.

- انتهى - همس بوليتوفسكي ملقياً المخل، وأضاف وقد تشنج وجهه - والآن لا مجال للتراجع أمامنا.

وانقطع صوته، ولكنه صرخ في اللحظة التالية صرخة مزقت الصمت الجاثم على الثلاثة:

- اخلع منظم السرعة، أسرع!

وبعد عشر دقائق أنجز كل شيء، فإن القاطرة التي جردت من منظم السرعة أخذت تخفض من سرعتها.

صارت أشباح الأشجار القائمة على حافتي الطريق تدخل إلى دائرة القطار الضوئية بفترات متثاقلة، ثم تختفي حالاً في الظلمة الدامسة. وكانت مصابيح القطار، وهي تحاول أن تشق

الظلمة، ترتطم بجدارها الأصم، ولا تنتزع منها غير بضعة أمتار، وتثاقلت أنفاس القاطرة، وكأنها تستنفد آخر قواها.

ـ اقفز، يا ولدي! ـ سمع أرتيم صوت بوليتوفسكي وراءه، وأطلق يده من المقبض الذي كان يمسك به، وألقت قوة الدفع جسمه الضخم إلى الأمام، واصطدمت قدماه بصلابة في الأرض المتطايرة من تحته. وجرى أرتيم خطوتين ثم انكفأ منقلباً على رأسه.

..... وفي وقت واحد قفز ظلان من كلا جانبي القاطرة...

خيمت الكآبة على بيت بروزجاك. خلال الأيام الأربعة الأخيرة استنزفت انتونينا فاسيليفنا أم سيرغي كل قواها. لم ترد أخبار عن زوجها. وكانت تعلم أن الألمان أخذوه مع كورتشاغين وبوليتوفسكي لسياقة قطار. وبالأمس جاء ثلاثة من الحرس الهيتماني، واستجوبوها بغلظة وشتائم.

ومن كلماتهم خمنت بشكل مبهم أن شيئاً مزعجاً قد حدث. وحين انصرف الحرس وضعت المرأة المعذبة بالغموض منديلاً على رأسها، وتهيأت للذهاب إلى ماريا ياكوفليفنا أم أرتيم مؤملة أن تعرف منها شيئاً عن زوجها.

كانت البنت الكبرى فاليا تنظف المطبخ فلما رأت أمها خارجة سألت:

ـ إلى أين أنتِ ذاهبة، يا أمي؟

نظرت أنتونينا فاسيليفنا إلى ابنتها بعينين مغرورقتين بالدمع، وأجابت:

ـ أنا ذاهبة إلى آل كورتشاغين. لعلي أعرف خبراً عن أبيك،

إذا جاء سيرغي قولي له أن يذهب إلى آل بوليتوفسكي عند المحطة.

طوقت فاليا كتفي أمها، وهدأتها، وصحبتها إلى الباب:

ـ لا تهلعي، يا ماما!

..... استقبلت ماريا ياكوفليفنا زوجة بروزجاك فرحة كعادتها. توقعت كل امرأة أن تسمع من الأخرى شيئاً جديداً، إلا أن هذا الأمل تلاشى بعد الكلمات الأولى.

وكان قد جرى في الليل تفتيش بيت كورتشاغين أيضاً باحثين عن أرتيم. ولما خرجوا أمروا ماريا ياكوفليفنا بأن تخبر الآمرية عن ابنها حال رجوعه.

أرعب مجيء الحرس الليلي أم أرتيم إرعاباً شديداً. كانت وحدها، وكان بافل يشتغل في محطة الكهرباء ليلاً كما هو دائماً.

وصل بافل في الصباح الباكر. ولما استمع إلى قصة أمه عن التفتيش الليلي، والبحث عن أرتيم شعر وكأن كيانه كله قد امتلأ بالهلع المكرب على أخيه، فقد كان الأخوان يتبادلان حباً عميقاً على الرغم من اختلاف طبعيهما، وصرامة أرتيم الظاهرة. وكان ذلك حباً عبوساً، وبلا بوح. كان بافل يعي بوضوح بأن كل تضحية تهون إذا كانت ضرورية لأخيه.

انطلق إلى مستودع القطارات في المحطة قبل أن ينال قسطاً من راحة ليبحث عن جوخراي، ولكنه لم يجد جوخراي، ولم يستطع أن يعرف من العمال الذين يعرفهم أي شيء عن المتغيبين. ولم تكن عائلة السائق بوليتوفسكي تعرف شيئاً. التقى بافل في الفناء ببوريس الابن الأصغر لبوليتوفسكي. وعرف منه

١٠٦

أن تفتيشاً جرى ليلاً في بيته أيضاً. كانوا يبحثون عن أبيه.

وهكذا عاد بافل إلى أمه بلا خبر، وارتمى على السرير تعباً. ونام على الفور نوماً قلقاً متقطعاً.

.... رفعت فاليا بصرها على طرق الباب.

سألت، وسحبت المزلاج.

ـ من هناك؟

ظهر على الباب المفتوح رأس كليمكا مارتشنكو الأحمر الأشعث. كان يبدو أن كليمكا جاء يركض بسرعة. كان يلهث محمر الوجه من الركض. سأل فاليا:

ـ هل أمك في البيت؟

ـ لا، خرجت.

ـ إلى أين خرجت؟

ـ أظنها ذهبت إلى بيت كورتشاغين ـ قالت فاليا وهي تمسك بكم كليمكا الذي كان يهم بالانصراف. نظر الصبي إلى الفتاة بتردد.

ـ عندي معها قضية.

ـ أي قضية؟ ـ وحجزت فاليا الصبي وامرأته بلهجة نافذة:

ـ قل بسرعة، أيها الدب الأحمر، قل حالاً، وإلا ستزهق روحي.

نسي كليمكا التحذيرات كلها، وأمر جوخراي القاطع بتسليم الرسالة إلى يد أنتونينا فاسيليفنا فقط، وأخرج من جيبه قصاصة ورق متوسخة، وسلمّها للفتاة. لم يكن قادراً على الامتناع عن أخت سيرغي الشقراء هذه، لأن كليمكا الأحمر

الشعر كان ضعيف القلب تماماً إزاء هذه الفتاة الحسناء.حقاً، إن صبي الطباخ هذا لم يعترف لأحد مطلقاً، وحتى لنفسه بأنه معجب بأخت سيرغي. وهكذا أعطاها الورقة التي كانت الفتاة تقرؤها في هذه اللحظة.

"عزيزتي أنتونينا! لا تقلقي، كل شيء بخير، نحن أحياء سالمون، وستعرفين أكثر من ذلك قريباً، أخبري الآخرين بأن كل شيء بخير فلا يقلقوا. أتلفي الورقة. زاخار"

عندما فرغت فاليا من قراءة الورقة اندفعت إلى كليمكا.

ـ أيها الدب الأحمر ، يا عزيزي، من أين حصلت عليها؟ قل لي من أين أخذتها، أيها الدب الأعوج الرجل؟ ـ وهزت بكل قوتها كليمكا الذاهل، ولم يذكر كيف وقع في الغلطة الثانية:

ـ أعطاها لي جوخراي في المحطة ـ ثم تذكر أن ذلك لا يجوز أن يُقال ولكنه قال: لا تعطها لأحد. فأضاف ـ

تبسمت فاليا:

ـ لا بأس، لا بأس، لن أقول لأحد. والآن انطلق، يا أحمر الشعر، إلى بافل، وهناك ستجد أمي.

ودفعت صبي الطباخ دفعة خفيفة في ظهره. وبعد ثانية كان رأس كليمكا الأحمر يلمع وراء البوابة.

لم يعد أحد من الثلاثة إلى بيته، في المساء ذهب جوخراي إلى بيت كورتشاغين، وحكى لماريا ياكوفليفنا كل ما حدث في القاطرة. وهدأ المرأة الهلعة قدر مستطاعه، بعد أن ذكر لها أن الثلاثة قد استقروا في مكان بعيد، في قرية نائية عند عم

بروزجاك، وهم هناك في أمان، ولكن عودتهم الآن متعذرة، بالطبع، بيد أن الألمان في وضع حرج، ومن الممكن توقع تغيير في المستقبل القريب.

وثق الحادث عرى الصداقة بين عائلات المتغيبين. وكانت الرسائل النادرة المرسلة إلى عائلاتهم تقرأ بفرح عميم، إلا أن البيوت بدت أكثر فراغاً وسكوناً.

زار جوخراي زوجة بوليتوفسكي العجوز ذات مرة، وكان ذلك عرضاً، وأعطاها بعض النقود.

ـ هذه ، أيتها الأم، معونة من زوجك. ولكن إياك أن تقولي كلمة لأحد.

صافحته العجوز شاكرة.

ـ شكراً ، وإلا فالمصيبة لا تحتمل، ليس للأولاد ما يأكلونه. وكانت الفلوس من المبلغ الذي تركه آمر فصيل الأنصار بولغاكوف.

"لنر ماذا سيحصل في المستقبل. بالرغم من أن الإضراب قد كسر تحت رهبة الرمي بالرصاص، وبالرغم من أن العمال يشتغلون، إلا أن النار قد اندلعت، ولا يمكن الآن إخمادها، أما أولئك الثلاثة فشجعان. إنهم بروليتاريون". ـ فكر بذلك جوخراي البحار بإعجاب، وهو يغادر بيت بوليتوفسكي متجهاً إلى مستودع القطارات.

في دكان حدادة قديم يواجه الطريق جداره الأمامي المسود بالسخام في ضاحية قرية فروبيوفا بالكا وقف بوليتوفسكي أمام الكور الملتهب مقلصاً عينيه قليلاً اتقاء النور الساطع يدير

بكماشتين طويلتين قطعة حديد حميت حتى الاحمرار.

وكان أرتيم ينفخ بالكير الجلدي بواسطة عتلة معلقة على عارضة متوازية.

تبسّم سائق القطار من خلال لحيته بطيبة نفس وقال:

ـ العامل الماهر لا يضيع الآن في القرية، فالعمل موجود وزيادة، سأعمل أسبوعاً أو أسبوعين وسيكون بوسعنا، على ما أظن، إرسال سمنة وطحين إلى أهلنا. إن الفلاح يحترم الحداد دائماً، يا ولدي. سنشبع هنا كالبورجوازيين، ها ـ ها! إما زاخار فإنه يختلف عنا قليلاً، فيه دم فلاحي، وجذوره في الأرض مثل عمه. ولا لوم عليه على ما أظن. أما أنا وأنت يا أرتيم فليس لنا عير ولا نفير، بل ظهر ويدان. نحن بروليتاريون أزليون كما يقولون، ها ها. بينما زاخار منقسم إلى نصفين، قدم على القاطرة، وقدم في القرية ـ وحرك الشيخ الحديدة الحامية بالكلابتين، وأضاف بلهجة جادة هذه المرة، وبتأمل ـ أما قضيتنا، يا ولدي، فتبدو سيئة، إذا لم يُهزم الألمان بسرعة فسنضطر إلى الرحيل إلى يكاترينوسلاف أو روستوف، وإلا فسنؤخذ ونعلّق بين السماء والأرض، والويل لنا.

تمتم أرتيم:

ـ هذا صحيح.

ـ كيف حال أهلنا هناك، هل يضايقهم الهايداماك[١٠]؟

---

(١٠) هم جنود الفصائل المعادية للثورة خلال الحرب الأهلية في أوكرانيا. الناشر.

ـ نعم، أيها الوالد، لقد بدأنا الأمر، فلنصرف البيت عن تفكيرنا الآن.

اخرج سائق القطار القطعة الحارة المزرقة من الكور، ووضعها على السندان سريعاً.

ـ والآن، أطرق، يا ولدي!

تناول أرتيم المطرقة الثقيلة الواقعة بالقرب من السندان، ورفعها فوق رأسه بقوة، وطرق.

وتطايرت في أرجاء المكان نافورة من الشرر الألق، مع هزة خفيفة مخشخشة، وأضيئت الأركان المعتمة لحظة.

قلب بوليتوفسكي القطعة الحامية تحت الطرقات الجبارة، وتسطحت الحديدة مذعنة وكأنها من الشمع اللين.

وزفر الليل البهيم نسيماً دافئاً في بوابة الدكان المفتوحة.

في الأسفل بحيرة رحيبة قاتمة تحيطها أشجار الصنوبر من كل جانب، متمايلة من رؤوس جبابرة.

فكرت تونيا: "كأنها أحياء". كانت مستلقية على منخفض مفروش بالعشب عند الضفة الغرانيتية. في الأعلى كثيراً وراء المنخفض، تبدأ غابة الصنوبر، وفي الأسفل، عند حافة الجرف ذاته تقع البحيرة. وظل الصخور المحدقة بالبحيرة يجعل حوافيها أكثر قتاماً.

ذلك هو الركن المفضل لتونيا. هنا، بعيداً عن المحطة، في مقالع الأحجار القديمة، في الحفر العميقة المهجورة كانت الينابيع تتدفق حتى تكونت ثلاث بحيرات الآن. ومن الأسفل، عند المنحدر إلى البحيرة يأتي صوت طرطشة الماء. وترفع تونيا

رأسها، وتزيح الأغصان بيدها، وتنظر في الأسفل. هناك جسم ملوح لدن يسبح بضربات قوية من ضفة البحيرة إلى وسطها. وتبصر تونيا ظهره الأسمر ورأسه الأسود. ها هو السابح ينخر كفرس البحر. ويشق الماء بضربات قصيرة، ويتقلب ويغوص، ثم ينقلب على ظهره بعد أن يتعب، ويقلص عينيه من وهج الشمس، وتسكن حركته بعد أن يبسط ذراعيه، وينحني قليلاً. أطلقت تونيا الأغصان، وفكرت ضاحكة: "ليس من اللياقة أن أتفرج". وأخذت تطالع.

ولم تلاحظ تونيا، وهي مستغرقة في قراءة الكتاب الذي أعطاه لها ليشنسكي، كيف عبر شخص العُدوة الغرانيتية التي تفصل المنخفض عن غابة الصنوبر، ولم ترفع رأسها إلا حين سقطت على الكتاب حجارة صغيرة وقعت من تحت قدمي المتسلل، فرأت بافل كورتشاغين واقفاً إزاءها. وقف ذاهلاً من اللقاء المباغت، ومرتبكاً يهم بالنكوص.

"هو الذي كان يسبح منذ لحظة" ـ حدست تونيا، وقد رأت شعر بافل المبلل.

ـ هل أخفتك؟ لم أدرِ أنك هنا، جئت مصادفة، ـ غمغم بافل بذلك، وأمسك بالعدوة. وقد عرف تونيا أيضاً.

ـ أنت لا تضايقني. بل ويمكن أن نتحدث عن شيء ما، إذا كنت تريد.

نظر بافل إلى تونيا مندهشاً.

ـ عم سنتحدث؟

تبسمت تونيا.

ـ ولكن لماذا أنت واقف؟ يمكنك أن تجلس هنا ـ وأشارت
إلى صخرة ـ قل لي ما اسمك؟

ـ اسمي بافل كورتشاغين.

ـ واسمي تونيا.

وهكذا تعارفنا.

عصر بافل طاقيته بارتباك. وقطعت تونيا الصمت.

ـ إذاً، اسمك بافلوشا؟ ولماذا كان التصغير هذا؟ ليس
جميلاً. الأحسن بافل. سأسميك بهذا الاسم. هل تأتي غالباً إلى
هنا... للنزهة؟ ـ وكانت تريد أن تقول للسباحة ولكنها لم ترد أن
يعرف أنها كانت تراقبه وهو يسبح. أجاب بافل:

ـ لا، ليس غالباً، بل كلما يسنح وقت فراغ. ـ فسألته: ـ
وهل تشتغل في مكان ما؟

ـ اشتغل وقاداً في محطة الكهرباء.

بادرته تونيا فجأة:

ـ قل لي أين تعلمت العراك بتلك المهارة؟

فتمتم بافل في غير رضى:

ـ وما شأنك أنت في عراكي؟

ـ لا تغضب يا كورتشاغين ـ قالت وقد أحست بضيق بافل
بسؤالها ـ يهمني ذلك جداً. ما أقوى ضربتك تلك! لا يجوز أن
تضرب بتلك القسوة ـ وضحكت.

سأل بافل:

ـ هل أنت متأسفة؟

ـ لا، مطلقاً، بل بالعكس، حصل سوخاركو على ما

١١٣

يستحقه. وسررت أنا من ذلك المنظر. يقولون: إنك تتعارك
كثيراً.

سأل بافل مرهفاً سمعه:

ـ من قال؟

ـ مثلاً، إن فيكتور ليشنسكي يقول إنك مشاجر محترف.

أظلم وجه بافل.

ـ إن فيكتور خنزير ومستأنث. جدير به أن يشكر لأنه أفلت
آنذاك. سمعت ما قال عني، إلا أنني لم أرغب في تلويث يدي.

ـ لماذا تهجو هذا الهجو، يا بافل؟. ليس ذلك جيداً. ـ
قاطعته تونيا. فعبس بافل وفكر مع نفسه:

"أي لعنة في التحدث مع هذه المتغنطسة؟ وتصدر الأوامر
أيضاً. مرة لا يعجبها "بافكا" وأخرى "لا تهجُ".".

سألته تونيا: ـ لماذا أنت غاضب على ليشنسكي؟

ـ إنه آنسة في بنطلون، ولد مدلل، بلا قيمة! يداي تحكانني
حين أراه، يريد أن يتعالى لأنه ثري، وكل شيء مباح له، بصقة
على ثرائه. إذا مسني تلقى على الفور ما يستحقه. مثل هؤلاء
يتعلمون بالضرب... ـ وكان بافل يتكلم بانفعال.

ندمت تونيا على أنها ذكرت اسم ليشنسكي في حديثها.
الظاهر أن لهذا الفتى ثأرات قديمة مع تلميذ مدلل. ونقلت
الحديث إلى موضوع اهدأ:

بدأت تسأل بافل عن عائلته وعمله.

وبدأ بافل، من دون أن يدري، يجيب بالتفصيل عن أسئلة
الفتاة، وقد نسي رغبته في الانصراف.

سألت تونيا: ـ قل لي لماذا لم تتابع دراستك؟

ـ طردوني من المدرسة.

ـ لماذا؟

احمر بافل.

ـ نثرت التبغ على عجين الكاهن فأخرجوني.

كان الكاهن شريراً يزهق الروح ـ وحدثها بافل عن كل شيء.

استمعت تونيا بلهفة. نسي ارتباكه، وتحدث إليها، وكأنه صاحب قديم لها، كيف أن أخاه لم يعد. ولم يلحظ أي واحد منهما كيف قضيا في حديث نشيط ساعات عدة جالسين في المنخفض. وفي آخر الأمر تذكر بافل وقفز ناهضاً.

ـ حلّ موعد عملي. قضيت الوقت بالثرثرة. بينما عليَّ أن أشعل المرجل. والآن سيقيم دانيلو القيامة ـ وقال بقلق ـ مع السلامة، يا آنسة، الآن عليَّ أن أعدو إلى البلدة بكل قوتي.

نهضت تونيا سريعاً، ولبست سترتها:

ـ حان وقت ذهابي أيضاً، لنذهب سوية.

ـ لا، سأعدو أنا، فلا تستطيعين اللحاق بي!

ـ لماذا؟ سنعدو معاً ونتسابق ونرى من أسرعنا. نظر بافل إليها باستصغار:

ـ نتسابق؟ يا لك من مسابق معي!

ـ لنر، لنخرج من هنا أولاً.

قفز بافل الصخرة، ومدّ يده إلى تونيا.

وركض الاثنان في الغابة على منبسط واسع مؤدٍ إلى المحطة.

توقفت تونيا عند منتصف الطريق.

ـ الآن سنركض. واحد، اثنان، ثلاثة.

أمسكني! ـ وانطلقت إلى الأمام كالزوبعة. وتوامض نعلا حذائها سريعاً، وانبسطت سترتها الزرقاء في الريح.

انطلق بافل وراءها.

"سألحق بها في لحظة" ـ فكر، راكضاً وراء السترة الخفاقة، ولكنه لم يلحق بها إلا في نهاية المنبسط، على مقربة من المحطة. ركض بأقصى قوته فاصطدم بها وأمسك كتفيها بقوة.

ـ هاه، وقع العصفور! ـ وصرخ مرحاً لاهث الأنفاس.

ـ اتركني. أنت توجعني، قالت تونيا مقاومة.

وقف الاثنان لاهثين، بقلبين خافقين، واستندت تونيا المنهكة من العدو المجنون على بافل قليلاً وكان ذلك عرضاً، فصارت قريبة منه. كان ذلك بومضة واحدة، ولكنه علق بالذاكرة.

ـ لم يقدر أحد من قبل على اللحاق بي ـ قالت وهي تحرر نفسها من يديه .

وافترقا في تلك اللحظة. لوّح بافل بطاقيته مودعاً، وعدا نحو البلدة.

عندما فتح بافل باب غرفة المراجل التفت دانيلو الوقّاد الذي كان مشغولاً بإشعال الموقد، وقال غاضباً:

ـ كان الحري بك أن تتأخر أكثر. أتريدني أن أسخن لك المراجل؟

إلا أن بافل ضرب الوقاد على كتفه مرحاً، وقال مصالحاً:

ـ لحظة واحدة وسيشتعل الموقد، أيها الشيخ، ـ وانشغل في الوقود.

في منتصف الليل، حين كان دانيلو يشخر كالحصان وهو مضطجع على الحطب، انتهى بافل من تشحيم المحرك كله، ومسح يديه بنسالة قنب، وأخرج من الصندوق العدد الثاني والستين من "جوزيبه غاريبالدي" وانغمر في قراءة هذه الرواية الشائقة عن المغامرات التي لا تنتهي عن غاريبالدي القائد الأسطوري "لذوي القمصان الحمر" الإيطاليين.

"رمقت الدوق بعينيها الزرقاوين الجميلتين...".

وتذكر بافل: "أن لتلك الفتاة أيضاً عينين زرقاوين. إنها فتاة فريدة لا تشبه أولئك الأثرياء. وهي تعدو كالشيطان".

وسرح في ذكرياته عن لقاء النهار، فلم يسمع تصاعد ضجيج المحرك الذي أخذ يهتز من التوتر، ودار الدولاب الجبار بسرعة جنونية، وارتجت القاعدة الإسمنتية التي كان يقف عليها اهتزازاً عصبياً.

ألقى بافل نظرة على المقياس؛ كان المؤشر يتأرجح على بعد درجات من خط التحذير الأحمر.

ـ يا للشيطان! ـ نزل بافل من الصندوق، وهرع إلى عتلة تصريف البخار، وأدارها مرتين، وهس البخار المصرف من أنبوبة التصريف إلى النهر. وأنزل العتلة إلى الأسفل، ونقل النطاق إلى العجلة المحركة للمضخة.

التفت بافل نحو دانيلو. كان هذا يغط بنوم عميق، فاغراً

فمه عريضاً، محدثاً من أنفه أصواتاً مخيفة.

بعد نصف دقيقة عاد مؤشر المقياس إلى مكانه السابق.

اتجهت تونيا إلى بيتها بعد وداعها مع بافل. فكرت بلقائها المنقضي من توه مع الفتى الأسود العينين، وكانت فرحة به من دون وعي منها.

"كم فيه من نار وإصرار!.. وهو ليس خشناً بالشكل الذي بدا لي أبداً. إنه، على أي حال، لا يشبه جميع أولئك التلاميذ المرولين".

كان من تربة أخرى، من وسط لم تحتك به تونيا من قبل.

وفكرت: "يمكن تطبيعه، وستكون تلك صداقة ممتعة".

رأت تونيا عند اقترابها من البيت، ليزا سوخاركو، ونيلي وفيكتور ليشنسكي في الحديقة.

وكان فيكتور يقرأ، وكانوا ينتظرونها، كما يبدو.

حيت الجميع، وجلست على المصطبة. وخلال الحديث الفارغ المرسل على عواهنه جلس فيكتور ليشنسكي قرب تونيا، وسألها بخفوت:

ـ هل قرأت الرواية؟

ـ آه، نعم، الرواية ـ قالت تونيا متذكرة ـ أنا.. ـ وكادت أن تقول إنها قد نسيت الكتاب عند البحيرة.

سألها فيكور وهو يمعن النظر فيها:

ـ هل أعجبتك؟

فكرت تونيا قليلاً، وهي تخطط برأس حذائها على رمل الممشى متخيلة، ثم رفعت رأسها ونظرت إليه:

ـ لا، بدأت بقراءة رواية أخرى أكثر إمتاعاً من تلك التي جلبتها لي.

ـ هكذا ـ غمغم فيكتور متكدراً ثم سأل ـ من المؤلف؟

نظرت إليه تونيا بعينين لامعتين باسمتين.

ـ لا أحد...

نادت أم تونيا وهي في الشرفة.

ـ يا تونيا، ادعي الضيوف إلى الغرفة، الشاي بانتظاركم!..

أمسكت تونيا بذراعي الفتاتين، واتجهت نحو البيت. بينما سار فيكتور خلفهن معذباً رأسه بالتفكير في كلمات تونيا، غير فاهم معانيها.

كان الشعور الأول غير المستوعب والذي دخل حياة الوقاد الشاب من دون أن يدري شعوراً جديداً عليه للغاية وغامضاً مقلقاً جداً. استولى على لب الفتى اللعوب المتمرد.

كانت تونيا ابنة رئيس حراس الغابة، وكان رئيس الغابة بالنسبة لبافل صنواً مساوياً للمحامي ليشنسكي.

وكان بافل الذي نما وترعرع في الفقر والجوع ينظر بعداء إلى من كان يعتبره ثرياً. وقد دارى بافل شعوره بحذر وخوف، ولم يعتبر تونيا من رهطه كما كان يعتبر غالينا ابنة البنّاء، البسيطة المفهومة، بل كان ينظر إلى تونيا في ريبة، مستعداً للرد على أي هزء واستخفاف به، وهو الوقاد، من جانب هذه الفتاة الجميلة المتعلمة.

مضى أسبوع كامل من دون أن يلتقي بافل بابنة رئيس حراس الغابة، فعزم اليوم على الذهاب إلى البحيرة... مر متعمداً

بدارها مؤملاً لقاءها. سار ببطء حذاء سياج الدار، وفي نهاية الحديقة لمح القميص البحاري المألوف. التقط كوز صنوبر ملقى عند السياج، وقذف به مصوباً نحو البلوزة البيضاء. استدارت تونيا سريعاً، وحين لاحظت بافل ركضت نحو السياج. وقدمت له يدها مبتسمة بمرح. وقالت مسرورة:

ـ وأخيراً جئت. أين غبت طوال هذا الوقت؟

كنت عند البحيرة، فقد نسيت هناك كتاباً. وظننت أنك ستأتي، تعال ادخل إلى حديقتنا.

هزّ بافل رأسه رفضاً.

ـ لا أدخل.

ـ لماذا؟ ـ وارتفع حاجبها دهشة.

ـ أظن أن أباك سيشتمني، وسيصيبك شيء من جرائي. سيقول لماذا أدخلت مثل هذا الصعلوك.

قالت تونيا غاضبة.

ـ أنت تتكلم هراء يا بافل، ادخل على الفور.

لن يقول أبي شيئاً، سترى بنفسك. ادخل.

وركضت، وفتحت البوابة، وسار بافل وراءها متردداً. سألته حين جلسا إلى منضدة مستديرة مغروسة قوائمها في الأرض.

ـ هل تحب قراءة الكتب؟

أجابها بافل بحرارة.

ـ أحبها كثيراً.

ـ ما هو أمتع الكتب التي قرأتها؟

فكر بافل قليلاً ثم أجاب:

ـ جوزيبا غاريبالدي.

ـ جوزيبه غاريبالدي ـ صححت تونيا ـ هل يعجبك هذا الكتاب كثيراً؟...

ـ نعم، وقرأت ثمانية وستين جزءاً منه.

أشتري خمسة أجزاء كلما أتسلم أجوري. كان غاريبالدي رجلاً عظيماً! ـ هتف بافل بإعجاب ـ هذا بطل! أنا أفهم ذلك! كم مرة أضطر إلى محاربة الأعداء، وكان يفوز دائماً. جاب البلدان كلها! لو كان حياً حتى الآن لتعلقت به. كان يجمع في رهطه الصناع، وكان يحارب من أجل البؤساء دائماً.

قالت تونيا وأمسكت يده:

ـ هل تريد أن أريك مكتبتنا؟

ـ لا، لا. لا أدخل البيت ـ رفض بافل البتة.

ـ لماذا تعاند؟ أم أنك تخاف؟

نظر بافل إلى قدميه الحافيتين غير المتألقتين نظافة، وحك علباءه.

ـ ألا تخرجين أمك أو أبوك من هناك؟

قالت تونيا محتدة:

ـ كف عن هذه الأحاديث، وإلا غضبت تماماً.

ـ ليشنسكي لا يسمح لنا بالدخول إلى بيته.

ويتحادث مع مَنْ مثلنا في المطبخ. ذات مرة جئت إليه في شغل، فلم تسمح نيلي حتى بالدخول إلى الغرفة ـ أغلب الظن لكيلا أوسخ أبسطتهم، الشيطان يعرف لماذا؟ ـ وتبسم بافل.

ـ لنذهب، لنذهب ـ وأمسكته من كتفه، ودفعته بنعومة إلى الشرفة.

سارت به عبر غرفة الطعام إلى غرفة فيها دولاب ضخم من خشب البلوط. وفتحت تونيا الباب، ورأى بافل عدة مئات من الكتب مصفوفة بصفوف مستقيمة، وأذهله الثراء الذي لم يرماتشنكو مثله.

ـ سنجد الآن لك كتاباً ممتعاً، فهل تعدني بالمجيء واستعارة الكتب من عندنا باستمرار.

هز بافل رأسه بسرور:

أنا أحب الكتب.

قضيا ساعات عدة لطيفة جداً، ومرحة، وعرفته هي بأمها، وظهر أن ذلك ليس مخيفاً جداً، وقد راقت أم تونيا لبافل.

قادته تونيا إلى غرفتها، وأرته كتبها للمطالعة، وكتبها المدرسية.

على منضدة الزينة انتصبت مرآة غير كبيرة.

قربت تونيا بافل من المرآة، وقالت ضاحكة:

ـ لماذا لك هذا الشعر النافر؟ ألا تحلقه وتمشطه قط؟

ـ أحلقه تماماً حين ينمو، فماذا أعمل به؟ ـ برر بافل فعلته شاعراً بحراجة.

ضحكت تونيا، وتناولت من منضدة الزينة مشطاً، وراحت تمشط جدائله الشعص بحركات سريعة.

قالت وهي ترمق بافل:

ـ والآن مختلف تماماً. يجب أن يحلق الشعر حلاقة جميلة،

وإلا تبدو كالمتوحش.

وألقت نظرة فاحصة إلى قميصه البني الكالح، وسرواله المهلهل، ولكنها لم تقل شيئاً.

لاحظ بافل هذه النظرة، وتكدر من لباسه.

ولدى توديعه دعته تونيا إلى زيارة بيتها، وأخذت منه وعداً بالمجيء بعد يومين، والخروج لصيد السمك سوية.

نزل بافل إلى الحديقة بقفزة واحدة عبر الشباك:

لم يرد أن يعبر الحجرات مرة أخرى ويلتقي بالأم.

..... بغياب أرتيم عانت العائلة من قلة المرود، فلم تكن أجور بافل لتكفيها.

عزمت ماريا ياكوفليفنا على التحدث مع ابنها، عن ضرورة عودتها إلى العمل، على الأخص وأن آل ليشنسكي بحاجة إلى طباخة إلا أن بافل اعترض قائلاً:

ـ لا، يا ماما، سأجد لي عملاً آخر إضافياً. في معمل النشارة يحتاجون إلى راصفين للألواح، سأعمل هناك نصف يوم، وهذا يكفينا أنا وأنت، فلا تذهبي إلى العمل، وإلا سيغضب أرتيم عليَّ، ويقول: لم يستطع تدبير البيت بدوني، من دون أن يرسل أمنا إلى المعمل.

برهنت الأم على ضرورة عملها، إلا أن بافل أصر ووافقته هي.

في اليوم التالي صار بافل يعمل في معمل النشارة.

ويرص الألواح التي نشرت من توها لتجف. والتقى هناك بشابين يعرفهما: ميشا ليفتشوكوف الذي كان يتعلم معه في

المدرسة، وفانيا كوليشوف. وتعاهد بافل وميشا على أن يعملا سوية بنظام القطعة، ومن هنا كان الأجر جيداً إلى حد ما. كان بافل يقضي النهار في معمل النشارة، ويهرع في المساء إلى محطة الكهرباء.

في نهاية اليوم العاشر جلب بافل إلى أمه النقود التي كسبها، تململ قلقاً وهو يعطيها النقود، وأخيراً طلب منها:

ـ اشترِ لي يا ماما قميصاً من الساتين أزرق، مثل ذلك الذي كان لي في العام الماضي، تذكري. ستصرفين نصف الفلوس على ذلك، ولكنني سأكسب فلوساً أخرى فلا تخافي، إن قميصي هذا قديم ـ برر وكأنما يعتذر من طلبه هذا.

ـ بالطبع، بالطبع، سأشتري لك، في هذا اليوم، يا بافل وغداً أخيطه لك. حقاً ليس لك قميص جديد ـ ورمقت ابنها بحنان.

توقف بافل عند حلاق، ودخل الباب وهو يتلمس الروبل في جيبه.

وحين لحظه الحلاق أشار برأسه إلى الكرسي:

ـ تفضل اجلس.

جلس بافل في كرسي عميق مريح، ورأى في المرآة وجهه المرتبك الذاهل.

سأل الحلق: ـ بالماكنة؟

ـ نعم، أقصد لا.. على العموم أحلق حلاقة اعتيادية، ماذا تسمي الطريقة؟ ـ وأومأ بيده إيماءة يائسة.

قال الحلاق باسماً: ـ أفهم.

ـ بعد ربع ساعة خرج بافل من الحلاق عرقاً متعباً، ولكنه حليق الشعر بإتقان ممشطه. انشغل الحلاق بشعره النافر بأناة ولمدة طويلة، ولكن الماء والمشط انتصرا أخيراً، واستقر الشعر بروعة.

تنفس بافل في الشارع تنفساً طليقاً، ودفع طاقيته أعمق في رأسه.

وفكر ـ "ماذا ستقول أمي حين تراني؟" ـ

.... لم يذهب بافل لصيد السمك كما وعد تونيا، وقد تكدرت الفتاة من ذلك.

"ليس الصبي الوقّاد هذا كثير الاهتمام" ـ فكرت بزعل، إلا أنها استوحشت حين تغيب بافل في الأيام التالية أيضاً.

كانت تستعد للخروج إلى النزهة حين فتحت أمها باب غرفتها قليلاً، وقالت:

ـ جاء إليك ضيوف، هل يمكن أن يدخلوا؟

وكان بافل واقفاً عند الباب، لم تعرفه تونيا في الوهلة الأولى.

كان يرتدي قميصاً أزرق جديداً من الساتين، وسروالاً أسود، وكان حذاؤه النظيف الطويل الرقبة يلمع، لاحظت تونيا في الحال أنه قد حلق شعره، فلم تكن خصلاته نافرة كما كانت من قبل. إن الوقّاد المسخّم تغير تماماً.

أرادت تونيا أن تبدي دهشتها، ولكنها لم ترغب في إرباك الفتى الذي كان يحس بحراجة من دون ذلك، فتظاهرت تونيا بأنها لم تلحظ هذا التغير المثير.

شرعت تونيا توبخه :

ـ ألا تستحي!.. لماذا لم تأتِ لاصطياد السمك؟

أهكذا تفي بوعودك؟

ـ اشتغلت في معمل النشارة من تلك الأيام ولم أستطع المجيء.

ولم تطاوعه نفسه ليقول إنه اشتغل في تلك الأيام إلى حد الإعياء ليشتري له قميصاً وسروالاً.

ولكن تونيا حدست ذلك بنفسها، وتلاشى كل زعلها على بافل من دون أن يخلف أثراً.

ـ لنذهب إلى التنزه عند البركة ـ اقترحت هي. وخرجا إلى الحديقة، ومنها إلى الطريق.

حكى بافل لتونيا وكأنه يفضي بسر كبير إلى صديق، عن المسدس المسروق من الملازم، ووعد أن يتوغل في الأيام القريبة القادمة عميقاً في الغابة، ويطلق الرصاص، ثم قال لها بلهجة لا كلفة فيها :

ـ حذر أن تشي بي.

ـ لن أشي بك لأحد أبداً ـ وعدته تونيا مقسمة.

الفصل الرابع

اجتاح أوكرانيا صراع طبقي حاد لا رأفة فيه. وشهر السلاح عدد متعاظم من الناس، وكان كل صدام يخلق محاربين جدداً.

صارت في الماضي البعيد أيام الهدوء بالنسبة لعامة الناس.

دوت العاصفة، وهزّت البيوت المتداعية بطلقات المدافع، وانكمش عامة الناس نحو جدران السراديب الصغيرة، والخنادق التي حفروها بأنفسهم.

وغمر الولاية وابل من عصابات بيتليورا من كل الألوان والأوزاع. رؤساء صغار وكبار، من أصناف غولوب وارخانغيل وانغيل وغوردي، وعدد آخر لا حصر له من العصابات.

الضباط السابقون والاشتراكيون الثوريون الأوكرانيون ـ يساريون ويمينيون ـ كل مغامر جسور جمع حفنة من القتلة نادى بنفسه "أتماناً"[11]، وأحياناً كان يرفع راية البيتليوريين الصفراء ـ الزرقاء ويستولي على السلطة بحدود قواه وإمكانياته.

من تلك العصابات المختلفة الشيات المعززة بالكولاك والأفواج الغاليسية من جيش الحصار للأتمان كونوفالتس صنع

(١١) هذه كلمة أوكرانية تعني رئيس العصابة والقائد. الناشر.

"الأتمان الرأس بيتليورا" أفواجه وفرقه وعندما راحت فصائل الأنصار الحمراء تضرب بقوة على هذه الفرق الكولاكية المعادية للثورة اهتزت الأرض تحت مئات وآلاف من سنابك الخيل، ورجت عربات النقل وعجلات المدافع.

في شهر نيسان ذلك من عام العصيان، عام ١٩١٩ كان العامة من الناس المرتعبين حتى الموت، المشدوهين يديرون في الصباح عيونهم الناعسة ويفتحون نوافذ بيوتهم، ويسألون بتهيب جارهم الذي استيقظ قبلهم:

ـ يا أفتونوم بيتروفيتش، لمن السلطة في البلدة؟

ـ لا أعرف، يا أفانسي كيبريلوفيتش. في الليل دخل ناس فلننظر: فإذا نهبوا اليهود فمعنى ذلك أنهم من جماعة بيتليورا، وإذا كانوا "رفاقاً" فسنعرفهم من كلامهم. وأنا الآن أعاين لأعرف أي صورة يجب أن أعلق لكيلا أقع في ورطة. جاري غيراسيم لم يعاين جيداً فعلق صورة لينين، حتى دخل عليه ثلاثة رجال، ظهر أنهم من جماعة بيتليورا. وما أن وقع بصرهم على الصورة حتى هجموا على صاحب البيت! وجلدوه عشرين جلدة، قائلين له: "سنسلخ جلدك حياً، أيها البوز الشيوعي، يا ابن الكلبة" ولم تنفعه معاذيره وصراخه.

وعندما كان العامة يلاحظون جماعات من المسلحين سائرين في الطريق، كانوا يغلقون نوافذهم، ويختبئون. دفعاً للخطر.

أما العمال فقد كانوا ينظرون بكره مكبوت إلى الرايات الصفر الزرق للصوص البيتليوريين. كانوا عاجزين عن مقاومة

هذه الموجة من الشوفينية التلقائية، فكان لا يطيب مزاجهم إلا حين كانت الوحدات الحمراء المارة تدق إسفيناً في البلدة، وتوجه الضربات بعنف إلى ذوي الرايات الصفر الزرق المحاصرين من كل الجوانب. وكانت الراية الحمراء الحبيبة ترفرف يوماً أو يومين فوق مقر البلدية، ولكن الوحدة كانت ترحل، ويحل الظلام ثانية.

والبلدة الآن للعقيد غولوب "جمال وفخر" فرقة ما وراء الدنيبر.

يوم أمس دخل البلدة بعظمة لوائه المؤلف من ألفين من القتلة. كان البان(١٢) العقيد يسير في مقدمة اللواء على جواد أسود دليل، وعلى الرغم من شمس نيسان الدافئة كان العقيد يرتدي جبة قوقازية، وطاقية قوزاقية من فراء الحمل ذات "تويج" قرمزي، وسترة جركسية، مع سلاح كامل: خنجر، وسيف من الفضة.

والعقيد غولوب بان جميل الطلعة: الحاجبان أسودان، والوجه شاحب بصفرة خفيفة من الشرب المستمر. وبين شفتيه غليون. كان البان العقيد قبل الثورة مهندساً زراعياً في مزارع مصنع السكر، ولكن الحياة تلك مضجرة لا تقارن بالوضع الذي يتمتع به الأتمان، فسبح المهندس الزراعي في لجة الفوضى التي شاعت بالبلاد، وصار البان العقيدَ غولوب.

ولم يمت الخورونجي بالينتسيا وعثر على كهربائيين.

---

(١٢) كانت هذه الكلمة تعني في بولونيا القديمة الملاك العقاري والسيد. الناشر.

بعد حوالى ساعة قاد رجلان من البيتليوريين بافل إلى محطة الكهرباء. وبهذه الطريقة أيضاً جلبوا الكهربائي والميكانيكي.

وقال بالينتسيا باقتضاب:

ـ إذا لم يشعل الضوء حتى الساعة السابعة سأشنق ثلاثتكم ـ وأشار بيده إلى عارضة حديدية.

فعلت هذه الجملة الشرطية المسنونة فعلها. وأعيد الضوء عند الوقت المحدد.

كانت الحفلة في أوجها عندما ظهر البان العقيد مع خليلته وهي فتاة بضة الصدر صهباء الشعر، ابنة صاحب المشرب الذي كان العقيد يعيش في بيته.

وقد علمها أبوها الثري في مدرسة حاضرة الولاية.

بعد أن جلس البان العقيد في مكان الصدارة عند المسرح ذاته أعطى إشارة الأذن بالبدء. وانفرجت الستارة في الحال. ولاح أمام المتفرجين ظهر المخرج وهو يغادر المسرح مسرعاً.

وخلال العرض كان الضباط وسيداتهم يتزودون بين الحين والآخر في المشرب بقدح من خمرة بيتية ممتازة جلبها بالينتسيا، الحاضر في كل مكان، وبأطايب من شتى الأنواع أخذت بطريقة وضع اليد. وفي نهاية العرض كان الجميع قد تعتعهم السكر.

قفز بالينتسيا إلى خشبة المسرح، وأعلن ملوحاً بيده بطريقة مسرحية:

ـ أيها السيدات والسادة، سيبدأ الرقص حالاً.

وضجت القاعة بالتصفيق، وخرج الجميع إلى الفناء،

ليتمكن العساكر البيتليوريون المجندون لحماية الاحتفال، من رفع الكراسي وإفراغ القاعة.

بعد نصف ساعة بدأ في القاعة قصف عربيد.

رقص الضباط البيتليوريون رقصة "الغوباك" بعرامة وانفلات عنان مع حسناوات البلدة المحمرات من الحر، واهتزت جدران المسرح الواهن من طبطبات أقدامهم الثقيلة.

وخلال ذلك دخلت فصيلة خيالة مسلحة إلى البلدة من جانب الطاحونة.

لاحظت نقطة الحراسة البيتليورية في ضاحية البلدة والمزودة برشاشة حركة الخيالة فاضطربت، واندفع الحراس إلى الرشاشة وطقطقت ترابيس. وشقت الليل صيحة حادة:

ـ قف! من القادم؟

خرج من الظلمة شبحان قاتمان اقترب أحدهما من النقطة، وهدر بصوت قوي مبحوح:

ـ أنا الأتمان بافليوك مع فصيلتي، هل أنتم جماعة غولوب؟

ـ نعم، ـ أجاب الضابط الذي تقدم إلى الأمام.

فسأل بافليوك:

ـ أين ستقيم فصيلتي؟

ـ سأسأل الآن مقر القيادة بالتلفون ـ أجاب الضابط، واختفى في بيت صغير قرب الطريق.

وبعد دقيقة خرج من هناك وأوعز:

ـ أزيحوا الرشاشة عن الطريق، يا رجال، ودعوا البان الاتمان يمر.

شد بافليوك على العنان وأوقف الحصان عند المسرح المضاء الذي كان يجري حوله لهو منطلق.

ـ أها، هنا لهو ومرح ـ قال ملتفتاً إلى الضابط الواقف بالقرب منه ـ لننزل، يا غوكماج، وننضم إلى القصف. لنختر امرأتين مناسبتين، ما أكثر النساء هنا! ـ ونادى ـ أي ستاليجكو، فرّق الجنود على البيوت! سنبقى نحن هنا. وليبق الحارس معي ـ وقفز من حصانه المترنح مترجلاً ثقيلاً.

أوقف بافليوك رجلان بيتليوريان مسلحان عند باب الدخول إلى المسرح:

ـ بطاقة؟

إلا أنه نظر إليهما بازدراء، ودفع أحدهما بكتفه. وعلى هذا النحو دخل وراءه زهاء اثني عشر رجلاً من فصيلته. كانت خيولهم مربوطة عند سياج المسرح.

لوحظ القادمون الجدد فوراً، وبرز بشكل خاص جسم بافليوك الضخم المرتدي سترة ضابط من قماش جيد، وسروالاً أزرق مما يرتديه ضباط الحرس، وقبعة فرائية، والموزر يتدلى من حمالة الكتف، ومن جيبه تبرز قنبلة يدوية.

ـ من هذا ؟ ـ تهامس الواقفون وراء حلقة الراقصين حيث كان يرقص في تلك اللحظة مساعد غولوب رقصة معربدة.

كانت ترقص معه ابنة الكاهن الكبرى التي كانت تدور منطلقة فتتفتح تنورتها كالمروحة، وتكشف للمحاربين المعجبين عن جانب كبير من ثوبها الداخلي الحريري.

دخل بافليوك إلى وسط الحلقة ذاتها شاقاً الحشد بكتفيه.

١٣٢

حدق بنظرة كدرة إلى ساقي ابنة الكاهن، وبلل بلسانه شفتيه اليابستين، وتقدم عبر الحلقة إلى الأوركسترا، وتوقف قرب الأضواء عند مقدمة المسرح، ولوّح بسوط مضفور:

- اعزفوا الغوباك!

لم يعر قائد الأوركسترا التفاتاً لذلك.

عندئذٍ رفع بافليوك السوط عالياً وساط به ظهر القائد. فقفز هذا كالملسوع.

توقفت الموسيقى على الفور، وسكنت القاعة.

- هذه وقاحة! - هدرت ابنة صاحب المشرب - يجب ألا تسمح بذلك . - وضغطت بعصبية على كوع غولوب الجالس إلى جانبها.

نهض غولوب متثاقلاً، ودفع بقدمه مقعداً أمامه، وخطا ثلاث خطوات نحو بافليوك وتوقف لصقه تماماً. وعرف بافليوك في الحال: إن له حسابات لم تصفَّ بعد مع هذا المتنافس معه على السلطة في المنطقة.

قبل أسبوع غدر بافليوك بالبان العقيد بأرذل طريقة.

في معمعان معركة مع فصيلة حمراء رضضت جماعة غولوب أكثر من مرة اقتحم بافليوك البلدة، بدلاً من أن يهاجم البلاشفة من المؤخرة، وتغلب على نقاط الحراسة الخفيفة للحمر، ووضع قوة للتمويه والحماية، وأطلق العنان في البلدة لنهب لا مثيل له. وبالطبع، حرص، باعتباره بتليورياً أصيلاً، على أن تصيب المجزرة اليهود بشكل خاص.

في ذلك الحين حطم الحمر جناح غولوب الأيمن تحطيماً

شديداً، وانصرفوا.

والآن اخترق هذا الضابط الخيال المتعجرف هذا المكان، وتجرأ على أن يضرب بحضوره، وهو البان العقيد، قائد أوركستراه. لا، لم يكن بوسعه أن يتغاضى عن ذلك. أدرك غولوب أن منزلته في لوائه ستنقرض إذا لم يكسر، في هذه اللحظة، شوكة الأتمان المتعالي.

وقف الاثنان صامتين يتفرس أحدهما بالآخر.

شد غولوب على مقبض السيف بيده، وتلمس بالأخرى مسدس الناغان الموضوع في جيبه، وأرعد:

ـ كيف تجسر على ضرب جماعتي، أيها الوغد؟

زحفت يد بافليوك إلى غلاف الموزر ببطء:

ـ على رسلك يا بان غولوب، على رسلك، وإلا قد تنطرح. لا تتحرش بي، فأنا سريع الغضب. أجج ذلك من غيظ غولوب فصرخ:

ـ خذوهم، وأخرجوهم من المسرح، واجلدوا كل واحد منهم خمساً وعشرين جلدة!

انقض الضباط على بافليوك وجماعته مثل قطيع من كلاب الصيد.

وصدرت طلقة نارية، وكأن مصباحاً كهربائياً سقط على الأرض، ودار المتعاركون وتهاوشوا في القاعة مثل قطيعين من الكلاب. وتضاربوا بالسيوف في عراك أعمى، وأمسك بعضهم شعر الآخر، وحنجرته، وتفرقت النسوة المرتعبات عن المتناوشين مرسلات قباعاً كقباع الخنازير.

وبعد بضع دقائق أخرجت جماعة بافليوك إلى الفناء مجردين من السلاح، مضروبين، ورموا في الشارع.

فَقَدَ بافليوك قبعته أثناء العراك وخدش وجهه، وجُرّد من سلاحه، فكان خارج أطواره. امتطى مع فصيلته ظهور خيولهم، وانطلق في الشارع.

انفرط الحفل. لم يرغب أحد أن يمرح بعد كل ما حدث. رفضت النساء الرقص البتة، وطالبن بتوصيلهن إلى بيوتهن. إلا أن غولوب ركب رأسه فأمر.

ـ لن يخرج أحد من القاعة. ضعوا الحراس.

أسرع بالينتسيا في تنفيذ الأمر.

ورد غولوب بعناد على الاحتجاجات المنهارة:

ـ سيستمر الرقص حتى الصباح أيها السيدات والسادة. سأرقص أنا رقصة الفالس في الجولة الأولى.

عزفت الموسيقى ثانية، ولكن المرح لـم يعد إلى الحاضرين.

وقبل أن يدور العقيد دورة واحدة مع ابنة الكاهن صرخ الحراس الذين دخلوا الباب راكضين:

ـ جماعة بافليوك تحاصر المسرح!

في تلك اللحظة تهشمت نافذة عند خشبة المسرح تطل على الشارع. وبرز من الإطار المهشم مقدم رشاشة أفطس. ودارت الرشاشة بطيش، وكأنها تلتقط الشخوص المبعثرة، وابتعد الناس عنها إلى وسط القاعة، وكأنهم يبتعدون عن شيطان.

أطلق بالينتسيا الرصاص على مصباح ذي ألف شمعة معلق في السقف، فانفجر كالقنبلة ناثراً وابلاً من هشيم الزجاج.

وعمّ الظلام. وصاحوا من الشارع:

ـ اخرجوا جميعاً إلى الفناء ـ وصدرت شتائم قوية.

اختلطت في هرج لا يعقل صيحات النساء الوحشية الهستيرية، وأمر غولوب الجنوني، وهو يندفع في القاعة محاولاً جمع الضباط المصعوقين، والطلقات والصيحات في الفناء، ولم يلحظ أحد كيف انسل بالينتسيا كالسمكة، وقفز من مخرج خلفي إلى شارع مجاور مقفر، وانطلق إلى مقر قيادة غولوب.

بعد نصف ساعة جرت في البلدة معركة حامية الوطيس، وهتكت سكون الليل لعلعة الرصاص المتواصل، ونثرت الرشاشات أبابيل الرصاص. وغادر الناس المصعوقين تماماً فرشهم الدافئة، والتصقوا ينظرون من خلال نوافذ بيوتهم.

ويهدأ الرصاص إلا في طرف البلدة حيث ينبح الرشاش بصليات متقطعة.

وتسكن المعركة، ويتنفس الفجر...

ترامت في البلدة إشاعات عن استباحة تدبر، ووصلت إلى بيوت اليهود الصغيرة الواطئة ذات النوافذ المائلة، القابعة، بطريقة ما، فوق منحدر قذر موصل إلى النهر. في هذه العلب المسماة بيوتاً كان فقراء اليهود يعيشون في اكتظاظ غير معقول.

كان المصففون والعمال في المطبعة التي كان سيرغي بروزجاك يعمل فيها منذ سنتين، من اليهود، وقد اندمج معهم سيرغي، كأنهم ذوو قرباه. والتحم الجميع في عائلة متآلفة ضد

صاحب المطبعة السيد بليومشتين المرفّه المغتر بنفسه. وجرى نضال موصول بين صاحب المطبعة وعمالها. كان بليومشتين يجهد جهده ليسلب أكبر ما يمكن، ويدفع أقل ما يمكن، ومن جراء ذلك كان العمال يضربون، فتغلق المطبعة أسبوعين أو ثلاثة. وكان يشتغل فيها أربعة عشر رجلاً أصغرهم سيرغي الذي كان يدير آلة الطباعة اثنتي عشرة ساعة في اليوم.

اليوم لاحظ سيرغي قلق العمال، في الأشهر المقلقة الأخيرة كانت المطبعة تعمل من حين لآخر لقلة الطلبات عليها. كانت تطبع مراسيم "الأتمان الرأس".

انتحى مصفف الحروف المسلول مندل بسيرغي ناحية.

نظر إليه بعينيه الكئيبتين، وقال:

- أتعرف أن البلدة ستستباح؟

نظر سيرغي إليه في دهشة:

- لا، لا أعرف. وضع مندل يده العجفاء الصفراء على كتف سيرغي، وقال له بلهجة أبوية واثقة:

- ستستباح البلدة، وتلك حقيقة. وسيفتكون باليهود. وأنا أسألك: هل تريد أن تساعد رفاقك في هذه النكبة أم لا؟

- بالطبع، أريد إذا كان بمقدوري. قل يا مندل.

أرهف المصففون أسماعهم إلى الحديث.

- أنت فتى شهم، يا سيرغي، ونحن نثق بك. وأبوك عامل أيضاً. اذهب الآن إلى البيت، وتحدث إلى أبيك: هل يوافق على إخفاء بعض الشيوخ والنساء في بيته، وسنتفق مقدماً عمن سيختبئ عندكم. ثم تحدث مع عوائل أخرى يمكن أن تخفي

عندها. إن قطاع الطرق هؤلاء لا يتعرضون للروس في الوقت الحاضر. اركض، يا سيرغي، فالوقت قصير.

ـ حسناً، يا مندل، كن على ثقة. سأركض الآن إلى بافل وكليمكا، وسيقبلون بالإيواء حتماً.

ـ انتظر دقيقة ـ ساور القلق مندل فأمسك سيرغي الذي همّ بالانطلاق ـ من بافل وكليمكا هذان؟ أتعرفهما جيداً؟

هزَّ سيرغي رأسه بثقة:

ـ وكيف لا، هما صاحباي. بافل كورتشاغين، وأخوه براد.

ـ آه، كورتشاغين ـ قال مندل وقد هدأ ـ أنا أعرفه. عشنا معاً في بيت واحد. من الممكن الاختفاء عنده. اذهب، يا سيرغي، وعد بالجواب سريعاً.

وخرج سيرغي إلى الشارع.

استبيحت البلدة في اليوم الثالث بعد معركة فصيلة بافليوك مع جماعة غولوب.

رجع بافليوك بأعقابه محطماً مدحوراً من البلدة، واحتل البلدة المجاورة، بعد أن فقد في المعركة الليلية عشرين رجلاً وخسر غولوب مثل هذا العدد.

حُمل القتلى بسرعة إلى المقبرة، ودفنوا في اليوم ذاته، من دون مراسم، إذ ليس في ذلك ما يفخر به. تناهش هذان الأتمانان مثل كلبين متشردين، ولم تكن إثارة ضجة حول الدفن مقبولة. أراد بالينتسيا أن يجعل من الدفن تظاهرة، بعد أن أعلن أن بافليوك قاطع طرق أحمر، إلا أن لجنة الاشتراكيين الثوريين التي كان يرأسها الكاهن فاسيلي وقفت ضد ذلك.

أثار الصدام الليلي استياء بين لواء غولوب لا سيما بين فرسانه الذين تكبدوا خسائر أكثر من سواهم، ولتنفيس هذا الاستياء ولرفع الروح المعنوية اقترح بالينتسيا على غولوب "الترفيه عن النفس" وهو التعبير الذي سميت به الاستباحة سخرية. وأثبت لغولوب ضرورة ذلك، مستشهداً بالاستياء في اللواء. وكان العقيد في بادئ الأمر غير راغب في إثارة القلق في البلدة قبيل قرانه بابنة صاحب المشرب، إلا أنه وافق آخر الأمر تحت تهديد بالينتسيا.

حقاً، إن هذ العملية أقلقت البان العقيد بعض الشيء، بمناسبة انضمامه إلى الحزب الاشتراكي الثوري. فستتاح للأعداء فرصة أخرى لإثارة أحاديث غير محمودة حول اسمه، قائلين إنه مستبيح، وسيشون به إلى "الأتمان الرأس" حتماً. ولكن غولوب في ذلك الحين كان قليل التبعية إلى "الرأس"، يزود لواءه بما تجني يده. ثم إن "الرأس" نفسه كان يعرف طينة أتباعه جيداً، وقد طلب المال أكثر من مرة لاحتياجات الإدارة العامة يرصد مما يسمى الأموال المنزوعة، أما عن سمعة الاستباحة فإنها قد لصقت بغولوب على أي حال. وليس بوسعه أن يزيد عليها شيئاً.

بدا النهب في الصباح الباكر.

كانت البلدة تسبح في ضباب السحر الرمادي. والشوارع المقفرة الشبيهة بشرائط قماشية مبللة، الملتفة بلا نظام حول الأحياء اليهودية المبنية اعتباطاً خالية من الحياة. وكانت النوافذ الصغيرة مسدلة الستائر موصدة مصاريعها بإحكام.

كانت الأحياء تبدو من الخارج هاجعة تغط بنومة ما قبل

الصبح العميقة. إلا أن الناس داخل البيوت لم يكونوا نائمين. كانت العوائل في كامل لباسها متهيأة للطامة الموشكة على النزول، منكمشة في حجرة صغيرة، والأطفال الصغار وحدهم غير الفاهمين شيئاً كانوا غارقين في نوم هادئ وديع على أذرع أمهاتهم.

في ذلك الصباح قضى سالوميغا رئيس حراس غولوب، الأسود ذو الوجه الغجري، والندبة البنية على خده من ضربة سيف، قضى وقتاً طويلاً ليوقظ بالينتسيا مرافق غولوب.

استيقظ بالينتسيا بثقل. لم يستطع أن يخلص نفسه من حلم أحمق. كان الشيطان الأحدب القمطرير الذي لازمه الليل بطوله لا يزال ينشب إظفاره في حلقومه. وحين رفع، في آخر الأمر، رأسه المتصدع ألماً أدرك أن سالوميغا يوقظه.

ـ استيقظ، يا طاعون ـ هزّ سالوميغا كتفه ـ الوقت متأخر، وعلينا أن نبدأ. شربت شرب الخنزير يوم أمس.

استيقظ بالينتسيا تماماً، وتبسل وجهه من الحرقة، وبصق لعاباً مراً.

ـ بماذا نبدأ؟ ـ وبحلق بسالوميغا بعينين مخبولتين.

ـ بتنظيف اليهود، هل نسيت؟

وتذكر بالينتسيا، نعم، إنه نسي تماماً، بالأمس شرب كثيراً في المزرعة التي ذهب إليها البان العقيد وعروسه وحفنة من ندماء الخمرة.

وجد غولوب من المريح له أن يترك البلدة أثناء المذبحة. بوسعه أن يقول في ما بعد أن سوء التفاهم حدث في غيابه،

وسيتسنى لبالينتسيا الوقت لينجز المهمة حسب ما يمليه ضميره،
أوه، إن بالينتسيا هذا أستاذ في فن "الترفيه"!...

سكب جردلاً من الماء على رأسه، فعادت إليه القدرة على
التفكير. وذهب إلى مقر القيادة، وراح يصدر الأوامر.

كانت كوكبة الفرسان على صهواتها. أمر بالينتسيا بوضع
نقطة حراسة تفصل حاضرة العمال والمحطة عن البلدة تفادياً
للتعقيدات الممكنة الحدوث.

وضعت رشاشة في حديقة بيت ليشنسكي ووجهت إلى
الطريق. إذا فكر العمال بالتدخل جوبهوا بالرصاص.

وعندما انتهت كل الاستعدادات قفز المرافق وسالوميغا إلى
فرسيهما.

وتذكر بالينتسيا وهما في الطريق:

ـ قف، لقد نسيت، هات عربتين، سنهيئ لغولوب هدية
العرس. هو هو... الغنيمة الأولى للآمر دائماً، والمرأة الأولى
لي، للمرافق. هل فهمت، أيها الدماغ الناشف؟ ـ كان السؤال
موجهاً إلى سالوميغا.

رشقه هذا بنظرة صفراء.

ـ يوجد ما يكفي للجميع.

انطلقوا في الجادة، المرافق وسالوميغا في المقدمة،
وخلفهما الفرسان مثل رعيل فالت العنان.

انقشع ضباب الفجر. جذب بالينتسيا رسن فرسه عند بيت
مؤلف من طابقين عليه لافتة صدئة كتب عليها: "فوكس ـ تجارة
خردوات".

كانت فرسه النحيلة القوائم تضرب حجارة الأرض بحوافرها غضبى.

قال بالينتسيا وهو يترجل:

ـ من هنا نبدأ بعون الله.

ـ أيها الرجال، ترجلوا! ـ خاطب الفرسان المحيطين به، ثم شرح لهم ـ هنا بداية التمثيلية. لا تفلقوا الجماجم أيها الرجال، سيكون لذلك وقت آخر، أما النساء ففي الإمكان أيضاً أن تخلوهن حتى المساء إذا استطعتم الصبر.

احتج أحد الفرسان مكشراً عن أسنان قوية:

ـ وكيف إذا كان عن رضى وطيب خاطر، أيها البان الخورونجي؟

ارتفعت حمحمة من حوله. ونظر بالينتسيا إلى المتحدث باستحسان وإعجاب.

ـ طبعاً، إذا كان عن رضى وطيب خاطر، لا يحق لأحد أن يمنعك، فاسرح حيث شئت.

تقدم بالينتسيا من باب الحانوت المغلق، ودفعه بركلة قوية من قدمه، إلا أن الباب البلوطي القوي صمد، بل ولم يهتز.

كان يجب البدء من مكان آخر. استدار المرافق حول الزاوية، واتجه إلى الباب المؤدي إلى شقة فوكس ماسكاً سيفه بيده. وسار سالوميغا وراءه.

كان أهل البيت قد سمعوا وقع حوافر الجياد على الأرض المرصوفة. وحين سكنت القرقعة عند الحانوت، وترامت الأصوات عبر الجدار خيل لأهل البيت أن قلوبهم قد تقطعت

١٤٢

نياطها، وجسومهم قد جمدت، كان في البيت ثلاثة.

كان الثري فوكس قد غادر البلدة يوم أمس مع بناته وزوجته وترك لحراسة المتاع الخادمة ريفا الفتاة الوديعة الساكنة ذات التسعة عشر ربيعاً. ولكي لا تشعر بالرهبة في بيت خالٍ اقترح فوكس عليها أن تجلب معها أباها وأمها العجوزين، وأن يعيش ثلاثتهم حتى يعود.

أبدت ريفا ممانعة ضعيفة، إلا أن التاجر الماكر طمأنها بأن الاستباحة ربما لا تحدث. فماذا سيحصلون من بؤساء؟ ووعدها بأن يهدي لها فستاناً لدى عودته.

تسمّع الثلاثة يخامرهم أمل مضن: فعسى ولعل القادمين يتخطون بيتهم. وقد يكونون على خطأ، قد يتوقف أولئك عند بيت غير بيتهم، ربما ذلك ما تراءى لهم. إلا أن الضربات توالت قوية على باب الحانوت وكأنها لتبديد أملهم.

وقف العجوز بيساخ ذو الشعر الأشيب والعينين الزرقاوين، المرتعبتين ارتعاب عيني الطفل، عند الباب المؤدي إلى الحانوت، وهمس بصلاة. صلى إلى "يهوه" القدير بكل ما في قلب مؤمن متعصب من عاطفة. تضرع إليه أن يبعد الشقاء عن هذا البيت، ولم تفطن العجوز الواقفة على مقربة منه رأساً إلى وقع الخطوات المقتربة بسبب همسه بالصلاة.

لاذت ريفا في أبعد حجرة، وراء صوان بلوطي كبير.

بعثت طرقة حادة غليظة على الباب رعشة رعداء في جسمي الشيخين.

ولكن لم تبقَ في البدن قوة لترفع اليد، وتفتح الباب.

١٤٣

وظلت ضربات أخامص البنادق تتوالى من الخارج على الباب حتى انخلعت مزاليج الباب وانفتح.

امتلأ البيت بالمسلحين الذين راحوا يبحثون في الأركان. وحطم باب الحانوت بضربة من أخمص بندقية. ودخلوا، وفكوا مزاليج الباب الخارجي.

وبدأ النهب.

وحين ملئت العربتان إلى الأعلى بالأقمشة والأحذية، والغنائم الأخرى، توجه سالوميغا إلى بيت غولوب، ولما عاد ثانية سمع صرخة وحشية.

بعد أن ترك بالينتسيا رجاله لتصفية الحانوت دخل إلى الغرفة. واستعرض أهل المنزل الثلاثة بعينيه الخضراوين الشبيهتين بعيني الوشق، وقال للعجوزين:

ـ اخرجا!

ولكن أحداً لم يتحرك، لا الأم، ولا الأب.

تقدم بالينتسيا إلى الأمام وراح يستل سيفاً من غمده ببطء.

صرخت الابنة مرتعدة:

ـ ماما!

إنها الصرخة التي سمعها سالوميغا.

التفت بالينتسيا إلى رفاقه الذين جاءوا في تلك اللحظة، وأمر باقتضاب:

ـ ألقوهما إلى الخارج ـ وأشار إلى العجوزين.

وحين جرّا وراء الباب بالقوة، قال بالينتسيا لسالوميغا الذي أقبل عليه ـ قف وراء الباب قليلاً، عندي حديث أسره إلى الفتاة.

عندما سمع العجوز صرخة الفتاة، اندفع نحو الباب، إلا أن ضربة ثقيلة على صدره صفقته في الحائط فتقطعت أنفاسه ألماً. في تلك اللحظة كانت تويبا العجوز الهادئة أبداً تتشبث بسالوميغا كالذئبة:

ـ دعني أدخل، ماذا تفعلون؟

كانت تريد الاقتراب من الباب، ولم يستطع سالوميغا أن يفك أصابع العجوز الماسكة بعنف بمعطفه.

أفاق بيساخ من الصدمة، وانطلق لمساعدتها.

ـ دعني أدخل... أو ابنتي!

واستطاعا في ما بينهما أن يدفعا سالوميغا عن الباب فاستبد به الغضب، وانتزع مسدسه من وراء حزامه، وضرب رأس العجوز الأشيب بقبضته الفولاذية، فسقط العجوز بصمت.

وكان صراخ ريفا يتناهى من الغرفة.

جروا بتويبا إلى الشارع مسلوبة العقل، وردد الشارع صرخاتها اللا إنسانية واستغاثاتها.

سكتت الصرخات في البيت.

خرج بالينتسيا من الحجرة، وكان سالوميغا يمسك بمقبض الباب، فأوقفه بالينتسيا من دون أن يرفع بصره إليه.

ـ لا تدخل على الفتاة. غطيتها بالوسادة قليلاً فاختنقت ـ وعبر جثة بيساخ، ووضع قدمه في سائل كثيف داكن.

تمتم وهو يخرج إلى الشارع:

ـ لم تكن البداية موفقة.

وسار الآخرون خلفه صامتين مخلفين وراءهم آثار دم على

أرضية الحجرة والدرجات.

أما في البلدة فقد كانت أعمال النهب والاستباحة في عنفوانها. جرت مناوشات ذئبوية بين اللصوص على اقتسام الغنائم، وبرقت سيوف المتناوشين هنا وهناك. وحدث في كل مكان تقريباً عراك بالأيدي.

ومن المشرب أخرجت براميل البيرة البلوطية الكبيرة، ودحرجت على الرصيف.

ثم دبوا إلى البيوت.

ولم يبدِ أحد مقاومة، فتشوا في الحجرات الصغيرة، ونبشوا في الأركان بعجالة، وخرجوا محملين بالاسلاب، تاركين وراءهم أكداساً مبعثرة من الخرق، وريش الوسائد والحشايا الممزقة. وفي اليوم الأول سقطت ضحيتان فقط: ريفا وأبوها، إلا أن الليل القادم جلب معه موتاً لا مفر منه.

في المساء كان أفراد القطيع العائث من بني آوى المتعددي الشيات سكارى إلى حد الاحتقان. وانتظر البيتليوريون، وهم في غشيان الخمرة، هبوط الليل.

وأطلق الظلام أيديهم. إن خنق إنسان في سواد الليل أكثر يسراً: حتى ابن آوى يحب الليل، فإنه لا يهاجم غير الفرائس الهالكة.

ستظل تانك الليلتان، وتلك النهارات الثلاثة عالقة في ذاكرة الكثيرين. كم حياة شوهت ومزقت في تلك الساعات الدامية، وكم رؤوس فتية شابت، وكم دموعاً أذرفت، ومن يدري هل كان سعداء أولئك الذين بقوا أحياء ونفوسهم خاوية يسومها العار

والمذلة، ويكويها حنين لا يخمد له أوار، حنين على الأعزاء الراحلين بلا عودة. في الأزقة رقدت جثث الفتيات المعذبات حتى الموت، المحطمات الطارحات أيديهن بتشنج غير مكترثات بشيء.

وعند النهر فقط، في بيت الحداد نعوم لقي بنو آوى رداً قاسياً. هجموا على زوجته الشابة ساره. فوقف ذلك الحداد الركين البنيان بعنفوان سنه الرابعة والعشرين، وعضلاته الفولاذية التي ربتها المطرقة، مدافعاً عن عقيلته.

مثل بطيختين عفنتين سحق رأسين بيتليوريين في المعركة الحامية القصيرة في بيت الحداد الصغير. امتلأ الحداد الرهيب حنقاً على معركته اليائسة، فدافع بضراوة عن حياتين، واستمرت طلقات الرصاص المبحوحة تسمع وقتاً طويلاً عند النهر، وقد تراكض رجال غولوب إلى هناك شاعرين بالخطر. ظل نعوم يطلق الرصاص حتى إذا بقيت واحدة سددها إلى سارة، وخرج هو لمواجهة الموت شاهراً حربة. وسقط على أول درجة محصوداً بوابل من الرصاص، ضاغطاً الأرض بجسمه الثقيل.

ظهر في البلدة فلاحون ممتلئون على خيول شبعة قادمون من القرى القريبة، وأثقلوا عرباتهم بكل ما اشتهت أنفسهم، وعادوا مصحوبين بأبنائهم وأقاربهم في لواء غولوب مسرعين ليعودوا إلى البلدة من جديد مثنى وثلاث.

كان سيرغي وأبوه قد أخفيا في السرداب وغرفة السطح العليا نصف زملائه في المطبعة. وبينما كان سيرغي يعبر الحديقة عائداً إلى الفناء لمح شخصاً يركض في الطريق.

كان هذا الشخص عجوزاً يهودياً حاسر الرأس، يرتدي سترة طويلة مرقعة، يهرول لاهثاً، مشمراً ذراعيه وقد جمّد الذعر قسمات وجهه، ووراءه فارس بيتليوري يطارده مرقلاً على فرس رمادي منحنياً لتوجيه ضربة. رفع العجوز يديه، هو يسمع وقع الحوافر وراءه، وكأنما يريد أن يحمي بهما نفسه. في تلك اللحظة وثب سيرغي إلى الطريق، واندفع إلى الحصان وحمى الشيخ وراء ظهره.

ـ لا تمسه، يا لص، كلب.

لم يشأ الفارس أن يرد ضربة السيف، فهوى بصفحته على رأس الصبي الأشقر.

الفصل الخامس

ضيّقت الوحدات الحمراء على وحدات بيتليورا "الأتمان الرأس" بشدة، ودعي لواء غولوب إلى الجبهة. وبقيت في البلدة حامية صغيرة للمؤخرة ومقر الآمرية.

وتنشط الناس. انتهز اليهود السكون المؤقت فدفنوا قتلاهم، ودبت الحياة في البيوت الصغيرة في الأحياء اليهودية.

وفي الأمسيات الهادئة كانت يتناهى إلى السمع دوي غير واضح. فعلى مسافة غير بعيدة كانت تدور معارك.

وهجر عمال السكة الحديدية المحطة، وتفرقوا في القرى باحثين عن عمل.

وأغلقت المدرسة.

وأعلنت في البلدة حالة الطوارئ.

.... ليلة دامسة جهماء.

في مثل هذه الليالي لا تستطيع حتى الحدقات المتسعة أن تخرق حجب الظلام، والناس يتلمسون طريقهم متخبطين متوقعين الوقوع في أي حفرة واندقاق العنق.

وعامة الناس يعرفون أن من الأسلم لهم في مثل هذه الأوقات أن يلزموا بيوتهم، ولا يشعلوا ضوءاً. فقد يجذب الضوء

شخصاً غير مرغوب فيه.

(والبقاء في الظلمة أقر عيناً، وأهدأ بالاً. وهناك أناس لا يستقر بهم مقام، فليذهب هؤلاء إلى حيث شاؤوا فليس لعامة الناس بهم شأن. سيلزم العامة عقر بيوتهم، ولن يذهبوا. كونوا على يقين من ذلك.

في مثل هذه الليلة دب إنسان.

بلغ بيت كورتشاغين فدق إطار النافذة في حذر، ولما لم يتلق رداً دق ثانية دقاً أشد وأعند.

بينما كان بافل يرى في نومه حلماً: مخلوقاً غريباً لا يشبه الإنسان يوجه إليه رشاشة، ويحاول بافل أن يهرب، فلا يجد مهرباً، والرشاشة تدق دقاً غريباً.

والزجاج يهتز من الدق العنيد.

قفز بافل من فراشه، وتقدم من النافذة محاولاً أن يرى الطارق. إلا أنه لم يرَ غير شبح غامض داكن.

كان وحيداً في البيت، ذهبت أمه إلى أخته الكبرى التي كان زوجها يشتغل سائقاً في مصنع السكر. بينما كان أرتيم يشتغل حداداً في قرية مجاورة، ويجني من المطرقة خبز يومه.

وأرتيم وحده يعرف أن يدق على هذا الشكل.

وقرر بافل أن يفتح الشباك.

سأل بافل في الظلام:

ـ من هناك؟

تحرك شبح وراء النافذة، وأجاب صوت خشن مكتوم:

ـ هذا أنا، جوخراي.

١٥٠

استقرت يدان على إفريز النافذة، وحاذى رأس فيدور وجه بافل وهمس:

ـ جئت لأبيت عندك. هل تقبلني أيها الأخ؟

أجاب بافل بود:

ـ بالطبع. وهل ذاك بحاجة إلى كلام؟ تسلق من النافذة رأساً.

انسل جسم فيدور الضخم من النافذة.

ولما أغلقها وراءه لم يبتعد عنها رأساً.

وقف يرهف سمعه، وحين خرج البدر من وراء السحب، وأنار الطريق حدق فيه بإمعان، والتفت إلى بافل.

ـ أخشى أن نوقظ الوالدة، أغلب الظن أنها نائمة؟

أخبر بافل فيدور بأنه وحيد في البيت، وشعر البحار بحرية أكثر، وتكلم بصوت أعلى:

ـ هؤلاء الجلادون يلاحقونني أيها الأخ. يريدون تصفية الحساب معي على ما جرى أخيراً في المحطة. لو كان إخواننا أكثر حركة لاستطعنا، عند استباحة البلدة، أن نقيم لـ "ذوي المعاطف الرمادية" استقبالاً لائقاً بهم. ولكن الناس، كما تعلم، غير عازمين على اقتحام النار فضاعت الفرصة. والآن يلاحقونني. نصبوا لي الفخ مرتين. وكدت اليوم أن أقع. ذهبت إلى البيت من الفناء الخلفي بالطبع، ولما صرت عند السقيفة، نظرت فأبصرت شخصاً واقفاً في الحديقة، ملتصقاً إلى شجرة، ولكن الحربة كانت بارزة. وبالطبع، تسللت مبتعداً، وجئت إليك، أحب، أيها الأخ، أن أمكث عندك بضعة أيام، هل لديك

مانع؟ حسناً إذاً...

خلع جوخراي حذاءه الطويل الملطخ بالوحل، وهو يتنفس من منخريه.

كان بافل فرحاً بمجيء جوخراي. لم تشغل محطة الكهرباء في المدة الأخيرة، وضجر بافل من البقاء وحيداً في بيت فارغ.

استلقيا للنوم. وغفا بافل في الحال، وظل جوخراي يدخن وقتاً طويلاً. ثم نهض من السرير، وتقدم من النافذة حافي القدمين، ونظر إلى الشارع طويلاً، ثم عاد إلى السرير، وغلبه التعب ونام. كانت يداه الممتدة تحت الوسادة موضوعة على المسدس الثقيل، مشيعة فيه دفأها.

ترك قدوم جوخراي الليلي المفاجئ والعيش معه خلال تلك الأيام الثمانية، تأثيراً كبيراً في نفس بافل. فقد استمع لأول مرة من البحار كثيراً من الأشياء المثيرة المهمة الجديدة، حتى صارت تلك الأيام حاسمة بالنسبة للوقّاد الشاب.

استفاد البحار المحاصر بفخين، وكأنه في مصيدة، من الفراغ الإجباري، ونقل إلى مستمعه الظامئ بافل كل أوار حنقه وكراهيته المتقدة للقوميين الأوكرانيين الذين كانوا يخنقون المنطقة.

تكلم جوخراي بوضوح وصفاء وبلغة بسيطة مفهومة. ولم تكن الشكوك تراوده في أمر. كان هذا البحار يعرف سبيله حق المعرفة، وصار بافل يفهم أن كل تلك الشربكة من الأحزاب المختلفة ذات الأسماء البرّاقة: الاشتراكيين الثوريين والاشتراكيين الديمقراطيين، الاشتراكيين البولونيين، ليسوا إلا أعداء ألداء

للعمال، وليس هناك إلا حزب واحد ثوري صلب مكافح ضد كل الأغنياء هو حزب البلاشفة.

ومن قبل كان بافل يخلط بين هذه الأحزاب بشكل ميئوس.

إن ذلك الرجل الضخم القوي، البلشفي المقتنع، الملوح بزوابع البحر، عضو الحزب الاشتراكي الديمقراطي في روسيا (البلشفي) منذ عام ١٩١٥، بحّار البلطيق فيدور جوخراي قصّ حقيقة الحياة القاسية على الوقاد الشاب الناظر إليه بعينين مسحورتين.

- كنت مثلك أيضاً في طفولتي، أيها الأخ. لم أكن أعرف أين أنفس عن طاقتي، كان طبعي العنود يطغى عليَّ. كنت فقيراً، وكنت أنظر إلى أبناء الذوات الشباع إلى حد التخمة فتتملكني الكراهية، وكثيراً ما كنت أنهال عليهم ضرباً لا شفقة فيه. ولكن ذلك لم يكن ليأتي علي بغير بطش والدي بي. فإن النضال المنفرد لا يقلب الحياة. وأنت، يا بافل، تملك كل صفات المناضل الصلب من أجل قضية العمال، سوى أنك ما تزال حديث السن جداً، وفهمك للنضال الطبقي ضعيف جداً. سأحدثك، يا أخ، عن الطريق الحقيقي، لأنني أعرف أنك ستكون ذا نفع. أنا لا أطيق الوديعين المتهافتين. لقد اندلع اللعب الآن في الأرض كلها. هبّ العبيد، ويجب أن تزول الحياة القديمة. ولكن ذلك يحتاج إلى أخوة بواسل، لا إلى أبناء مدللين، إلى أناس من مادة قوية لا يلوذون ساعة النزال في الجحور والخصاص كالصراصير الهاربة من النور، بل يضربون بلا رأفة.

وضرب جوخراي الطاولة بجمع يده بقوة.

نهض، ودس يديه في جيببه، وراح يذرع الغرفة مقطب الجبين.

كانت البطالة تعذبه. ندم كثيراً على بقائه في هذه البلدة الصغيرة، واعتبر استمرار مكوثه هنا عبثاً، فصمم على عبور الجبهة للقاء الوحدات الحمر.

كانت قد تخلفت في البلدة جماعة مؤلفة من تسعة أعضاء حزبيين كان عليهم أن يسيّروا العمل.

فكر جوخراي مع نفسه متوتر الأعصاب:

"سيقومون بالعمل بدوني. ليس بمستطاعي أن أجلس مطوي الذراعين. كفاني تضييع عشرة أشهر".

سأله بافل ذات مرة:

ـ من أنت بالضبط، يا فيدور؟

نهض جوخراي، وحشر يديه في جيببه. لم يفهم سؤال بافل في الوهلة الأولى.

ـ أحقاً أنك لا تعرف من أنا؟

أجاب بافل خافت الصوت:

ـ أظن أنك بلشفي أو شيوعي.

ضحك جوخراي، وضرب مازحاً صدره العريض المضغوط في قميص بحاري مخطط.

ـ هذا واضح، يا أخ، هذه حقيقة تماماً مثل حقيقة أن البلشفي والشيوعي صفتان مترادفتان ـ وفي الحال صار جوخراي جاداً ـ ما دمت قد عرفت ذلك فتذكر أن تحتفظ بالسر ولا تفشه

لأحد أبداً إذا كنت لا تريد أذيتي. فهمت؟

أجاب بافل بعزيمة:

ـ فهمت.

ترددت أصوات في فناء البيت، وفتح الباب من دون أن يُطرق. امتدت يد جوخراي إلى جيبه بسرعة، ولكنه أخرجها في الحال، دخل إلى الغرفة سيرغي بروزجاك معصوب الرأس، ناحلاً، بادي الشحوب، ودخلت فاليا وكليمكا وراءه.

حيا سيرغي ماداً يده إلى بافل:

ـ مرحباً يا عفريت، جئنا ثلاثتنا لزيارتك.

فاليا تخاف ولا تريد أن تتركني وحدي. أما كليمكا فيخاف أن يترك فاليا وحدها. إنه على الرغم من حمرة شعره يفهم لمن يترصد الخطر إذا تُرك وحده.

غطت فاليا فمه براحة يدها مازحة وقالت ضاحكة:

ـ إنه ثرثار، نغّص على كليمكا حياته اليوم.

ابتسم كليمكا ابتسامة حلوة كاشفاً عن أسنان بيض.

ـ ما العمل مع إنسان مريض؟ أصيب رأسه فراح يهذي.

وضحك الجميع.

لم يشف سيرغي بعد من أثر الضربة، فجلس على سرير بافل، وسرعان ما جرى بين الأصدقاء حديث مرح. إن سيرغي الدائم المرح المتدفق عافية قص على جوخراي فاتراً مكلوم النفس كيف ضربه البيتليوري على رأسه.

وكان جوخراي قد عرف جميع الذين جاؤوا إلى بافل. وقد زار عائلة بروزجاك مرات عدة. وراق له هؤلاء الشبان الذين لم

يجدوا طريقهم بعد في خضم النضال، والذين، بالرغم من ذلك، يعبرون عن مطامح طبقتهم بوضوح. وأصغى بانتباه إلى الفتيان وهم يحكون كيف ساعد كل واحد منهم في إخفاء عوائل يهودية في بيته، منقذاً إياها من الاستباحة، في ذلك المساء تحدث جوخراي عن البلاشفة ولينين، مساعداً كل واحد منهم على فهم الأحداث.

وودع بافل ضيوفه في ساعة متأخرة من الليل.

كان جوخراي يخرج في الأماسي، ويعود ليلاً، كان عليه أن يتفق قبيل سفره مع رفاقه الذين سيبقون في البلدة على عملهم.

في تلك الليلة لم يعد جوخراي. عندما استيقظ بافل في الصباح رأى سريره فارغاً.

استولى على بافل هاجس غامض، فارتدى ملابسه مسرعاً، وخرج من بيته، وقفل الباب، ووضع المفتاح في المكان المتفق عليه. اتجه بافل إلى كليمكا مؤملاً أن يعرف منه شيئاً عن فيدور.

كانت أم كليمكا القصيرة الممتلئة بوجهها المجدر تغسل البياضات. فلما سألها بافل عما إذا كانت تعرف أين فيدور أجابت بحدة:

ـ أتحسبني بلا شغل غير مراقبة صاحبك فيدور؟ بسبب هذا الشيطان قلبوا بيت زوزوليخا رأساً على عقب. ما شأنك به؟ أي صحبة هذه؟

أصحاب!... كليمكا وأنت.... ـ وفركت الغسيل بحدة.

كانت أم كليمكا هذه لاذعة اللسان، حادة الطبع.

عاد بافل من كليمكا إلى سيرغي. وحدثه عن مخاوفه. وتدخلت فاليا في الحديث:

ـ ولماذا تخاف؟ ربما بقي عند معارف له ـ ولكن صوتها كان خالياً من الثقة بما تقول.

لم يرد بافل أن يقعد في بيت بروزجاك، خرج على الرغم من إلحاحهم على البقاء للغداء.

ذهب بافل إلى البيت مؤملاً أن يرى جوخراي.

كان الباب مغلقاً بقفل. توقف مثقل القلب غير راغب في الدخول إلى بيت خالٍ.

قضى بضع دقائق واقفاً في الفناء مقلباً فكره، ثم اتجه نحو السقيفة مدفوعاً بهاجس غامض. وتسلق على مقربة من سقفها، وأزاح نسيج العنكبوت، وأخرج من المكان السري مسدس "المانليخير" الثقيل الملفوف بخرقة.

خرج من السقيفة، وتلمس في جيبه ثقل المسدس المثير، واتجه إلى المحطة.

لم يعرف شيئاً عن جوخراي فعاد أدراجه؛ باطأ خطاه عند بيت رئيس حراس الغابة المألوف له. ونظر في نوافذ البيت بأمل غامض في نفسه، ولكن البيت والحديقة كانا مقفرين. وحين خلّف البيت وراءه تلفت لينظر إلى مماشي الحديقة المغطاة بأوراق العام الفائت ذات اللون الصدئ. كانت الحديقة مهملة مهجورة، لم تمسسها، كما يبدو، يد صاحبها الحدوب. وتكاثف الحزن في قلب بافل من مرأى هذا القفر والسكون المخيمين على البيت القديم الكبير.

كان آخر خصام له مع تونيا أكثر جدية من كل خصاماته الماضية. وقد حدث فجأة، قبل شهر تقريباً.

سار بافل في المدينة وئيد الخطى حاشراً يديه عميقاً في جيبيه، وتذكر كيف جرى الخصام.

في لقاء من اللقاءات العابرة في الطريق دعته تونيا لزيارتها في بيتها:

ـ سيذهب أبي وأمي إلى الضيعة، وسأكون وحدي في البيت. فتعال لنقرأ كتاب ليونيد اندرييف الممتع جداً "ساشكا جيغوليف". أنا قرأت الكتاب ولكنني سأعيد قراءته معك بسرور. وسنقضي أمسية طيبة. هل ستأتي؟

كانت عيناها الواسعتان تنظران إلى كورتشاغين بتعطش من تحت قبعتها البيضاء الضامة شعراً كستنائياً كثيفاً.

ـ سآتي.

وافترقا.

أسرع بافل إلى آلاته. ومن تفكيره بأن أمامه مساء كاملاً سيقضيه في صحبة تونيا بدت المواقد أشد توقداً من عادتها، وقرقعة الحطب أكثر مرحاً. في ذلك المساء فتحت له تونيا الباب الخارجي الواسع على طرقات يده، وقالت له في شيء من الاضطراب:

ـ عندي ضيوف لم أكن أتوقعهم. ولكن يجب أن تدخل.

استدار كورتشاغين، وهمّ بالانصراف.

ـ لنذهب ـ أمسكته من كمه ـ سيفيدهم التعرف عليك ـ وأمسكته من خصره، وقادته عبر غرفة الطعام إلى غرفتها.

ولما دخلت الغرفة قالت مخاطبة الشبان الجالسين، مبتسمة:

ـ ألم تتعارفوا؟ هذا صديقي بافل كورتشاغين.

في وسط الغرفة منضدة صغيرة جلست وراءها ليزا سوخاركو الطالبة الحلوة السمراء ذات الفم الصغير الشكس، وتصفيفة الشعر الغنجة، وشاب طويل نحيل لا يعرفه بافل، له شعر ناعم مدهون لامع، وعينان رماديتان، ونظرة موحشة يرتدي سترة سوداء حسنة التفصيل، وبينهما جلس فيكتور ليشنسكي بسترة مدرسية أنيقة. وكان أول من لحظه بافل حالما فتحت تونيا الباب.

عرف فيكتور بافل على الفور، وارتفع حاجباه الدقيقان المزججان.

وقف بافل بضع ثوان عند الباب صامتاً حادجاً فيكتور بنظرة حارقة. وأسرعت تونيا لتبديد هذا الصمت الحرج، فدعت بافل للدخول، وقالت مخاطبة ليزا:

ـ تعارفا!

نهضت ليزا متطلعة إلى الداخل بفضول.

استدار بافل بحدة، وسار بسرعة عبر غرفة الطعام نصف الظلمة نحو باب الخروج. لحقت به تونيا وهو في مدخل البيت، وأمسكته من كتفه وقالت بتأثر:

ـ لماذا انصرفت؟ أردت عامدة أن أعرفهم بك.

إلا أن بافل رفع يدها عن كتفه، وأجاب بحدة:

ـ لا أريد أن أعرض أمام هذا الطفيلي، لا أريد أن يضمني

مجلس مع هذه الشلة. قد يكونون أصدقاءك، ولكنني أكرههم. لو كنت أعرف أنك تصادقينهم لما أتيت إليك.

فقاطعته تونيا، وهي تكبت انفعالها:

ـ من أعطاك الحق في أن تتحدث معي على هذا النحو؟ أنا لا أسألك من تصادق، ومن يأتي إليك.

رد عليها بحدة، وهو ينزل الدرجات إلى الحديقة:

ـ فليأتوا إليك إذاً، ولكنني لن أزورك بعد الآن، ـ وأسرع نحو البوابة.

منذ ذلك الحين لم يرَ تونيا. ونسي بافل خصامه مع تونيا في خضم أعمال الاستباحة، حين أخفى بافل والكهربائي عوائل يهودية في محطة الكهرباء. واليوم نازعته نفسه مرة أخرى إلى رؤياها.

أثقل على نفسه اختفاء جوخراي والوحدة التي تنتظره في البيت. استدار في منبسط الطريق الرمادي إلى اليمين، وكان ما يزال مبللاً بمطر الربيع الرعدي تتخلله حفر مملوءة بوحل بني. يلتقي شارعان وراء بيت ناتئ في الطريق جداره الأمامي مقشر أقرع.

..... ودع فيكتور ليشنسكي ليزا في مفرق الطريق، عند كشك منهوب بقر بابه. وقلبت لافتته التي كتب عليها "مياه معدنية".

قال لها، ممسكاً يدها بيده، ناظراً إلى عينيها نظرة ذات مغزى:

ـ هل ستأتين؟ ألا تخدعينني؟

١٦٠

أجابت ليزا بتغنج.

ـ سآتي حتماً، انتظرني.

وتبسمت له لدى انصرافها بعينين عسليتين فاترتين واعدتين.

بعد أن سارت ليزا بضع خطوات رأت شخصين يخرجان إلى الطريق من وراء المنعطف. سار في المقدمة عامل ركين عريض الصدر في سترة محلولة برز من تحتها قميص بحاري مخطط، وعلى رأسه طاقية سوداء منكسة على جبينه، وعند عينيه خدش أزرق قاتم.

وكان ينتعل حذاء قصيراً أصفر. كان يسير بثبات وبساقين مقوستين قليلاً.

وعلى بُعد ثلاث خطوات وراءه سار جندي بيتليوري، يكاد يمس ظهر العامل بحربته، كان يرتدي معطفاً رمادياً، ويضع في حزامه كيسين للخراطيش.

كانت عينا الجندي الضيقتان الحذرتان تنظران من تحت طاقيته الشعثاء إلى علباء العامل المعتقل. وكان شارباه الصفراوان الملطخان بآثار التبغ ينتفشان على الجانبين.

أبطأت ليزا من خطواتها قليلاً، وعبرت إلى الجانب الآخر من الطريق، ومن خلفها خرج بافل إلى الطريق.

بعد أن استدار إلى اليمين متجهاً إلى بيته وقع بصره أيضاً على الشخصين السائرين.

تسمرت قدماه في الأرض. عرف في الحال أن الشخص الذي في المقدمة هو جوخراي .

"لهذا السبب لم يعد!"

اقترب جوخراي. دق قلب بافل بعنف. وتتابعت الأفكار في رأسه واحدة بعد الأخرى من دون أن يستطيع الإمساك بها وبلورتها. كان الوقت أضيق من أن يتخذ فيه قراراً. كان هناك شيء واحد واضح هو أن جوخراي في طريقه إلى الموت.

نظر بافل إلى المقتربين تتناهبه شتى العواطف.

"ما العمل؟".

وتذكر في الدقيقة الأخيرة: في جيبه مسدس.

حالما يمران به سيطلق الرصاص في ظهر صاحب البندقية، وعندئذٍ سيتحرر فيدور. وكف تراقص الأفكار بسبب هذا القرار الخاطف. كزّ على أسنانه إلى حد الألم. يوم أمس فقط قال له جوخراي "ذلك يحتاج إلى أخوة بواسل".

ألقى بافل نظرة سريعة إلى الخلف. كان الطريق المؤدي إلى البلدة فارغاً، لا نسمة فيه. وإلى الأمام امرأة في معطف خفيف قصير تسير مسرعة. وهي لا تعيق. ولم يكن بوسعه أن يرى الشارع الثاني الجانبي. وعلى مسافة بعيدة فقط، في الطريق إلى المحطة لاحت شخوص آدمية.

تقدم بافل إلى حافة الطريق. ولمح جوخراي بافل حين كان على بعد بضع خطوات منه.

نظر إليه بعين واحدة. واختلج حاجباه الكثيفان عرفه، ومن المباغتة أبطأ خطواته، فاصطدم ظهره برأس الحربة.

صرخ الحارس بصوت حاد:

ـ تحرك، وإلا ضربتك بالأخمص.

وسمع جوخراي خطوه، كان يريد أن يقول شيئاً لبافل، إلا

١٦٢

أنه أحجم، وهز يده إمارة على التحية.

تخطى بافل جوخراي ، مخافة أن يلفت انتباه الجندي الأصهب، وحول بصره إلى ناحية، وكأنما لا يعنيه شيء مما يجري.

إلا أن فكرة مقلقة طافت في رأسه:

"قد تصيب الرصاصة جوخراي إذا أخطأت التصويب".

ولكن هل هناك مجال للتفكير إذا كان الجندي على مقربة منه؟

وحدث الأمر على النحو التالي: عندما حاذى بافل الجندي الأصهب هجم عليه فجأة، وأمسك البندقية، وبحركة قوية أحناها إلى الأرض.

صرّت الحربة لدى اصطدامها بالحجارة.

بُوغت الجندي بالهجوم، وتجمد لحظة، ولكنه أسرع في اللحظة التالية فجذب البندقية إليه بكل قوته. بقي بافل ممسكاً بالبندقية ضاغطاً عليها بجسمه كله. وصدرت طلقة اصطدمت بالحجارة زاعقة، وانزلقت قافزة في الساقية.

قفز جوخراي جانباً على صوت الطلقة. والتفت. كان الحارس يحاول بجنون انتزاع البندقية من يدي بافل . لواها بارماً يدي بافل . إلا أن بافل لم يفك قبضته عن البندقية. عند ذاك دفع الجندي المستثار بافل إلى الأرض بحركة عنيفة. ولكن حتى هذه المحاولة لم تستطع فكاك البندقية. وقع بافل على الرصيف جاراً معه الحارس، في تلك اللحظة لم تكن هناك قوة تجبره على فك البندقية.

وبقفزتين كان جوخراي إلى جانبه. رسمت قبضته الحديدية قوساً في الهواء وهبطت على رأس الحارس، وبثانية رفع الحارس عن بافل الذي كان راقداً على الأرض، وبضربتين قويتين على وجهه تدحرج الحارس في الساقية مثل كيس ثقيل.

وبتينك اليدين القويتين نفسيهما رفع بافل من الأرض، وأوقفه على قدميه.

صار فيكتور على بعد مائة خطوة من مفرق الطريق. كان يسير صافراً بلحن "قلب الحسناء خوّان". من أوبرا فردي، وهو ما زال في نشوة اللقاء مع ليزا، ووعدها بالمجيء غداً إلى خرائب المصنع المهجور.

كانت ليزا سوخاركو تتمتع بين فتيان المدرسة المولعين بالغزل، بسمعة الفتاة الجريئة في مسائل الغرام.

ذات مرة حكى سيمين زاليفانوف الوقح المغتر لفيكتور أنه قضى وطره مع ليزا. وبالرغم من أن فيكتور لم يصدق كلياً سيمين، إلا أن ليزا كانت له هدفاً مغرياً وممتعاً جداً، فقرر أن يعرف غداً صدق كلام زاليفانوف.

"عندما تأتي لن أفوت الفرصة. إنها تسمح بالقبل. يكون سيمين قد كذب عليَّ..." وانقطعت أفكاره. تنحى ليسمح لجنديين بيتليوريين بالمرور. كان أحدهما يمتطي فرساً قصير الذيل، ويلوح بسطل من الكتان ـ يبدو أنه ذاهب ليورد فرسه.

وكان الثاني يرتدي سترة قصيرة، وسروالاً أزرق فضفاضاً، ويمسك بركبة الفارس وهو يقص عليه شيئاً طريفاً.

مرا به، وهمّ فيكتور بمواصلة السير إلا أن طلقة مكتومة

١٦٤

أوقفته، فالتفت، ورأى الفارس ينطلق بفرسه نحو مصدر الطلقة، يتبعه الجندي الآخر ممسكاً سيفاً.

ركض فيكتور ليشنسكي وراءهما، وعندما صار على مقربة من الطريق سمع رصاصة أخرى، ورأى الفارس يخرج من المنعطف مندفعاً نحوه بجنون. كان يضرب فرسه بقدميه وبسطل الكتان. وركض إلى أول بوابة، وصرخ بمن في الفناء:

ـ إلى السلاح، يا رجال، قتلوا رجلاً منا.

بعد دقيقة ركض من الفناء بضعة رجال، وهم يقرقعون بترابيس بنادقهم.

وألقي القبض على فيكتور.

اجتمع في الطريق بضعة أشخاص من بينهم ليزا التي احتجزت كشاهدة.

تسمرت في مكانها ذعراً حين مر بها جوخراي وكورتشاغين راكضين. واعترتها الدهشة حين عرفت أن الفتى الذي هجم على الجندي البيتليوري هو الفتى نفسه الذي أرادت تونيا أن تعرفها به.

قفزا سياج أحد البيوت واحداً بعد الآخر، وفي اللحظة التالية ظهر فارس يعدو في الطريق. وحين رأى جوخراي يركض هارباً بالبندقية، والحارس يجاهد للنهوض من الأرض عدا بفرسه إلى السياج.

استدار جوخراي، وصوّب البندقية، ورمى باتجاهه، فارتد الفارس إلى الوراء.

حكى الحارس ما حدث محركاً شفتيه المشققتين بصعوبة.

ـ أيها الأحمق، كيف تترك معتقلاً يفلت من بين يديك؟ الآن ستحصل على خمس وعشرين جلدة على عجيزتك.

غمغم الحارس محنقاً:

ـ أوه، يا لدهائك، يفلت من بين يديك. من كان يعرف أن ذلك الغراب سيقفز عليّ كالمجنون.

واستجوبوا ليزا أيضاً. فحكت ما حكاه الحارس، إلا أنها أخفت معرفتها بالمهاجم. ولكنهم أخذوهم إلى الآمرية جميعاً.

ولم يطلق سراحهم إلا في المساء. وبإيعاز من الآمر.

بل واقترح الآمر أن يوصل ليزا بنفسه إلى البيت. ولكنها رفضت. كانت رائحة الفودكا تفوح من فم الآمر، ولم تجد في اقتراحه بشارة طيبة لها.

أوصل فيكتور ليزا.

كانت المحطة بعيدة، وسر فيكتور بالمناسبة، وهو يسير مع ليزا يداً بيد.

ـ أتعرف من فك إسار المعتقل؟ ـ سألت ليزا حين اقتربا من دارها.

ـ لا من أين لي أن أعرف؟

ـ أتذكر المساء الذي أرادت تونيا أن تعرفنا فيه بشاب؟

توقف فيكتور، وسأل بدهشة:

ـ ببافل كورتشاغين؟

ـ نعم، يبدو أن اسم عائلته كورتشاغين.

أتذكر كيف ذهب بشكل غريب؟ كان هو بعينه.

وقف فيكتور ذاهلاً. وسأل ليزا:

ـ ألم تخطئي؟

ـ لا، تذكرت وجهه جيداً.

ـ ولماذا لم تقولي هذا للآمر؟

غضبت ليزا:

ـ أتظنني قادرة على أن أقوم بهذا العمل المنكر؟

ـ ولماذا تعتبرينه منكراً؟ أتحسبين الإخبار عن شخص هاجم
أحد الحراس عملاً منكراً؟

ـ أتحسبه أنت نزيهاً؟ أنت نسيت ماذا يفعلون. ألا تعرف كم
يهودياً يتيماً في المدرسة، تريدني أن أشي بكورتشاغين أيضاً؟
شكراً لك، لم أفكر بذلك.

لم يتوقع ليشنسكي هذا الرد. وما كان في حسبانه أن
يتخاصم مع ليزا، فحاول أن يغير مجرى الحديث.

ـ لا تغضبي، يا ليزا، كنت أمزح. لم أدرِ أنك مبدئية إلى
هذا الحد.

أجابت ليزا بجفاف:

ـ لم يكن مزاحك موفقاً.

وعند باب دارها سألها، وهو يودعها:

ـ هل ستأتين، يا ليزا؟

وسمع جوابها المبهم.

ـ لا أعرف.

فكر فيكتور مع نفسه وهو يسير إلى المدينة:

١٦٧

"إذا كنت، يا مدموزيل، تعتبريته عملاً غير نزيه، فإن لي في ذلك رأياً مختلفاً تماماً. بالطبع لا يهمني من المحرر ومن المعتقل".

سيان عنده، وهو سليل عائلة ليشنسكي البولونية النبيلة، هذا الفريق أو ذاك. قريباً ستدخل الفيالق البولونية على أي حال، وعند ذاك سيسود الحكم الحقيقي، حكم الأشراف البولونيين.

ولكن، في هذه اللحظة الراهنة، توجد فرصة للقضاء على الوغد كورتشاغين، سيلوون له رقبته كما ينبغي.

كان فيكتور قد تخلف في البلدة وحده. وكان يسكن عند عمته، زوجة نائب مدير مصنع السكر. بينما والداه ونيلي كانوا يعيشون منذ مدة طويلة في وارصو، حيث كان أبوه سيغيزموند ليشنسكي يحتل منصباً بارزاً.

وصل إلى الآمرية، ودخل باباً مفتوحاً.

وبعد فترة من الوقت اتجه نحو بيت كورتشاغين مصحوباً بأربعة من البيتليوريين.

اشار إلى نافذة مضاءة، وقال بخفوت:

ـ هنا، ـ ثم التفت إلى الخورونجي الواقف إلى جانبه، وسأل ـ هل ممكن أن أذهب؟

ـ تفضل، سندبر الأمر وحدنا. شكراً على الخدمة.

.... وسار فيكتور على الرصيف مسرعاً.

تلقى بافل آخر ضربة على ظهره أرسلته مترنحاً مبسوط الذراعين إلى حائط الحجرة التي قادوه إليها. تلمس بيديه شيئاً

١٦٨

يشبه المصطبة الخشبية، وجلس عليه منهوك القوى، مرضوض الجسم، معذباً.

اعتقل في لحظة لم يكن يتوقع أن يعتقل فيها.

"كيف استطاع البيتليوريون أن يعرفوا أمره؟ فلم يكن في الطريق أحد. ماذا سيحدث الآن؟ أين جوخراي؟".

افترق مع البحار في بيت كليمكا، وذهب إلى سيرغي، بينما ظل جوخراي ينتظر حلول المساء، لينسل خارج البلدة.

وفكر بافل: "من حسن الحظ أنني أخفيت المسدس في عش الغربان، فلو وجدوه معي لكانت نهايتي. ولكن كيف عرفوا؟"... عذبه هذا السؤال بغموضه.

لم يجد البيتليوريون في بيت كورتشاغين ما يستفيدون منه كثيراً. أخذ أخوه بدلته وأوكرديونه إلى القرية، وأخذت أمه صندوقها، ولم يعثر البيتليوريون على الرغم من تفتيشهم الدقيق إلا على الشيء القليل جداً.

لن ينسى بافل الطريق من البيت إلى الآمرية. كان الليل حالك الظلام. والسماء ملبدة بالسحب. سار بلا وعي وبحالة من فقدان الإحساس مدفوعاً برفسات قاسية في جنبه، ومن خلفه.

سمع أصواتاً وراء الباب. كان حرس الآمرية يقيم في الحجرة المجاورة. سطع ضوء باهر من تحت الباب. نهض كورتشاغين، وسار بمحاذاة الجدار، وقطع الحجرة تلمساً. تحسس نافذة ذات قضبان مسننة في الجهة المقابلة للسرير. تلمس القضبان بيده، كانت متينة. يبدو أن هذه الحجرة كانت حجرة خزن المؤونة.

تلمس طريقه إلى الباب، ووقف برهة مرهفاً سمعه. ثم ضغط على المقبض قليلاً. صر الباب صريراً مقيتاً.

شتم بافل في سره: اللعنة، غير مدهون!

رأى من خلال شق ضيق قدمين متصلبتين لهما أصابع معوجة مستندتين على حافة سرير خشبي. ضغط على مقبض الباب ضغطاً خفيفاً مرة أخرى فزعق من دون حياء. نهض من السرير شخص أشعث بوجه وأسنان، وأطلق لسانه بسباب كثير هارشاً رأسه المقمل بأصابعه الخمس. وحين انتهى شريط السباب الطويل المسجل بصوت كسول رتيب، مسّ الرجل البندقية عند رأسه، وقال بصوت محلول:

ـ أغلق الباب. إذ نظرت مرة أخرى سأريك... سد بافل الباب. وسمع من الحجرة المجاورة قهقهات.

في تلك الليلة قلّب الفكر كثيراً. إن محاولته الأولى في خوض النضال انتهت بالفشل. من الخطوة الأولى أمسك، وحبس مثل فأر في فخ.

وحين غلبه ما يشبه النوم، وهو جالس في مكانه، طافت في فكره صورة أمه، ووجهها النحيل المتغضن بعينيها الحبيبتين الأليفتين. وفكر "لطيف إنها غير موجودة، فذلك أهون".

ألقت النافذة على أرض الغرفة مربع ضوء.

وتراجع الظلام قليلاً. واقترب الفجر.

الفصل السادس

في البيت الكبير القديم كان النور يتسرب من نافذة واحدة فقط مسدلة عليها الستارة وفي الفناء نبح "تريزور" المربوط إلى سلسلة نباحاً مؤثراً.

وتسمع تونيا من خلال نومها، صوت أمها الواطئ:

ـ لا، لم تنم بعد، ادخلي، يا ليزا.

وتبدد بقايا النوم خطوات صديقتها الخفيفة وتطويقها الناعم العاطفي.

وتبتسم تونيا ابتسامة تعبة.

ـ لطيف إنك جئت يا ليزا، عندنا فرحة ـ بالأمس مرت أزمة أبي، واليوم ينام هادئاً طوال النهار، واسترحنا أنا وأمي أيضاً من ليالي السهاد. أخبريني يا ليزا عن كل الأخبار ـ وتدعو تونيا صديقتها إلى الجلوس على الأريكة قربها.

ـ أوه، الأخبار كثيرة جداً، بعضها أستطيع أن أقوله لك وحدك ـ وتبتسم ليزا ناظرة بمكر إلى يكاترينا ميخائيلوفنا أم تونيا.

ابتسمت أم تونيا، إنها سيدة وقور، على الرغم من أن عمرها ستة وثلاثون عاماً، حركاتها النشيطة مثل حركات فتاة صغيرة، وعيناها رماديتان ذكيتان، ووجهها ليس وسيماً بل حلو

١٧١

القسمات متدفقاً بالحيوية.

ـ سأنصرف عنكما بسرور بعد بضع دقائق. أما الآن فقولي الأخبار المباحة للجميع ـ قالت مازحة مقربة مقعداً من الأريكة.

ـ الخبر الأول أننا لن ندرس بعد الآن. قرر مجلس المدرسة تقديم شهادات التخرج إلى الصف السابع. أنا مسرورة جداً، ـ قالت ليزا بمرح ـ ضجرت بما فيه الكفاية من الجبر والهندسة! لماذا ندرس كل ذلك؟ الصبيان يمكن أن يواصلوا الدراسة، ولو أنهم لا يعرفون أين. في كل مكان جبهات، ومعارك. يا للفظاعة... أما نحن فمصيرنا الزواج. ولن يطلب من الزوجة أي نوع من الجبر ـ وضحكت ليزا حين قالت ذاك.

عادت يكاترينا ميخائيلوفنا إلى غرفتها بعد أن جلست قليلاً مع الفتاتين.

دنت ليزا من تونيا. حضنتها، وحكت لها هامسة عن المصادمة في مفرق الطرق.

ـ تصوّري مبلغ دهشتي، يا تونيا، حين عرفت في شخص الراكض... من تتصورين؟

كانت تونيا تنصت إلى الحكاية باهتمام، فهزّت كتفيها حائرة.

قالت ليزا بنفس واحد:

ـ كورتشاغين!

انتفضت تونيا، وارتعشت ألماً:

ـ كورتشاغين؟

١٧٢

ثم وصفت ليزا خصامها مع فيكتور، وهي راضية عن التأثير الذي أحدثته في تونيا نفسها.

ولم تلاحظ ليزا، وهي مشغولة بقصتها، الشحوب الذي غشى وجه تونيا وكيف تحركت أصابعها الرقيقة على قماش بلوزتها الزرقاء بعصبية. ولم تعرف ليزا كيف انعصر قلب تونيا رعباً، ولم تعرف لماذا رفرفت الرموش الكثيفة بقلق فوق عينيها الجميلتين.

لم تعد تونيا تصغي إلى قصة الخورونجي السكران. فقد كانت لها فكرة واحدة: "فيكتور ليشنسكي يعرف المهاجم، لماذا قالت له ليزا؟" وخرجت هذه العبارة من فمها بصوت مسموع من دون أن تدري.

تساءلت ليزا غير فاهمة:

ـ ماذا قلت؟

ـ لماذا قلت لليشنسكي عن بافلوشا؟ أقصد عن كورتشاغين؟ إنه سيشي به...

اعترضت ليزا:

ـ لا! ... لا أظن ذلك! فلماذا يقدم على ذلك؟

قعدت تونيا بحركة حادة، وضغطت على ركبتيها بذراعيها إلى حد الألم.

ـ أنت لا تفهمين شيئاً يا ليزا! هو وكورتشاغين متعاديان، ويضاف إلى ذلك ظرف آخر.... وقد أخطأت خطأً كبيراً حين حدثت فيكتور عن بافل.

عندئذٍ فقط أحست ليزا بقلق تونيا، وأن صيغة التحبب تلك

"بافلوشا" التي أفلتت من تونيا عرضاً فتحت عينيها على أشياء لم تكن لها عنها غير حدوس مبهمة.

وركنت إلى السكون مرتبكة، شاعرة بذنبها شعوراً لا إرادياً.

فكرت مع نفسها "إذاً، فذلك صحيح. غريب أن يكون لتونيا هذا الميل. ونحو من؟ نحو عامل بسيط.....". وودت كثيراً لو تتحدث في هذا الموضوع، ولكنها أمسكت نفسها مستجيبة لشعور اللياقة فتناولت يدي تونيا محاولة أن تخفف ذنبها بشيء :

ـ هل أنت قلقة جداً يا تونيا؟

أجابت تونيا ساهمة :

ـ لا، فلعل فيكتور أنزه مما أتصوره.

بعد قليل جاء دميانوف، وهو فتى سمح الخلق مترهل، وزميلهما في الدراسة.

وحتى مجيئه لم ينعقد بين الفتاتين حديثهما الذي انقطع.

بعد أن ودعت تونيا رفيقتها ورفيقها، وقفت وحدها وقتاً طويلاً. اتكأت على البوابة، وحدقت في شريط الطريق القاتم المؤدي إلى البلدة. كان يهب عليها نسيم متسكع مشبع برطوبة باردة وعفونة الربيع. وفي البعيد كانت نوافذ بيوت البلدة تومض مثل مقل حمر كدرة لا تضمر خيراً. إنها هناك، تلك البلدة الغريبة عنها. وتحت سقف من سقوفها صديقها المتمرد غير عارف بالخطر المحدق به. ربما نسيها. كم أياماً توالت بعد لقائهما الأخير؟ لم يكن على حق آنذاك، ولكن كل شيء قد نسي منذ وقت بعيد، وغداً ستراه، وتعود الصداقة من جديد، الصداقة المؤثرة الطيبة، ستعود، وتونيا تعرف ذلك فقط إذا لم

١٧٤

يكن الليل قد غدر به، فالليل خبيث، كأنما كان يتخيل ويترصد... الجو بارد.

ألقت نظرة أخيرة على الطريق، ودخلت بيتها، وفي سريرها، وهي ملتفة باللحاف، كانت تغفو على الفكرة التي راودتها: فقط إذا لم يكن الليل قد غدر به!

استيقظت تونيا في باكر الصباح حين كان أهل البيت نائمين، وارتدت ملابسها بسرعة، وخرجت إلى الفناء بهدوء كيلا توقظ أحداً، وفكت مقود تريزور الكلب الكبير الطويل الشعر، واتجهت معه إلى البلدة، توقفت أمام بيت كورتشاغين دقيقة في تردد. ثم دفعت البوابة ودخلت إلى الفناء. ركض تريزور أمامها مبصبصاً بذيله...

في باكر الصباح ذاك عاد أرتيم من القرية، وصل على عربة مع الحداد الذي كان يشتغل عنده، ألقى على كتفه كيس الطحين الذي كسبه، ودخل الفناء.

ووراءه حمل الحداد بقية المتاع. ألقى أرتيم الكيس عن كتفه عند الباب المفتوح، ونادى:

ـ بافل.

ولكنه لم يتلقَّ جواباً.

ـ احمله إلى البيت، ماذا تنتظر؟ ـ قال الحداد وهو يقترب.

وضع أرتيم الأمتعة في المطبخ، ودخل الغرفة، ووقف جامداً. كان كل شيء فيها مبعثراً مقلوباً. والثياب القديمة منثورة على الأرض.

ـ أي شيطان هذا! ـ تمتم أرتيم بذهول ملتفتاً إلى الحداد،

فوافق هذا قائلاً:

ـ نعم، فوضى!

ـ أين ولى الصبي؟ ـ بدأ الغضب يساور أرتيم.

ولكن البيت كان فارغاً، ولا يوجد أحد يسأله.

ودع الحداد أرتيم، وانصرف.

خرج أرتيم إلى الفناء، وأخذ يقلب البصر في ما حوله.

"لا أعرف رأس الحكاية من ذيلها! البيت مفتوح، وبافل غير موجود"...

سمع أرتيم خطوات وراءه، فالتفت، ورأى أمامه كلباً ضخماً موتراً أذنيه. ومن البوابة أقبلت فتاة غريبة إلى البيت.

قالت الفتاة بصوت واطئ، وهي ترنو إلى أرتيم.

ـ أريد أن أرى بافل كورتشاغين.

ـ وأنا أيضاً أريد أن أراه. الشيطان يعرف أين ولى! ها أنا قد وصلت، فرأيت الباب مفتوحاً، ولا أحد فيه. هل جئت لزيارته؟ ـ سأل أرتيم الفتاة.

وفي الجواب سمع سؤالاً:

ـ هل أنت أرتيم أخو كورتشاغين؟

ـ نعم، ما الخبر؟

إلا أن الفتاة نظرت بذعر إلى الباب المفتوح من دون أن ترد على السائل؛ وفكرت "لماذا لم أجيء أمس؟ ... أمن المعقول؟ ..." وزاد الثقل الجامح على صدرها.

سألت هي أرتيم المحدق بها:

وجدت البيت مفتوحاً،وبافل غير موجود؟

ـ وأنت ماذا تريدين من بافل بالضبط؟

اقتربت منه تونيا، وتلفتت في ما حولها وقالت منفعلة:

ـ أنا لا أعرف بالضبط، ولكن إذا كان بافل غير موجود في البيت فقد اعتقل.

ـ لأي شيء؟ ـ انتفض أرتيم بعصبية.

قالت تونيا:

ـ لندخل إلى البيت.

امتثل أرتيم لها صامتاً. وعندما أخبرته بكل ما كانت تعرف كان الجزع قد استولى عليه.

ـ اللعنة! كأن همومنا لا تكفي! عربدت الشياطين إذاً... ـ تمتم بذلك مسحوقاً ـ مفهوم الآن سبب الفوضى في البيت. قوة تعيسة أدخلت الصبي في هذا المأزق... أين أبحث عنه الآن؟ وأنت يا آنسة، منْ تكونين؟

ـ أنا ابنة رئيس حراس الغابة، تومانوف. وكنت أعرف بافل.

ـ أها... ـ تمتم أرتيم بغموض ـ ـ جلبت طحيناً لطعام الصبي، فأرى أمامي...

تبادل أرتيم وتونيا النظرات صامتين.

ـ أنا ذهبة، ربما، قد تجده، ـ قالت تونيا بخفوت، وودعت أرتيم ـ سأعود في المساء، فقد تكون عندك أخبار.

هزَّ أرتيم رأسه صامتاً.

طنت في زاوية من النافذة ذبابة ضئيلة استيقظت من سبات الشتاء. على حافة أريكة قديمة مهلهلة جلست فلاحة شابة تسند

ذراعيها على ركبتيها، وتحدق بنظرة فارغة في الأرض القذرة.

فرغ الآمر من كتابة الورقة متلذذاً، وهو يعض على سيكارته الموضوعة في طرف فمه ورسم بفرح تحت عبارة "آمر بلدة شيبيتوفكا الخورونجي" توقيعه الطغرائي المنتهي بذيل معكوف ثم سمع من الباب قرقعة مهاميز فرفع رأسه.

كان سالوميغا واقفاً أمامه مشدود الذراع.

فحياه الآمر بهذا السؤال:

- أي ريح دحرجتك؟

- ريح طيبة... حطم بوغوني[(١٣)] حتى العظام.

وصب سالوميغا من فمه سباباً مقذعاً من دون أن يعير التفاتاً إلى وجه المرأة...

- وهل جئت إلى هنا للنقاهة؟

- النقاهة في العالم الآخر. إنهم يضغطون في الجبهة وكأنهم يعصروننا.

أوقفه الآمر مشيراً برأسه إلى المرأة.

- سنتحدث في ما بعد.

جلس سالوميغا على مقعد ثقيلاً. وخلع طاقيته التي وضعت عليها شارة فيها صولجاناً مموهاً هو شعار دولة ج أو (جمهورية أوكرانيا الوطنية).

وبدأ الكلام بصوت خفيض: - أرسلني غولوب.

---

(١٣) نسبة إلى "بوغون" بطل حرب التحرير الوطني في أوكرانيا في القرن السابع عشر. وقد سمي باسمه لواء من الجيش الأحمر. (الناشر).

عن قريب ستنتقل إلى هنا فرقة الرماة النظاميين.

وعلى العموم سينقلب الأمر إلى فوضى هنا، ومطلوب مني أن أحافظ على النظام. وربما يصل "الرأس" ومعه طاووس من تلك الطواويس الأجنبية، ولهذا لا يجوز أن يتحدث أحد عن حوادث "الترفيه" تلك.

ماذا تكتب؟

نقل الآمر السيكارة إلى الطرف الآخر من فمه.

ـ عندي وغد محجوز هنا، صبي، أنت تذكر الرجل جوخراي الذي اعتقل في المحطة، ذلك الذي سمم عمال السكك الحديدية ضدنا.

ـ إذاً؟ ـ أدنى سالوميغا مقعده مهتماً بالآمر.

ـ إن أوميلتشنكو الأحمق، آمر المحطة، أرسله مع أحد الحراس إلينا، وفي الطريق وفي وضح النهار خلّصه هذا الصبي المحبوس عندي. انتزع الاثنان السلاح من الحارسن وحطما أسنانه، وهربا. اختفى كل أثر لجوخراي، بينما اعتقل الغلام. خذ، اقرأ المحضر ـ وقدم إلى سالوميغا رزمة من الأوراق. نظر سالوميغا في الأوراق بسرعة متصفحاً إياها بيده اليسرى السليمة. وبعد أن فرغ من القراءة حدق بالآمر:

ـ ولم تنتزع منه شيئاً؟

جذب الآمر ظليلة طاقيته بعصبية:

ـ أناضل معه خمسة أيام، وهو صامت. يقول: "لا أعرف شيئاً، ولم أطلق سراح أحد". وغد! الحارس عرفه، كاد يخنق الصغير الملعون هنا. وقد انتزعته منه بالقوة. كان يريد أن يفتك

١٧٩

بالصبي لأن أوميلتشنكو جلده في المحطة من جرائه خمساً وعشرين جلدة. لا فائدة من حجزه هنا. سأكتب لمقر القيادة اطلب السماح بالقضاء عليه.

بصق سالوميغا بتقزز:

ـ لو كان بين يدي لجعلته يتكلم. أنت لا تحسن الاستجواب يا كهنوتي. فأي آمر يطلع من طالب مدرسة دينية؟ هل جلدته؟..

احتدم الآمر:

ـ أنت تبيح لنفسك كثيراً جداً، يمكن أن تحتفظ بسخرياتك لنفسك. أنا هنا الآمر وأرجو أن لا تتدخل.

نظر سالوميغا إلى الآمر المنتفش، وانفجر ضاحكاً:

ـ ها ها! لا تنتفخ، يا كهنوتي! وإلا ستنفجر! إلى الشيطان أنت وشؤونك، من الأفضل أن تخبرني أين أحصل على زجاجتين من الخمرة البيتية؟

تجهم الآمر.

ـ هذا ممكن.

ـ أما هذا، ـ ونقر بإصبعه على الأوراق ـ فإذا أردت أن تسوي حسابه فاجعل عمره ثمانية عشر بدلاً من ستة عشر. غيّر الرقم هكذا، وإلا ربما لا يصادقون.

كانوا ثلاثة في المستودع: شيخاً ملتحياً في قفطان مستهلك يستلقي على السرير الخشبي جنباً، وقد طوى ساقيه النحيلتين في سروال قماشي عريض. وقد حُبس هذا الشيخ لأن حصان البيتليوري المقيم في داره فقد من زريبته. وامرأة كهلة ذات عينين

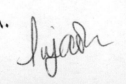

ماكرتين متلصصتين، وذقن مدبب تبيع الخمرة البيتية متهمة بسرقة ساعة وأشياء ثمينة أخرى كانت جالسة على الأرض. وبافل كورتشاغين مستلقياً في ركن تحت الشباك متوسداً طاقيته المجعدة غارقاً في شبه غيبوبة.

... جلبوا إلى المستودع امرأة شابة تعتصب بمنديل على طريقة الفلاحات، لها عينان واسعتان مذعورتان. وقفت المرأة دقيقة ثم جلست بالقرب من بائعة الخمرة.

راقبت بائعة الخمرة المرأة الجديدة بتطلع وسألت سريعة الكلام:

ـ هل حبسوك يا فتاة؟

لم تتلق رداً، ولكنها لم تتراجع:

ـ لماذا جاءوا بك إلى هنا؟ ربما بسبب الخمرة البيتية؟

نهضت الفلاحة، ونظرت إلى المرأة الملحاحة، وأجابت بهدوء:

ـ لا، بل أخذوني من أجل أخي.

سألت المرأة ماضية في ألحاحها:

ـ من هو؟

تدخل الشيخ:

ـ لماذا تضايقينها؟ قد يكون الإنسان متضايقاً من نفسه، وأنت تثرثرين.

التفتت المرأة نحو السرير بسرعة:

ـ ومن أنت لتعلمني؟ وهل أنا أتحدث معك؟ بصق الشيخ.

ـ قلت لك لا تلحي على الإنسان.

ران السكون على المستودع. فرشت المرأة منديلاً كبيراً،
وتمددت واضعة رأسها على يدها.

شرعت بائعة الخمرة تأكل. وأنزل الشيخ قدميه على
الأرض، ولفّ سيكارة وأنشأ يدخن. وتحيط في أرجاء المستودع
نفثات دخان كريه.

وتمتمت بائعة الخمرة وهي تلوك بفم ممتلئ:

ـ إنه لم يترك أحداً يأكل بهدوء، وبلا رائحة نتنة. صار
يدخن بلا انقطاع.

قهقه الشيخ ساخراً:

ـ تخافين أن تنحفي؟ عن قريب لا يسعك الباب. كان
الأحرى بك أن تطعمي الصبي قليلاً، بدلاً من أن تحشي نفسك
بكل الطعام.

أومأت المرأة متكدرة:

ـ أقول له كُلْ، وهو لا يريد. أما بخصوصي فلا تحرك
شفتيك، أنا لا آكل طعامك.

التفتت المرأة الشابة نحو بائعة الخمرة وسألت وهي تشير
برأسها إلى كورتشاغين:

ـ أتعرفين لماذا يحبسونه؟

فرحت المرأة من مخاطبتها، فأعلنت بلهفة:

ـ هو من أهل هذه الناحية، الابن الصغير للطباخة كورتشاغينا.

ومالت إلى أذن المرأة الشابة وهمست:

ـ حرر بلشفياً من حارسه. وكان ذاك بحاراً يسكن عند
جارتي زوزوليخا.

وتذكرت المرأة الشابة قول الآمر: "سأكتب لمقر القيادة أطلب السماح بالقضاء عليه".

ملأت قطارات الجنود المحطة واحداً بعد الآخر. وخرجت كتائب الرماة النظاميين منها مثل حشد غير منظم. ودب القطار المصفح "زابوروجيتس"، ذو العربات الأربع، على الخطوط ببطء. وأنزلت المدافع من مقطورات القطار. وأخرجت خيول من عربات الشحن. وأسرجت في الحال، وركب الرجال على متونها. وطلعوا متدافعين مع حشود المشاة المتفرقة إلى فناء المحطة حيث اصطفت كوكبة الحرس.

كان الضباط يروحون ويجيئون منادين على أرقام وحداتهم.

كانت المحطة تضج مثل خلية زنابير. وبالتدريج تكونت فصائل مربعة من الكتل البشرية المبعثرة الصاخبة التي لا شكل لها، وسرعان ما تدفق سيل الناس المسلحين إلى البلدة. وظلت العربات تقرقع حتى المساء، وتنصب الذيول الخلفية لفرقة الرماة النظامية الداخلة إلى البلدة. وأخيراً سارت سرية القيادة خاتمة الموكب، منشدة بمائة وعشرين حنجرة:

ما هذه الضوضاء

والحشود؟

بيتليورا قادم

مع الجنود....

صعد كورتشاغين إلى النافذة. سمع من خلال غبش المساء الباكر ضجة العجلات في الشارع، وكركبة أقدام كثيرة، وأغاني عالية.

وسمع من خلفه صوتاً يقول:

ـ يظهر أن القوات تدخل إلى البلدة.

التفت كورتشاغين.

كانت خريستينا الفتاة التي جُلبت يوم أمس تتحدث.

استمع إلى قصتها. وتحقق لبائعة الخمرة ما أرادت. إن خريستينا من قرية تبعد سبعة أميال عن البلدة، كان أخوها الأكبر غريتسكو، النصير الأحمر، يرأس لجنة للفلاحين الفقراء في عهد السوفييتات.

وعندما رحل الحمر رحل غريتسكو أيضاً بعد أن حزم نفسه بشريط من طلقات الرشاشة. ونغص على العائلة عيشها. كان لها حصان واحد، وانتزع منها، ونقل الأب إلى البلدة، وتعذب في السجن، وكان عمدة القرية ـ وهو من الذين ضيّق عليهـم غريتسكو ـ يُنزل دائماً مختلف الناس في بيت العائلة انتقاماً. وأعوزت العائلة تماماً. ويوم أمس حضر الآمر إلى القرية للتفتيش. وقد أوصله العمدة إلى بيت غريتسكو. أمعن الآمر النظر في الفتاة، وفي صباح اليوم التالي أخذها إلى البلدة "للاستجواب".

لم يراود النوم عيني بافل، وتسربت الطمأنينة من نفسه تماماً، وألحت عليه فكرة واحدة ملحّة دارت في رأسه من دون أن يستطيع طردها: "ماذا سيحدث بعد الآن؟..".

إن جسمه متضعضع ألماً، لأن الحارس ضربه بشراسة الحيوان.

ولكي يتهرب من الأفكار المريرة أخذ يصغي إلى همسات جارتيه.

١٨٤

كانت الفتاة تتحدث بخفوت تام عن مضايقة الآمر لها، وتهديده وتغزله بها، ولما ردعته عربد قائلاً: "سأحبسك في قبو لن تخرجي منه...".

تلبد الظلام في الأركان. إن ليلاً خانقاً قلقاً يوشك أن يطبق وعادت الأفكار تدور حول غموض المصير. إنها الليلة السابعة، ولكن بدا وكأن شهوراً عديدة قد انقضت، والألم الجاثم بقسوة لم يهدأ. كان المستودع يضم الآن ثلاثة فقط.

والشيخ يشخر على سريره، وكأنما راقد في مكان دافئ في بيته. إنه مطمئن اطمئنان الحكيم، يقضي لياليه في نوم عميق. وبائعة الخمرة قد أطلق الخورونجي سراحها لتجلب له الفودكا. وخريستينا وبافل راقدان على الأرض جنباً إلى جنب تقريباً. بالأمس رأى بافل سيرغي من النافذة. رآه يقف طويلاً في الشارع، ينظر بشوق إلى نوافذ البيت.

"الظاهر إنه يعرف أنني هنا"..

لثلاثة أيام ظلوا يعطونه قطعاً من الخبز الأسود العفن، ولم يقولوا من أين. وضايقه الآمر يومين بأسئلته. فماذا يعني ذاك؟...

أنكر كل شيء، ولم يقل شيئاً في الجواب. ولم يعرف نفسه لماذا اعتصم بالصمت. أراد أن يكون جريئاً، أراد أن يكون رابط الجأش مثل أولئك الذين قرأ عنهم في الكتب. وعندما اعتقلوه، وساروا به ليلاً، وقال أحد معتقليه عند بناية الطاحونة البخارية: "لماذا تتعب نفسك في سوقه، أيها البان الخورنجي؟ طلقة في ظهره وينتهي الأمر"، ساوره رعب. نعم، من المرعب أن يموت الإنسان في السادسة عشرة من عمره! لأن الموت هو

لا حياة إلى الأبد.

وخريستينا غارقة في أفكارها أيضاً. إنها تعرف أكثر مما يعرفه هذا الصبي. وهو، في أغلب الظن، لم يعرف بعد ما يخبئونه له... بينما هي قد سمعت.

إنه أرق يتقلب في الليالي مسلوب النوم، آوه، لشد ما تشفق خريستينا عليه، ولكن لها مصيبتها أيضاً، لن تقدر على نسيان كلمات الآمر الرهيبة:

ـ "غداً سأنتهي من أمرك. إذا لم تريدي معي، فستذهبين إلى بيت الحرس. لن يرفض القوزاق. فاختاري بنفسك!".

"أواه، ما أشق الوضع، ولا أمل لرحمة! ما ذنبها إذا كان غريتسكو قد انضم إلى الحمر؟ أواه، ما أقسى الحياة!"..

الألم المبرح يأخذ بخناقها، والقنوط العاجز والفزع يعصفان بها حتى أنها أجهشت مكتومة العبرات.

ويهتز الجسم الغض من الحنين الصارم، ومن اليأس.

تحرك ظل في الزاوية عند الحائط:

ـ ماذا بك؟...

أفضت خريستينا لجارها الصبي بحزنها في همس حارٍ. ويصغي هو صامتاً، سوى أن يده كانت موضوعة على يد خريستينا.

ـ إنهم يعذبونني، عليهم اللعنة ـ همست خريستينا بفزع لا واعٍ، وهي تشرق بدموعها ـ وقعت بأيديهم، والقوة لهم.

فماذا بوسع بافل أن يقول لهذه الفتاة؟ الكلمات تعوزه، ولا شيء عنده ليقوله. والحياة ضيقت عليهما كماشتها.

"هل أناضل لأمنعهم من أخذها؟ سيضربونني حتى الموت، وقد يهوون بالحراب على رأسي، وستكون نهايتي". فليخفف على الأقل شيئاً من بلوى هذه الفتاة المتسممة بالحزن. راح يمسد على ذراعها برقة. وهدأت عبراتها. كان الحارس في المدخل ينادي المارين بين الفينة والأخرى بسؤاله المعهود: "من هناك؟". ويعود الصمت مرة أخرى. الشيخ نائم نوماً عميقاً. والدقائق المتتابعة تدب ببطء. ولم يفهم بافل كيف طوقته ذراعاها، وضمتاه إلى صدرها.

ـ اسمع، يا عزيزي، ـ همست شفتاها الحارتان ـ لا منجى لي. إذا لم يكن الضابط، فالآخرون سيعذبونني. فإن تأخذني أنت، يا عزيزي، خير من أن يسلب الكلب بكارتي.

ـ ما هذا الكلام، يا خريستينا؟

إلا أن ذراعيها القويتين ظلتا ممسكتين به. وشفتاها ملتهبتان، شفتان ممتلئتان يصعب الفكاك منهما. وكلمات الفتاة بسيطة ورقيقة، وهو يعرف لماذا تتفوه بها.

ويغيب كل شيء عنه. ينسى قفل الباب. والقوزاقي الأصهب، والآمر، والضرب الوحشي، والليالي السبع المسهدة الخانقة، وللحظة لا يبقى غير الشفتين الملتهبتين، والوجه المبلل قليلاً بالدموع.

وفجأة تذكر تونيا:

"كيف يمكن أن أنساها؟... أنسى عينيها المدهشتين الحبيبتين".

وآتته القوة لينزع نفسه. ونهض كالسكران وأمسك الشباك

بيده. إلا أن يدي خريستينا وجدتا سبيلهما إليه.

ـ ماذا بك؟

كم من مشاعر في هذا السؤال! وينحني نحوها، ويقول ضاغطاً على يديها بقوة:

ـ لا أستطيع، يا خريستينا. أنت فتاة طيبة ـ وقال كلاماً آخر لم يفهمه هو نفسه.

ونهض ليتحرر من الصمت الخانق، وسار إلى السرير. وجلس على حافته، وراح يوقظ الشيخ:

ـ يا جد، أعطني سيكارة، أرجوك.

وكانت الفتاة تجهش في ركن الغرفة ملفوفة بمنديلها.

في النهار جاء الآمر، وساق القوزاق خريستينا. وودعت الفتاة بافل بعينيها. وكان في عينيها عتاب. وعندما أطبق الباب وراءها زادت وحشة نفسه وقتامها.

طوال النهار لم يستطع الشيخ أن يحصل من الصبي على كلمة واحدة. استبدل الحرس، وخفر الآمرية. وفي المساء جلبوا معتقلاً آخر. وعرف بافل أنه دولينيك نجار مصنع السكر، وهو رجل قصير متين البنيان، يرتدي قميصاً أصفر ناحل اللون تحت سترة مهلهلة. أجال في المستودع نظرة فاحصة.

كان بافل قد رآه في شباط من عام ١٩١٧ حين وصلت موجة الثورة إلى البلدة. وكان دولينيك البلشفي الوحيد الذي سمعه بافل في المظاهرات الصاخبة. وكان يخطب بالجنود مرتقياً السياج على جانب الطريق. وكان بافل يتذكر كلماته الختامية:

"تمسكوا، أيها الجنود، بالبلاشفة، فإنهم لن يخونوا!.." .

ومنذ ذلك الحين لم يلتقِ بالنجار.

فرح الشيخ بالقادم الجديد، وكان يرهقه، كما يبدو، أن يظل طوال اليوم صامتاً. جلس دولينيك على السرير بالقرب منه ودخن سيكارة معه، واستفسر عن كل شيء.

ثم جلس بالقرب من بافل، وسأله:

ـ ما خبرك، أيها الفتى؟ كيف وصلت إلى هنا؟

تلقى دولينيك أجوبة مقتضبة، فأحس بأن محدثه حذر، ولهذا كان ضنيناً بكلماته، إلا أن النجار حدّق ببافل بعينيه الذكيتين مندهشاً حين عرف التهمة الموجهة لبافل. جلس إلى جانبه وسأله:

ـ تقول إنك أنقذت جوخراي؟ لم أكن أعرف إنهم اعتقلوك.

رفع بافل جسمه على كوعه مأخوذاً بالمفاجأة.

ـ أي جوخراي؟ أنا لا أعرف شيئاً. ما أكثر التهم.

إلا أن دولينيك تبسم، ودنا منه أكثر:

ـ دعك من هذا، ولا تتوجس مني. أنا أعرف أكثر منك.

وخفّض صوته حتى لا يسمع الشيخ:

ـ أنا أوصلت جوخراي بنفسي، إنه في مكانه الآن في الغالب. قصّ على فيدور كل ما يخص هذا الحادث.

وصمت برهة مفكراً، ثم أضاف:

ـ أنت الفتى المرجو، ولكن اعتقالك، ومعرفتهم بكل شيء أمران مزعجان، بل ويمكن أن يُقال وسيئان.

وخلع سترته، وفرشها على الأرض، وجلس، مُسنداً ظهره إلى الحائط، وشرع يلف سيكارة مرة أخرى.

وأضاءت كلمات دولينيك الأخيرة كل شيء لبافل: إن دولينيك مأمون الجانب. ما دام قد أوصل جوخراي فإن ذلك يعني...

وحين هبط المساء كان بافل قد عرف أن دولينيك قد اعتقل لبثه الدعوة بين قوزاق بيتليورا.

اعتقل بينما كان يوزع نداء اللجنة الثورية للولاية الداعي إلى التسليم، والانضمام إلى الحمر.

لم يحدث دولينيك الحذر بافل بالشيء الكثير.

فكر في سره: "من يدري؟ قد يعمدون إلى جلده، ثم أنه صغير السن".

وفي ساعة متأخرة من المساء، حين استعد للنوم، أعرب عن مخاوفه بعبارة عامة قصيرة:

ـ وضعنا أنا وأنت يا كورتشاغين لا أسوأ منه، فلننظر ماذا سيحصل.

في اليوم التالي ظهر في المستودع معتقل جديد، هو شليما زيلتسر الحلاق المشهور في البلدة كلها، ذو الأذنين الكبيرتين، والرقبة الهزيلة. وقص على دولينيك بحرارة وإيماءات كثيرة:

ـ وهكذا سيستقبله فوكس وبلوفشتين وتراختنبرغ بالخبز والملح مرحبين. وأقول: ليفعلوا ذلك إن شاءوا، ولكن من سيؤيدهم من اليهود جميعاً؟ لا أحد، مع المعذرة. إن لهؤلاء الثلاثة حساباتهم الخاصة. فوكس يملك حانوتاً، وتراختنبرغ طاحونة، وأنا ماذا أملك؟ وماذا يملك الآخرون الجياع؟ لا شيء يملك أولئك المساكين. ولساني طويل. واليوم وأنا أحلق لضابط

من أولئك الذين جاؤوا قبل مدة قصيرة، سألته: "قل لي، هل يعرف الأتمان بيتليورا باستباحة البلدة؟ وهل سيستقبل هذا الوفد؟".. أوه، كم جر على لساني من وبال! خمن ماذا فعل هذا الضابط بعد أن حلقت له، وعطرته وقمت بكل شيء على أكمل وجه؟ نهض، وبدلاً من أن يدفع لي نقوداً، اعتقلني بتهمة التحريض ضد السلطة.

وضرب زيلتسر صدره بجمع يده:

ـ أين التحريض؟ وماذا قلت؟ كنت أسأله فقط... فاعتقلني على ذلك.....

لوى زيلتسر زراً على قميص دولينيك في ثورة حنقه ماسكاً هذه اليد تارة وتلك اليد الأخرى.

ابتسم دولينيك على مضض، وهو يصغي إلى الحلاق المنفعل. وعندما صمت الحلاق قال دولينيك جاداً:

ـ أوه، يا شليما، أنت فتى ذكي، ولكنك أتيت فعلاً أهوج. جنى عليك لسانك حين حركته في وقت غير ملائم. ما كنت لأنصحك في الوقوع هنا.

نظر زيلتسر إليه متفهماً، وهازاً ذراعه في يأس. فُتح الباب، ودفعوا إلى الغرفة بائعة الخمرة التي كانت من قبل هنا. كانت تشتم حارسها القوزاقي في غيظ.

ـ تستحقون الحرق بالنار أنتم وآمركم! عسى أن يختنق بخمرتي.

صفق الحارس الباب وراءها، وسمعوا صلصلة القفل.

جلست المرأة على السرير، حياها الشيخ مداعباً.

ـ عدت إلينا يا ثرثارة؟ اجلسي إذاً على الرحب والسعة.

ألقت بائعة الخمرة على الشيخ نظرة جافية، وتناولت صرتها، وانتقلت على مقربة من دولينيك.

حجزوها ثانية بعد أن حصلوا منها على بعض زجاجات من الخمرة.

ترددت صيحات وحركة في غرفة الحراسة وراء الباب. وارتفع صوت حاد بأوامر. وأدار جميع المعتقلين رؤوسهم نحو الباب.

... حدث حادث غير مألوف للبلدة في الساحة أمام كنيسة بلا رونق، لها برج نواقيس عتيق. اصطفت وحدات فرقة الرماة النظاميين بكامل عدة القتال على شكل مستطيلات متسقة مالئة ثلاثة جوانب في الساحة.

في المقدمة ثلاثة ألوية للمشاة تصطف بصفوف عدّة ابتداء من مدخل الكنيسة، دائرة ظهورها إلى سياج المدرسة مشكلة مربعات شبيهة بمربعات الشطرنج.

وقف جنود فرقة "حكومة بيتليورا" ـ وهي أكثر فرقهم قدرة على القتال ـ مثل كتلة رمادية قذرة. كانوا يضعون بنادقهم عند أقدامهم، مثقلين بمشالح العتاد، معتمرين بخوذات حديدية روسية شوهاء شبيهة بثمار قرع شطرت قسمين.

كانت هذه الفرقة قد كسيت ببزات وأحذية جيدة من مستودعات الجيش القيصري السابق، وكان أكثر من نصفها من الكولاك الذين حاربوا السوفييت عن وعي. والآن حوّلت هذه الفرقة إلى البلدة لتدافع عن أهم ملتقى للطرق الحديدية من الناحية الاستراتيجية.

١٩٢

كانت تتفرع من شيبيتوفكا خمسة خطوط حديدية إلى خمس جهات مختلفة. وكان فقدان هذه النقطة بالنسبة لبيتليورا يعني فقدان كل شيء. إذ لم يكن قد تبقى لدى "حكومة بيتليورا" غير منطقة صغيرة من الأرض، فاتخذ البيتليوريون بلدة فينيتسا المتواضعة عاصمة لهم.

وقرر الأتمان الرأس بنفسه أن يتفقد الوحدات. وقد هيئ كل شيء لاستقباله.

وضع لواء المجندين الجدد في الصفوف الخلفية في زاوية من الساحة بعيدة عن الأنظار. كان أفراد هذا اللواء شباناً ريفيين حفاة ألبسوا ملابس مختلفة الألوان بعد أن انتزعوا من أسرتهم في غارات ليلية، أو أخذوا من الشارع، ولم يكن أحد منهم يفكر بالخروج للقتال.

كانوا يقولون: دعهم يفتشون عن حمقى آخرين.

وأكبر توفيق أصابه الضباط البيتليوريون هو أنهم أفلحوا في سوق هؤلاء المجندين إلى البلدة تحت الحراسة، وتقسيمهم إلى فصائل وسرايا، وتوزيع السلاح عليهم.

ولكن ثلث المجلوبين إلى البلدة قد اختفى في اليوم التالي، وصار عددهم يتناقص كل يوم.

وكان توزيع الأحذية عليهم أكثر مما تتقبله روح اللا مبالاة، ثم أن الأحذية لم تكن كثيرة. فصدر أمر بأن يحضر كل مجند إلى التجنيد ومعه حذاؤه. وأعطى هذا الأمر نتائج مذهلة. إذ جاء المجندون منتعلين بكل ما يتصوره الخيال من الأحذية الممزقة المشدودة على الأقدام بسلك أو بخيط.

وسيقوا إلى الاستعراض حفاة.

كان لواء الخيالة بقيادة غولوب يمتد وراء المشاة.

كان الخيالة يحجزون الحشود الكثيفة من الفضوليين، الذين كانوا يريدون جميعاً مشاهدة الاستعراض.

سيأتي الأتمان الرأس بنفسه! ومثل هذه الأحداث في البلدة بهجة، ولم يرد أحد أن يفوت عليه هذه الفرجة المجانية.

اجتمع على درجات الكنيسة العقداء والنقباء، وابنتا الكاهن، وحفنة من المعلمين الأوكرانيين، وجماعة من القوزاق "الأحرار"، وعمدة البلدة المحدودب قليلاً، وبشكل عام، النخبة الممثلة "للمجتمع"، وفي وسطها المفتش العام للمشاة في بزة جركسية. وكان يقود الاستعراض.

وكان الكاهن فاسيلي في الكنيسة يرتدي حلة عيد الفصح.

وأعد لبيتليورا استقبال فخم، جلبت الراية الصفراء الزرقاء، ورفعت. وسيقسم المجندون له يمين الولاء.

ذهب قائد الفرقة في سيارة "فورد" مسلوخة هزيلة يستقبل بيتليورا في المحطة.

استدعى مفتش المشاة العقيد تشرنياك الممشوق المتبختر ذا الشاربين المفتولين، وطلب إليه:

ـ خذ معك شخصاً، واذهب للتأكد من أن الآمرية والمؤخرة نظيفتان ومرتبتان. وإذا كان هناك معتقلون فانظر في الأمر، وتخلص من الرعاع.

طقّ تشرنياك بكعبيه، وأخذ معه أول نقيب وقعت عليه عيناه، وانصرف.

التفت المفتش إلى ابنة الكاهن الكبرى وسألها بلطف:

ـ كيف الوليمة في بيتكم، أكل شيء على ما يرام؟

ـ نعم، الآمر هناك يبذل قصاراه ـ أجابت ابنة الكاهن مثبتة عينيها بمحيا المفتش الجميل.

وسرت حركة فجائية بين الجميع: كان يعدو في الشارع فارس منكب على عنق فرسه.

ـ إنهم قادمون!

صاح المفتش:

ـ الجميع في أماكنهم!

تراكض الضباط إلى التشكيلات.

وعندما صارت "الفورد" تعطس عند مدخل الكنيسة، عزفت الأوركسترا "أوكرانيا لم تمت".

خرج من السيارة في أثر قائد الفرقة "الاتمان الرأس بيتليورا نفسه". كان رجلاً ربع القامة له رأس كالمثلث مغروس جيداً على رقبة غليظة كرقبة الثور. كان يرتدي قميصاً أزرق من الصوف الجيد مشدوداً بنطاق أصفر تدلى منه مسدس "براونينغ" صغير له محفظة من الجلد الشموا. وكان يعتمر طاقية عليها شارة صولجان ثلاثي مموه.

لم تكن في هيئة سيمون بيتليورا مسحة حربية، ولم يكن فيه ما يوحي بأنه رجل عسكري على الإطلاق.

استمع إلى بلاغ المفتش المقتضب وعلى وجهه تعبير عن عدم الرضا. ثم توجه إليه عمدة البلدة بالترحيب.

أصغى بيتليورا ساهماً، ناظراً عبر رأسه إلى الوحدات المصطفة.

قال مشيراً للمفتش بهزة من رأسه:

- لنبدأ العرض.

صعد بيتليورا إلى منصة صغيرة عند الراية، وألقى على الجنود خطبة استغرقت عشر دقائق.

كانت الخطبة غير مقنعة، ألقاها بيتليورا من دون حماس كبير. يبدو أن الطريق أتعبه. وانتهت وسط هتافات الجنود التقليدية "المجد! المجد!".

ونزل من المنصة ومسح جبينه العرق بمنديله. ثم تفقد الوحدات مع المفتش وآمر الفرقة.

عندما مرّ بصفوف المجندين قلّص عينيه ازدراء، وصك على أسنانه في عصبية.

في نهاية العرض تقدم المجندون من الراية سرية وراء سرية في صفوف غير مستقيمة، وكان الكاهن فاسيلي قد وقف عندها يحمل إنجيلاً، فقبل المجندون الإنجيل أولاً، ثم طرف الراية. وهنا حدث شيء غير متوقع.

تقدم وفد من بيتليورا متسللاً إلى الساحة بطريقة غير معروفة. سار تاجر الأخشاب الثري بلوفشتين يحمل الخبز والملح بين يديه، ووراءه صاحب حانوت الخردوات فوكس، وثلاثة تجار آخرين من الأثرياء.

قدم بلوفشتين الصينية إلى بيتليورا منحنياً انحناءة الخادم. فتناولها الضابط الواقف على مقربة.

ـ السكان اليهود يعربون عن الامتنان الصادق والاحترام لكم، يا رئيس الدولة، فتقبلوا رقعة التهاني هذه.

تمتم بيتليورا ناظراً في الورقة بعجالة:

ـ حسناً.

ولكن فوكس تقدم في تلك اللحظة.

ـ إننا نلتمس منكم بخضوع أن تتيحوا لنا الفرصة لفتح مشاريعنا، والحماية من الاستباحة ـ وغص فوكس بتلك الكلمة العسيرة.

تجهم بيتليورا مغتاظاً.

ـ إن جيشي لا يزاول استباحة الناس، يجب أن تذكروا ذلك.

بسط فوكس ذراعيه مغلوباً على أمره.

حرّك بيتليورا كتفه بعصبية، وقد أغضبه ظهور الوفد غير المناسب. التفت. كان غولوب يقف وراءه يقضم شاربه الأسود.

ـ هؤلاء يتشكون من قوزاقك، أيها البان العقيد! تحقق من المسألة، واتخذ الإجراءات ـ قال بيتليورا ذلك، وأمر مخاطباً المفتش ـ ليبدأ العرض.

ولم يكن هذا الوفد الخائب المسعى يتوقع رؤية غولوب، فانسل مسرعاً.

تحول كل انتباه المشاهدين إلى التحضير للمسيرة الرسمية. وارتفعت نداءات الأمراء العالية.

تقدم غولوب من بلوفشتين وعلى وجهه هدوء ظاهري وهمس بقوة:

ـ أقلعوا من هنا، أيها الكفرة، وإلا سأجعل من لحومكم قدداً.

هدرت الأوركسترا، وأخذت الوحدات الأولى تمر في الساحة، تقدم الجنود من المكان الذي وقف فيه بيتليورا، وهتفوا "المجد" آلياً، وانعطفوا إلى شوارع جانبية، كان الضباط يسيرون في مقدمة سراياهم مرتدين بزات كاكية قشيبة، ملوحين بعصيهم، وكأنهم خارجون إلى نزهة. كانت موضة سير الضباط حاملين العصي والجنود حاملين أعواد تنظيف مواسير البنادق حديثة العهد في الفرق.

سار المجندون في المؤخرة، ساروا بكتلة مفككة متدافعين يتعثر بعضهم بأقدام بعض.

كان حفيف الأقدام الحافية خافتاً. بذل الضباط كل جهودهم ليحافظوا على نظام السير، ولكن ذلك كان مستحيلاً. عندما تقدمت السرية الثانية نظر شاب من الجناح الأيمن في ثوب بسيط إلى "الراس" فاغراً فمه دهشة، وانهبد على أرض الشارع بكامل ثقله بعد أن سقطت قدمه في حفرة.

تقلبت البندقية على الأرض مقعقعة. حاول الشاب أن ينهض، إلا أن السائرين خلفه أوقعوه أرضاً.

ترددت ضحكات بين المشاهدين. اختل نظام السرية، وصار المستعرضون يسيرون في الساحة بلا نظام. التقط الشاب الخائب بندقيته وركض ليلحق بجماعته.

أدار بيتليورا صفحة وجهه لهذا المنظر المغيض، وسار إلى السيارة من دون أن ينتظر انتهاء العرض. وتبعه المفتش وسأل بحذر:

ـ أيها البان الأتمان، ألا تتوقف للغداء؟

أجاب بيتليورا باقتضاب: لا...

كان سيرغي بروزجاك وفاليا وكليمكا يشاهدون العرض من وراء سياج الكنيسة العالي، وسط حشود المتفرجين.

كان سيرغي يحتضن قضبان السياج بقوة وينظر إلى وجوه الواقفين في الأسفل بعين مملوءة بالكراهية.

ـ لنذهب، يا فاليا، الحانوت يغلق ـ قال بصوت تعمد أن يكون عالياً مثيراً ليسمع الجميع ما قاله، وابتعد عن السياج. التفتت الوجوه إليه مندهشة .

سار نحو البوابة غير مكترثٍ لأحد، وتبعته أخته وكليمكا.

وصل العقيد تشيرنياك والنقيب إلى مقر الخفارة عدواً، وترجلا من فرسيهما، وسلماهما إلى المرافق، وأسرعا بالدخول إلى المخفر.

سأل تشيرنياك المرافق بحدة:

ـ أين آمر الخفر؟

ـ لا أعرف ـ تمتم المرافق ـ ذهب إلى مكان ما.

نظر تشيرنياك في المخفر القذر غير المرتب، وإلى الفرش المبعثرة التي كان القوزاق الخفر يضطجعون عليها بخلو بال، ومن دون أن يفكروا في النهوض عند دخول الضابطين، هدر تشيرنياك:

ـ أي زريبة هذا! لماذا تراميتم كالخنانيص؟ ـ وانقض على المضطجعين.

وقعد قوزاقي من ضجعته، وتجشأ شبعاً، وغمغم وعقا:

١٩٩

ـ لماذا تزعق؟ عندنا من يزعق بنا.

ـ ما هذا؟ ـ وقفز تشيرنياك إليه ـ مع من تتكلم، أيها الوغد؟ أنا العقيد تشيرنياك ! هل سمعت يا ابن الكلبة؟ انهض بسرعة، وإلا قطعت المقارع عليكم جميعاً! ـ ودار في المخفر هائجاً ـ يجب أن يكنس كل هذا القذر وترتّب الأسرة في دقيقة واحدة، وتعاد إلى أبوازكم هيئتها الإنسانية. أي مخلوقات أنتم؟ لستم قوزاقاً، بل قطاع طرق.

وكان هياجه بلا حدود. رفس بجنون جردل المياه القذرة المعترض طريقه.

ولم يكن النقيب أقل هياجاً. أنزل الرجال من أسرتهم ممطراً إياهم بالشتائم، هازاً مقرعته الثلاثية الذيول بتهديد.

ـ الاتمان الرأس يستعرض الوحدات، وقد يأتي إلى هنا. تحركوا بسرعة!

وتراكض القوزاق كالملذوعين بعد أن أدركوا أن الأمر يتخذ طابع الجد، وإنه قد يجلدون فعلاً ـ فقد كان اسم تشيرنياك معروفاً جيداً للجميع.

واشتد العمل. اقترح النقيب قائلاً:

ـ يجب أن نرى المعتقلين. من يدري من يحجزون هنا؟ إذا جاء الرأس ورأى فقد تسوء العاقبة.

ـ فسأل تشيرنياك المرافق:

ـ من يحتفظ بالمفتاح؟ افتحوا حالاً.

قفز عريف، وفك القفل.

ـ أين آمر الخفر؟ كم عليَّ أن أنتظره؟ أعثر عليه في الحال

وأرسله إلى هنا. ضع الحرس في الفناء، وليقفوا في هيئة استعداد. لماذا لم تركب الحراب على البنادق؟

قال العريف مبرراً حالة الأمور:

ـ بالأمس فقط لزمنا الخفارة.

واندفع إلى الباب ليبحث عن آمر الخفر.

دفع النقيب باب المستودع بقدمه، فرأى بضعة رجال ينهضون من الأرض، بينما ظل الآخرون على حالهم، وأوعز تشيرنياك:

ـ افتحوا الباب. الضوء ضعيف هنا.

وحملق في وجوه المعتقلين.

سأل تشيرنياك بحدة عجوزاً كان يجلس على سرير خشبي:

ـ لماذا أنت معتقل؟

رفع هذا جسمه قليلاً، وجذب سرواله. وتمتم بشيء، مرتعباً من صرخة حادة:

ـ أنا نفسي لا أعرف. اعتقلوني، وها أنا في المعتقل. فقد حصان من فناء بيتي، ولكن لست المذنب في ذلك.

فقاطعه النقيب:

ـ لمن يعود الحصان؟

ـ حصان ميري. باعه الجنود الذين كانوا يقيمون في بيتي، وشربوا بثمنه، فوقعت التبعة عليَّ.

صعد تشيرنياك فيه نظرة سريعة، وهزّ كتفه بنفاد صبر، صاح به:

ـ اجمع أشياءك، واخرج من هنا!

ثم استدار إلى بائعة الخمرة.

لم يصدق الشيخ في الوهلة الأولى أنهم يفرجون عنه، فسأل النقيب رامشاً بعينيه المبهورتين:

ـ يعني، مسموح لي أن أخرج؟

فهزّ هذا رأسه وكأنما يقول له: عجّل، وأقلع من هنا.

أسرع الشيخ في انتزاع صرته من السرير، وانسل من الباب ركضاً. وكان تشيرنياك أثناء ذلك يسأل بائعة الخمرة.

ـ وأنت لماذا اعتقلوك؟

بربرت هذه وهي تمضغ قطعة من فطيرة:

ـ اعتقلت، أيها البان الرئيس، ظلماً وعدواناً، أنا أرملة، شربوا خمرتي، ثم اعتقلوني.

فسأل تشيرنياك : ـ هل أنت تتاجرين بالخمرة؟

قالت متكدرة:

ـ وهل هذه تجارة؟ أخذ آمر الخفر أربع زجاجات، ولم يعطني فلساً واحداً والجميع مثله يشربون الخمرة ولا يدفعون. فأي تجارة هذه؟

ـ كفى، اذهبي الآن إلى حيث ألقت..

لم تنتظر المرأة أن يُعاد الأمر عليها مرتين، تناولت سلتها، وانحنت شاكرة مديرة ظهرها للباب.

ـ الله يعطيك العافية، يا حضرة الرئيس.

كان دولينيك ينظر إلى هذه المهزلة بعينين متسعتين. ولم يكن أحد من المعتقلين قد فهم حقيقة الأمر. كان الشيء الوحيد

الواضح هو أن الزائرين هم من الرؤساء الذين يملكون التصرف بالمعتقلين.

سأل تشيرنياك دولينيك:

ـ وأنت لأي شيء؟

وصاح النقيب:

ـ قف في حضرة البان العقيد!

نهض دولينيك من الأرض بتثاقل. وأعاد تشيرنياك سؤاله:

ـ أسألك لأي شيء اعتقلوك؟

قضى دولينيك عدة ثوان بالتطلع إلى شاربي العقيد المفتولين، وإلى وجهه الحليق الأملس، ثم إلى رأس طاقيته القشيبة ذات الشارة المموهة، وخطرت في باله فكرة مخمورة "ربما تنجح؟"..

قال أول فكرة طرأت في رأسه:

ـ اعتقلت لأنني كنت أسير في البلدة بعد الساعة الثامنة.

وانتظر بتوتر أليم.

ـ ولماذا تتنزه ليلاً؟

ـ ليس ليلاً، بل حوالى الحادية عشرة.

قال ذلك، ولم يكن يؤمن بنجاح القول الذي ألقاه جزافاً.

ارتعشت ركبتاه حين سمع الأمر المقتضب: "اقلع".

سار دولينيك نحو الباب ناسياً سترته، بينما كان النقيب يسأل المعتقل التالي.

وكان كورتشاغين آخرهم. كان جالساً على الأرض مصعوقاً تماماً بما رأى، بل ولم يكن قد وعى حقيقة الإفراج عن

٢٠٣

دولينيك. عجز عن فهم ما يجري.

يفرجون عن الجميع، لكن دولينيك، دولينيك....

قال إنه اعتقل لأنه كان يمشي ليلاً، وفهم آخر الأمر.

أخذ العقيد يسأل زيلتسر الهزيل السؤال المألوف:

ـ لماذا اعتقلت؟

أجاب الحلاق الشاحب المنفعل متهوراً:

ـ يقولون لي إنني أحرض، ولكن لا أفهم أين تحريضي.

أرهف تشيرنياك سمعه:

ـ ماذا؟ تحريض؟ على أي شيء تحرض؟

بسط زيلتسر ذراعيه في حيرة:

ـ لا أعرف. ولكن قلت فقط إن التواقيع تُجمع من اليهود على عريضة ترفع إلى الأتمان الرأس.

ـ أي عريضة؟ ـ وتقدم النقيب وتشيرنياك من زيلتسر.

ـ عريضة تحريم الاستباحة. أنتم تعرفون بالاستباحة المريعة التي حصلت عندنا، والناس يخافون.

قاطعه تشيرنياك:

مفهوم، سنكتب لك عريضة، يا بوز اليهود ـ والتفت إلى النقيب وطلب ـ يجب حبس هذا المخلوق في مكان أبعد. ليؤخذ إلى مقر القيادة. سأتحدث معه هناك شخصياً. لنعرف من يريد تقديم العريضة.

حاول زيلتسر الاعتراض، إلا أن النقيب رفع مقرعته عالياً، وهوى بها على ظهره.

ـ اخرس، يا وغد!

تلوى زيلتسر من الألم، وتراجع إلى ركن.

كانت شفتاه ترتجفان، لا يكاد يحبس عبراته المكظومة.

نهض كورتشاغين عند المشهد الأخير، ولم يبق في المستودع من المعتقلين إلا هو وزيلتسر.

وقف تشيرنياك أمام الصبي متفحصاً إياه بعينيه السوداوين.

ـ حسناً، وأنت لماذا هنا؟

تلقى العقيد جواباً سريعاً على سؤاله :

ـ لأنني قطعت جانب السرج، لأصنع منه نعالاً.

سأل العقيد مستوضحاً.

ـ أي سرج؟

ـ ينزل في بيتنا قوزاقيان، فقطعت جانب سرج قديم لأجعل منه نعالاً، فأرسلني القوزاقيان إلى هنا جزاء على ذلك ـ وأضاف وقد تملكه أمل جنوني في إطلاق سراحه ـ لو كنت أعرف أن ذلك ممنوع...

نظر العقيد إلى كورتشاغين بازدراء.

ـ الشيطان يعرف ماذا كان يمارس آمر الخفر هذا. انظر أي معتقلين جمع! ـ ثم صاح وهو يستدير إلى الباب ـ يمكنك أن تذهب إلى البيت، وتخبر أباك أن يضربك حسب الأصول هيا، أخرج!

تناول كورتشاغين سترة دولينيك الملقاة على الأرض غير مصدق ما سمع، وقلبه يكاد يثب من صدره ـ واندفع نحو الباب. قطع المخفر عدواً، وانسل إلى الفناء من وراء تشيرنياك وعبر البوابة إلى الشارع.

بقي زيلتسر البائس وحده في المستودع. نظر في ما حوله بحنين موجع، وخطا نحو المخرج بضع خطوات مدفوعاً بغريزته، إلا أن الحارس دخل إلى المخفر، وقفل الباب بالقفل، وجلس على مقعد عند الباب.

في مدخل المخفر قال تشيرنياك للنقيب راضياً عما فعل:

ـ من حسن الحظ أننا تفقدنا المخفر. انظر أي سفاسف رأينا. سنحبس آمر الخفر أسبوعين جزاء. هلا ذهبنا الآن؟

صفّ العريف جماعته في الفناء. وحين رأى العقيد هرع نحوه، وأبلغه:

ـ كل شيء على ما يرام، أيها البان العقيد.

وضع تشيرنياك قدمه في الركاب، وامتطى السرج بخفة، بينما كان النقيب منشغلاً بحصانه الشموس. جذب تشيرنياك مقود حصانه وقال للعريف:

ـ قل لآمر الخفر إنني أطلقت جميع القاذورات التي جمعها. وأخبره أنني سأحبسه أسبوعين جزاء على قبح فعله هنا. أما الذي بقي في الموقف فأرسله الآن إلى مقر القيادة. وليكن الحرس في حالة استعداد.

سمعاً وطاعة، أيها البان العقيد ـ وحياه العريف.

لكز العقيد حصانه، واندفع مع النقيب يعود إلى الساحة، وكان العرض موشكاً على الانتهاء.

قفز كورتشاغين السياج السابع، وتوقف لا يقوى على مواصلة السير.

هدّت حيله أيام الجوع في المستودع الخانق الضيق، وكان

من المحذور أن يذهب إلى بيته، والذهاب إلى عائلة بروزجاك قد يجلب الخراب إلى العائلة، فإلى أين يذهب؟

لم يعرف ماذا يفعل، فركض مخلفاً وراءه حدائق الخضروات، وجنائن البيوت، ولم يفق على نفسه إلا حين أسند صدره إلى سياج. تلفت في ما حوله مأخوذاً. رأى أمامه حديقة رئيس حراس الغابة بسياجها الخشبي العالي. إلى هنا إذاً أوصلته قدماه المتعبتان إلى حد الإعياء. أمن المعقول أنه فكر بالذهاب إلى هنا؟ لا..

ولكن لماذا وجد نفسه عند بيت رئيس حراس الغابة بالذات؟

لم يكن قادراً على الإجابة عن ذلك.

يجب أن يستريح قليلاً في مكان ما، ثم يفكر بعد ذلك إلى أين يواصل سيره. كان يعرف أن في حديقة البيت عريشاً خشبياً، وإذا اختفى فيه لا يراه أحد.

قفز كورتشاغين ، وأمسك بيده حافة اللوحة الخشبية، وصعد على السياج، ثم رمى بنفسه إلى الحديقة. ألقى نظرة على البيت الذي لا يكاد يبين من وراء الأشجار، واتجه نحو العريش. كان مفتوحاً من كل الجهات تقريباً. في الصيف كانت دوالي العنب البري تقيم عرشها عليه. والآن كان كل شيء أجرد.

استدار ليعود إلى السياج، ولكن أوان العودة قد فات. سمع وراءه نباح كلب ضارياً. وخرج من البيت كلب ضخم انطلق نحوه في الممشى المفروش بالأوراق اليابسة، مالئاً أرجاء الحديقة بنباح رهيب.

استعد بافل ليدافع عن نفسه.

صد الهجوم الأول بضربة من قدمه، ولكن الكلب تهيأ لهجوم ثان. والغيب وحده كان يعرف نتيجة الصراع لو لم يرتفع الصوت الصداح المألوف لبافل:

ـ تريزور ، أرجع!

وركضت تونيا في الممشى، وجذبت تريزور من طوق رقبته، وخاطبت بافل الذي كان واقفاً عند السياج:

ـ كيف جئت إلى هنا؟ كان من الممكن أن ينهشك الكلب. من حسن الحظ أنني...

وأرتج عليها، واتسعت حدقتاها. ما أكثر الشبه بين هذا الشاب الغريب الذي انسل إلى حديقتها، وبين كورتشاغين!

تململ الشخص الواقف عند السياج، وقال بخفوت:

ـ أنت... أتتذكرينني؟

ندت منها صيحة، واندفعت نحو بافل:

ـ أنت ، بافلوشا؟

حسب الكلب صيحتها إشارة للهجوم، فقفز إلى الأمام بقوة.

ـ امشِ!...

وتلقى الكلب ضربات عدّة من تونيا، فأسبل ذيله بذلة، وعاد إلى البيت.

ضغطت تونيا على يد كورتشاغين وقالت:

ـ هل أنت طليق؟

ـ وهل أنت تعرفين القصة؟

أجابت تونيا مبهورة الأنفاس، وهي بعد لم تسترد سكينتها.

ـ أعرف كل شيء. حدثتني ليزا. ولكن كيف جئت إلى هنا؟ هل أطلقوا سراحك؟

أجاب كورتشاغين بادي التعب:

ـ أطلقوا سراحي خطأ. وهربت، أغلب الظن أنهم يبحثون عني. وجدت نفسي هنا مصادفة. أردت أن أستريح في العريش ـ ثم أضاف وكأنه يعتذر ـ أنا متعب جداً.

حدقت به لحظات، وضغطت على كفه، وقد تملكتها موجة من الإشفاق والرقة الحارة والتوجس والفرح.

ـ بافلوشا، بافل، يا فتاي العزيز. أنا أحبك... هل تسمع؟... يا صغيري العنيد، لماذا انصرفت في تلك المرة؟ الآن ستظل عندنا، عندي، ولن أدعك تذهب. بيتنا مأمون، فأمكث فيه قدر ما يلزمك.

هزّ كورتشاغين رأسه رافضاً.

ـ ماذا سيكون من أمركم لو وجدوني عندكم؟

لا أقدر أن أبقى معكم.

عصرت يداها أصابعه بقوة أشد، ورفّت رموشها، وبرقت عيناها.

ـ إذا لا تأتي لن تراني بعد الآن. أرتيم غير موجود، أخذوه محروساً لتسيير قاطرة. وهم يجندون جميع عمال القاطرات. فإلى أين تذهب؟

فهم بافل قلقها، ولكن الخوف من تعريض الفتاة العزيزة عليه للخطر جعله يتردد. إلا أنه كان مرهقاً بما عاناه، وراغباً في

شيء من الراحة، ومتضوراً جوعاً، فامتثل.

عندما كان جالساً على الأريكة في غرفة تونيا، جرى هذا الحديث بين الفتاة وأمها في المطبخ:

ـ اسمعي، يا ماما، في غرفتي الآن بافل كورتشاغين، تلميذي، هل تذكرينه؟ لا أريد أن أخفي عليك شيئاً، كان قد اعتقل لأنه خلّص بحاراً بلشفياً. وقد هرب وليس عنده من مأوى ـ وارتعش صوتها هنا ـ أرجوك. يا ماما، أن توافقي على بقائه عندنا الآن.

ورمقت الابنة أمها بعينين متضرعتين.

وحدقت الأم في عيني تونيا مذعورة. ـ حسناً، لا اعتراض لي، ولكن أين ستنزلينه؟

توردت تونيا، وارتبكت، وأجابت منفعلة:

ـ سأدعه ينام على الأريكة في غرفتي، ويمكننا أن نخفي ذلك عن أبي في الوقت الحاضر.

حدقت الأم في عيني تونيا.

ـ أمن أجله كنت تسكبين الدموع؟

ـ نعم.

ـ إنه لا يزال صبياً.

جذبت تونيا كم بلوزتها بعصبية.

ـ أجل، ولكن لو لم يهرب لرموه بالرصاص كالكبار.

أرعب يكتيرينا ميخائيلوفنا مقام كورتشاغين في البيت وأقلقها اعتقاله، وعاطفة تونيا البادية نحو هذا الصبي، وكونها لا تعرفه مطلقاً.

بينما انقلبت تونيا إلى ربة بيت متحمسة.

ـ يحتاج إلى حمام، يا ماما، سأهيئ له ذلك الآن. إنه وسخ مثل وقاد حقيقي. قضى وقتاً طويلاً من دون أن يغتسل.

وهرولت، راحت وجاءت، وسخنت الحمام، وأعدت البياضات، وركضت، وأمسكت بيد بافل من دون أن تشرح له الأمر، وجرته ليستحم.

ـ عليك أن تخلع كل ما عليك. هذه بدلة. ثيابك بحاجة إلى غسيل. ألبس هذه ـ قالت ذلك وأشارت إلى مقعد طويت عليه باتقان بلوزة بحارية زرقاء ذات ياقة بيضاء مخططة، وبنطلون عريض عند القدمين.

بدا بافل مندهشاً، وابتسمت تونيا:

ـ هذه بدلتي في الحفلات التنكرية. ستكون جيدة عليك. حسناً، دبّر أمرك بنفسك. أنا ذاهبة لإعداد الطعام بينما أنت تستحم.

وأوصدت الباب، وتركته أمام أمر ليس منه بد. نضا ثيابه، ونزل إلى الحوض.

بعد ساعة كان الثلاثة ـ الأم والابنة وكورتشاغين يتناولون طعامهم في المطبخ. أفرغ بافل الجائع صحنه الثالث من دون أن يلحظ. في بادئ الأمر استحى من يكترينا ميخائيلوفنا، ولكنه تغلب على خجله في ما بعد، حين رأى توددها.

بعد الغداء اجتمعوا في غرفة تونيا، تكلم بافل عما عاناه حين رجته يكترينا ميخائيلوفنا أن يتحدث عن ذلك.

سألت يكترينا ميخائيلوفنا:

ـ ماذا تنوي أن تفعل بعد الآن؟

فكر بافل:

ـ أريد أن أرى أرتيم، ثم انزاح من هنا.

ـ إلى أين؟

ـ أفكر في التسلل إلى أومان أو كييف. لا أعرف الآن بالضبط، ولكن يجب أن أقلع من هنا حتماً.

لم يصدق بافل بأن كل شيء قد تغير بسرعة على هذا النحو. في صباح هذا اليوم فقط كان رهين الحبس، والآن إلى جانب تونيا في ثياب نظيفة، وطليق، وهذا هو الأهم.

على هذا النحو تتبدل الحياة أحياناً، تارة تحلو لك السماء، وتارة تبتسم بالشمس. لو لم يكن مهدداً بخطر الوقوع في الاعتقال ثانية لكان الآن سعيداً.

إلا أنه الآن بالذات، وهو في هذا البيت الكبير الهادئ، معرض لأن يُعتقل.

يجب أن يرحل إلى أي مكان، فقط أن لا يبقى هنا.

ولكنه لا يريد أن يغادر هذا البيت، يا للعنة! ما أمتع القراءة عن البطل غاريبالدي! كم حسد هذا الرجل! كانت حياة غاريبالدي هذا شاقة، كان مطارداً في العالم كله. بينما لم يقضِ بافل غير سبعة أيام في عذابات مريعة، فتصورها سنة.

يبدو أنه لم يخلق ليكون بطلاً.

ـ فيمّ تفكر؟ ـ سألته تونيا، وهي تنحني عليه،بدت له عيناها بلا غور في زرقتهما القاتمة.

ـ تونيا، أتريدين أن أحدثك عن خريستينا؟

قالت تونيا بلهفة.

ـ حدثني.

ـ .... ولم تعد ثانية ـ نطق بآخر الكلمات في عسر.

وظلت دقات الساعة المتسقة وحدها تُسمع في الغرفة. أطرقت تونيا برأسها، تغالب عبرة توشك أن تنفجر. وتعض شفتيها إلى حد الألم.

نظر بافل إليها. وقال بتصميم:

ـ يجب أن أرحل من هنا في هذا اليوم.

ـ لا، لا، لن تخرج اليوم إلى أي مكان!

وتسللت أصابعها الدقيقة الدافئة بهدوء بين شعره النافر، وتلمسته برقة...

ـ يجب أن تساعديني يا تونيا. يجب أن يعرف شيئاً عني أرتيم في مستودع القطارات، وأن تسلمي مذكرة إلى سيرغي. يوجد مسدس خبأته في عش الغراب يستطيع سيرغي أن يحصل عليه، بينما لا أستطيع أنا، هل تستطيعين أن تقومي بالمهمة؟

نهضت تونيا.

ـ أنا ذاهبة الآن إلى ليزا سوخاركو، وسأذهب معها إلى مستودع القطارات. أكتب مذكرة إلى سيرغي، وسأحملها إليه. أين يعيش؟ إذا كان يريد أن يراك هل أدله على مكانك؟

فكر بافل قليلاً ثم أجاب:

ـ أخبريه بأن يأتي بالمسدس إلى حديقة بيتك مساءً.

عادت تونيا إلى البيت في ساعة متأخرة. بينما كان بافل

٢١٣

غارقاً في نوم عميق. واستيقظ حين مسته يداها. كانت تبتسم بفرح.

ـ سيأتي أرتيم الآن. وصل من توه. سمحوا له بالتغيب ساعة بكفالة من والد ليزا. والقاطرة في المستودع. لم أستطع أن أخبره بأنك هنا. أخبرته فقط بأن عندي شيئاً مهماً جداً أريد أن أنقله إليه.

ها هو قد جاء.

ركضت تونيا إلى الباب. توقف أرتيم عند الباب متسمراً غير مصدق عينيه. أغلقت تونيا الباب خلفه حتى لا يسمع الحديث أبوها الراقد في مكتبه مريضاً بالتيفوس.

وعندما طوق أرتيم بذراعيه قوقعت عظام بافل.

ـ أخي! بافل!..

تقرر أن يرحل بافل في الغد، سيرتب أرتيم أمر نقله في قطار بروزجاك الذاهب إلى كازاتين.

إن أرتيم الصارم عادة خرج عن توازنه بعد أن تعذب على أخيه، غير عارف مصيره. وهو الآن سعيد سعادة لا حد لها.

ـ إذاً، في الساعة الخامسة صباحاً ستكون في مستودع التخزين، سيشحنون الحطب في القاطرة، وخلال ذلك تسلل إليها. بودي أن أتحدث معك، ولكن أوان عودتي قد حان. سأوصلك غداً، إنهم يشكلون من بيننا كتيبة عمال السكك. ونحن نسير تحت الحراسة كما في عهد الألمان.

ودع أرتيم أخاه، وانصرف.

تجمعت الظلمة بسرعة، وحان ميعاد مجيء سيرغي إلى الحديقة. راح بافل يذرع الغرفة المظلمة من ركن إلى ركن في انتظار مجيئه. وكانت تونيا وأمها عند أبيها.

التقى بافل بسيرغي في الظلمة وتصافح الصديقان بحرارة. وكان سيرغي بصحبة فاليا. وجرى الحديث بخفوت.

ـ لم أجلب المسدس. البيتليوريون يملؤون فناء دارك، وقد أشعلوا ناراً، والعربات واقفة. وكان من المستحيل عليَّ أن أتسلق الشجرة. إنه حظ سيئ.

برر سيرغي قوله. فهدأه بافل:

ـ لا بأس! عسى في ذلك خيراً. فقد أفتش في الطريق، ويضيع رأسي. ولكن يجب أن تأخذه في ما بعد.

تقدمت فاليا منه:

ـ متى سترحل؟

ـ غداً، يا فاليا، عند طلوع الفجر.

ـ ولكن، كيف تخلصت؟ حدثنا.

تحدث بافل بهمس سريع عما لقيه من عناء. وتوادعوا بحرارة. ولم يمزح سيرغي، فقد كان قلقاً. قالت فاليا:

ـ سفر ميمون يا بافل، لا تنسنا.

وانصرفا، وابتلعتهما الظلمة في الحال.

البيت ساكن، الساعة وحدها تسير معلنة عن نفسها بوضوح. لم يفكر أحدهما بالنوم، ولم تبقَ إلا ست ساعات على فراق قد يمتد إلى الأبد. أمن المستطاع أن تحكي خلال هذا

الوقت القصير، ملايين الأفكار والكلمات التي تعتمل في نفس كل واحد منهما!

الشباب، الشباب الرائع إلى أبعد حدود الروعة، حيث العاطفة غير مفهومة بعد، بل تحس في وجيب القلب بغموض، حيث اليد ترتجف مذعورة، وترتمي بعيدة، ولا تمس صدر المحبوبة إلا عرضاً، حيث تحرس صداقة الشباب من الخطوة الأخيرة! أي شيء يمكن أن يكون أحلى من أن تحس بذراعي الحبيبة تطوقان عنقك، من قبلتها المحرقة مثل لسعة تيار كهربائي!

إنها القبلة الثانية طوال تاريخ صداقتهما، من قبل لم يذق بافل طعم ملاطفة غير ملاطفة أمه، ولو أنه تلقى ضرب الكثيرين. وبسبب ذلك تأثر بعناقها على نحو أشد.

لم يكن يعرف، وهو يعيش حياته المضنية الفظة، أن في الحياة مثل هذه المتعة، فكان لقاؤه لهذه الفتاة في طريق حياته سعادة كبيرة.

إنه يحس بشذى شعرها، ويخيل إليه أنه يرى عينيها في الظلمة.

ـ كم أحبك يا تونيا! لا أستطيع التعبير عن هيامي، ليست لي القدرة.

وتتشتت أفكاره. إن جسدها اللدن طوع يديه... ولكن صداقة الشباب أقوى من كل شيء.

ـ عندما تنتهي هذه الدوامة سأصير ميكانيكياً حتماً. وإذا لا ترفضينني، إذا كنت جادة حقاً، ولست هازلة، فسأكون لك

زوجاً صالحاً. لن أضربك أبداً، ولن أسيئ إليك في شيء، يميناً عليّ!

وافترقا مخافة أن يغفيا متعانقين، وتراهما الأم، فتسيئ الظن بهما.

وكان الصبح يوشك أن يتنفس عندما غفيا بعد أن قطعا على نفسيهما عهداً وثيقاً بأن لا ينسى أحدهما الآخر.

أيقظت يكترينا ميخائيلوفنا كورتشاغين في الصباح الباكر.

قفز واقفاً بسرعة.

وبينما كان يرتدي في الحمام ملابسه وسترة دولينيك وحذاءه، أيقظت الأم تونيا.

سارا مسرعين إلى المحطة في ضباب الصباح الرطب، وسلكا طريقاً جانبية للوصول إلى مستودعات الخشب، وكان أرتيم ينتظرهما بنفاد صبر عند القاطرة المحملة بالأخشاب.

اقتربت قاطرة جبارة ببطء، ملتفة بغمائم البخار الهاس.

وأطل بروزجاك من نافذة مقصورة القاطرة.

توادعوا بسرعة، ثم أمسك بافل المقبضين الحديديين على جانبي درجات القاطرة، وصعد إلى الأعلى، والتفت، ورأى على المعبر الشبحين الأليفين ـ شبح أرتيم الطويل، وإلى جانبه شبح تونيا الأهيف الصغير.

كانت الريح تحرك غاضبة ياقة بلوزتها وتعبث بخصلات شعرها الكستنائي. وهي تلوح بذراعها مودعة.

ألقى أرتيم نظرة جانبية إلى تونيا التي كانت تغالب عبراتها، وتنهد.

وفكر: "الأمر بين احتمالين، إما أنا مخبول لا أفهم شيئاً البتة، وإما أن يكون هذان قد أصيبا بخلل. أوه، ومع ذلك فأنا أظن بافل لا يزال حدثاً!".

عندما غادر القطار وراء المنعطف التفت أرتيم إلى تونيا.

ـ حسناً، هل سنكون أصدقاءَ؟ ـ وغطى بكفه الضخمة كف تونيا الصغيرة.

ومن بعيد ترامى هدير القطار الآخذ بالسرعة.

الفصل السابع

لأسبوع كامل ظلت البلدة مطوقة بالخنادق، والمشربكة بشبكة الأسلاك الشائكة تنام وتصحو على دوي المدافع، ولعلعة الرصاص. وفي أعماق الليل فقط كان السكون يسود. وحتى في هذا الوقت كانت تعكر السكون بين الحين والآخر رصاصات نافرة تطلقها نقاط الحراسة ليتأكد بعضها من وجود بعض. وفي الفجر يبدأ الناس بالتحرك حول البطارية في المحطة. وكانت فوهة المدفع السوداء تسعل بضغينة ورهبة وكان الناس يسرعون بإلقامها مضغة أخرى من الفولاذ المتفجر. وكلما جذب المدفعي حبل الإطلاق ارتجت الأرض. كانت القذائف تنصب معولة صافرة على القرية التي يحتلها الحمر على بعد ثلاثة أميال من البلدة، مغطية على كل الأصوات الأخرى، رافعة عند سقوطها نوافير من الأرض الممزقة.

كانت بطارية الحمر موضوعة في باحة دير بولوني قديم واقع على تل مرتفع في وسط القرية.

قفز الرفيق زاموستين المفوض الحربي للبطارية وكان نائماً ورأسه يتوسد ماسورة المدفع. أوثق شد حزام مسدسه الموزر الثقيل. وتتبع بسمعه طيران القذيفة، متوقعاً انفجارها. وردد الفناء صوته الصدّاح:

ـ أيها الرفاق، سنكمل نومتنا غداً! إنهـ..... ضوا!

كان رجال البطارية نائمين بالقرب من المدفع. فقفزوا واقفين بالسرعة التي قفز فيها مفوضهم الحربي إلا سيدورتشوك، فقد تباطأ، ورفع رأسه الناعس على مضض، وقال:

ـ عليهم اللعنة. بدأوا ينبحون مع طلوع الفجر. أي أناس أوغاد هؤلاء!...

ضحك زاموستين:

ـ عناصر غير واعية، يا سيدورتشوك. لا يحفلون برغبتك في النوم.

نهض سيدورتشوك مدمدماً بتذمر.

بعد بضع دقائق هدرت المدافع في فناء الدير، وتفجرت القذائف في البلدة. قبع ضابط بيتليوري وجندي المخابرة على ألواح خشبية صفت على مدخنة لمصنع السكر العالية.

كان الضابط وجندي المخابرة قد صعدا إلى هناك على الدرجات الحديدية داخل المدخنة.

وانداحت البلدة كلها تحتهما. فكانا يوجهان نيران مدافعهم. كانا يريان من خلال المنظار كل حركة من حركات الوحدات الحمراء المحاصرة للبلدة. اليوم كانت تسري في صفوف البلاشفة حركة نشيطة. زحف قطار مصفح ببطء نحو محطة بودولسكي من دون أن يكف عن إطلاق النار. وزحفت وراءه صفوف المشاة. قام الحمر بهجمات عدّة محاولين الاستيلاء على البلدة إلا أن وحدات البيتليوريين تخندقت في مشارف البلدة، وأرسلت الخنادق ناراً حامية، وامتلأ الهواء بدندنة الرصاص

المجنونة. ارتفع صوت الرصاص بهدير كثيف، بالغاً ذروة توتره عند الهجوم. وتقهقرت صفوف البلاشفة مصلية بوابل الرصاص، غير قادرة على الصمود أمام ضغط لا تحتمله القوى البشرية، تاركة في الميدان جثثاً هامدة.

اليوم كانت الضربات الموجهة إلى البلدة أشد وأكثر تتابعاً. واهتز الهواء بذبذبة الرصاص. كان البتليوريان على مدخنة مصنع السكر يريان صفوف البلاشفة تتقدم بقوة جامحة منبطحة على الأرض.

وأوشك الحمر على احتلال المحطة. ألقى البتلوريون كل احتياطاتهم في المعركة، ولكنهم لم يستطيعوا أن يوقفوا السيل المتدفق على المحطة. واقتحمت صفوف البلاشفة الشوارع القريبة من المحطة، مستميتة في اندفاعها. وأخذ البيتليوريون من الفوج الثالث الذين كانوا يدافعون عن المحطة يتقهقهرون إلى البلدة بجماعات مبعثرة متجزئة، بعد أن طردتهم ضربة قصيرة رهيبة من مواقعهم في البساتين والحدائق في ضاحية البلدة. وأخذت صفوف الجنود الحمر تملأ الشوارع من دون أن تسمح للبيتليوريين أن يعيدوا تنظيمهم ويتوقفوا، مكتسحة بالحراب نقاط التعويق التي أقاموها.

لم تستطع قوة أن تبقي سيرغي بروزجاك في السرداب حيث اجتمعت فيه عائلته وأقرب جيرانه. كان يتلهف للخروج. اندفع خارجاً من السرداب البارد على الرغم من اعتراضات أمه. مرت بداره سيارة مصفحة تسمى "ساغايداتشني" مقرقعة، مطلقة النار في جميع الجهات. وفي أعقابها تراكض الجنود البيتليوريون

مذعورين مشتتين. احتمى أحد الجنود في فناء دار سيرغي وألقى عنه نطاق العتاد والخوذة والبندقية بسرعة محمومة، وقفز السياج، واختفى في حدائق الخضروات. عزم سيرغي على إلقاء نظرة على الشارع. كان البيتليوريون يركضون في الطريق متجهين إلى المحطة الجنوبية الغربية. وكانت سيارة مصفحة تستر تراجعهم. وكانت الطريق العمومية المؤدية إلى البلدة خالية. إلا أن جندياً أحمر ظهر في اللحظة التالية. انبطح على الأرض، وأطلق الرصاص على طول الطريق. وظهر خلفه جندي ثانٍ، وثالث. كان سيرغي يراهم ينحنون ويطلقون الرصاص أثناء عدوهم. ورأى سيرغي صينياً أسمر البشرة، ناعس العينين، في فانيلة ممنطقاً بمشلح عتاد الرشاشات يركض بأقصى سرعته غير مهتم بإخفاء نفسه، حاملاً في يديه قنبلتين يدويتين. وجرى أمام الجميع جندي أحمر لا يزال يافعاً يحمل رشاشة. هؤلاء طلائع الحمر الداخلين إلى البلدة. واستحوذ على سيرغي شعور الفرح. اندفع إلى الطريق العمومية وصرخ بأعلى صوته :

ـ عاش الرفاق!

وبوغت الصيني به وكاد يطرحه أرضاً. أراد أن يهجم على الصبي بضراوة، إلا أن وجه الصبي المتهلل أوقفه.

صاح الصيني لاهثاً:

ـ أين هرب بيتليوريون؟

إلا أن سيرغي لم يسمعه. دخل الفناء مسرعاً، والتقط البندقية وحزام الخراطيش اللذين خلفهما الجندي البيتليوري، وانطلق للحاق بصف الحمر. ولم يلاحظوه إلا حين اجتاحوا

٢٢٢

المحطة الجنوبية الغربية بعد أن قطعوا قطارات عدة محملة بالقنابل والعتاد، وقذفوا بالعدو إلى الغابة، وتوقفوا للاستراحة، وإعادة تنظيم الصفوف. تقدم حامل رشاشة شاب من سيرغي، وسأله مندهشاً:

ـ من أين أنت، أيها الرفيق؟

ـ أنا من هنا، من البلدة، وكنت أنتظر قدومكم.

وأحاط الجنود الحمر به. وقال الصيني بلغة روسية مهشمة قالباً الراء لاماً ـ أنا هو أعلفه. هو يصلخ كان: "يعيشون اللفاق!" بلشفي، وشاب جيد ـ وربّت على كتف سيرغي معجباً.

وخفق قلب سيرغي مرحاً. قبلوه رأساً كواحد منهم. وقد اشترك معهم في اقتحام المحطة بالحراب.

دبّت الحركة في البلدة، خرج أهلها المعذبون من السراديب، واندفعوا إلى بوابات بيوتهم، ينظرون إلى الوحدات الحمراء التي كانت تدخل البلدة، لاحظت أنتونينا فاسيليفنا وفاليا سيرغي يسير في صفوف الجنود الحمر. كان يسير حاسر الرأس، ممنطقاً بمشلح عتاد، والبندقية على كتفه.

صفقت أنتونينا فاسيليفنا كفاً بكف قلقة. ـ ها هو ابنها سيرغي قد دخل المعمعة. وسيدفع الثمن! انظروا إليه يسير حاملاً بندقية أمام البلدة كلها. فماذا سيحدث في المستقبل!

ولما استبدت هذه الأفكار بها لم تتمالك نفسها وصرخت:

ـ سيرغي، إلى البيت سر حالاً! سأريك كيف تحارب أيها الخبيث! ـ واتجهت نحو ابنها تريد إيقافه.

ولكن سيرغي، ابنها سيرغي، الذي جرت أذنيه كثيراً، نظر

إلى أمه بجهامة، وجابهها محمراً حمرة الخجل والإساءة.

ـ لا تصرخي! لن أخرج من هنا ـ ومر بها من دون أن يتوقف. واحتدت أنتونينا فاسيليفنا .

ـ أوف، هكذا تتحدث مع أمك! إياك وأن تتجرأ وتعود إلى البيت.

أجابها صائحاً من دون أن يلتفت إليها:

ـ لن أعود!

ظلت أنتونينا فاسيليفنا واقفة في الطريق ذاهلة. ومرت بها صفوف المحاربين الملوحي البشرة المغبرين.

قال صوت قوي ساخر:

ـ لا تبكِ، يا أم! سننتخب ابنك مفوضاً.

وسرى ضحك مرح في الفصيل. ومن المقدمة ارتفعت أصوات قوية متناسقة بأنشودة:

سيروا، رفاق النضال

أقوياء الروح والجسد

طريق الحرية لا يزال

يُشق بالعزم والقتال

وسرت الأغنية بين الصفوف هادرة، وكان صوت سيرغي الرنان مندمجاً مع صوت المجموع، لقد وجد لنفسه عائلة جديدة، وحربته من بين حرابهم.

... علقت على بوابة بيت ليشنسكي لافتة بيضاء من الكارتون كتب عليها: "اللجنة الثورية".

وإلى جانبها لوحة صارخة تصور جندياً أحمر يحدق في

٢٢٤

القارئ ويشير بإصبعه إلى صدره، وقد كتب في أسفلها:

"هل انضممت إلى الجيش الأحمر؟".

في الليل ألصق العاملون في القسم السياسي للفرقة هذه الملصقات التحريضية الصامتة. كما علق على مقربة أول نداء للجنة الثورية إلى شغيلة بلدة شبيتوفكا:

"أيها الرفاق! استولت الوحدات البروليتارية على البلدة. وأقيمت السلطة السوفييتية من جديد، إننا ندعوكم، يا سكان البلدة، إلى التزام الهدوء، إن المستبيحين الدمويين قد ألقوا خارج البلدة، ولكن لكي لا يعودوا ثانية، ولكي يسحقوا نهائياً يجب أن تنضموا إلى صفوف الجيش الأحمر، وتساندوا سلطة الشغيلة بكل قواكم. إن السلطة العسكرية في المدينة هي لآمر الحامية، والسلطة المدنية للجنة الثورية".

دولينيك، رئيس اللجنة الثورية

ظهر في فيلا ليشنسكي أناس من طراز جديد. وصارت كلمة "رفيق" تتردد في كل لحظة بينما كانت بالأمس فقط تكلف الناس حياتهم، كلمة "الرفيق" المؤثرة على نحو يعّز على الوصف!..

ولم يذق دولينيك طعم النوم والراحة.

وراح هذا النجار يقيم السلطة السوفييتية.

عُلقت على باب غرفة صغيرة في الفيلا ورقة كتب عليها بالقلم الرصاص "اللجنة الحزبية". وفي هذه الغرفة تجلس الرفيقة ايغناتيفا الهادئة الرصينة، التي عهد القسم السياسي إليها وإلى دولينيك مهمة تنظيم هيئات السلطة السوفييتية.

وبعد يوم كان العاملون في الإدارة جالسين وراء مكاتبهم والآلة الطابعة تدق، ومفوضية التموين قد ألفت برئاسة مفوض التموين تيجيتسكي النشيط العصبي. كان تيجيتسكي يشتغل في مصنع السكر كمساعد ميكانيكي. ومنذ الأيام الأولى لاستتباب السلطة السوفييتية أخذ، بإصراره البولوني، يشن الهجوم على الأرستقراطيين الكبار في إدارة المصنع الذين كانوا يضمرون كراهية للبلاشفة.

وفي اجتماع في المصنع ضرب تيجيتسكي حاجز المنصة بجمع يده بحماس، وقذف العمال الذين أحاطوه بكلمات حادة لا هوادة فيها باللغة البولونية.

ـ بالطبع، إن ما كان لن يعود، يكفي أن آباءنا ونحن أيضاً استنزفنا حياتنا من أجل بوتوتسكي. شيّدنا لهم القصور مقابل أن يقدم لنا صاحب الفخامة الكونت قدراً من الخبز يكفي فقط لأن نبقى أحياء. ونحن نعمل له.

كم أعوام مرّت والكونتات من أمثال بوتوتسكي والأمراء من أمثال سانغوشكي يجثمون على ظهورنا؟...

وهل قليلون أولئك الذين اضطهدهم بوتوتسكي منا، نحن العمال البولونيين، اضطهاده للروس والأوكرانيين؟ هناك إشاعة يروجها عملاء الكونت بين هؤلاء العمال تزعم أن السلطة السوفييتية ستعتصرهم جميعاً بقبضة من حديد.

ذلك بهتان لئيم، أيها الرفاق، لم يكن للعمال من مختلف القوميات حريّات في يوم ما كحرياتهم الآن.

إن البروليتاريين جميعاً أخوة، ولكننا سنضرب على أيدي

البانات البولونيين، كونوا على ثقة ـ ورسمت يده قوساً في الهواء وسقطت على حاجز المنصة مرة أخرى ـ من جزأنا وجعل الأخوة يقتل بعضهم بعضاً؟ الملوك والأشراف منذ أقدم العصور أرسلوا الفلاحين البولونيين لقتال الترك، وفي كل زمن كانوا يحرضون الشعب على الإغارة على شعب آخر والفتك به ـ وكم من أقوام أبيدت، وكم من ويلات جرت! ومن انتفع بذلك؟ نحن؟ إلا أن ذلك سينتهي عن قريب. جاءت نهاية هؤلاء الأوغاد. طرح البلاشفة على العالم كله الكلمات التي ترهب البرجوازيين "يا عمال العالم، اتحدوا!" وفي ذلك خلاصنا، وأملنا في حياة سعيدة يكون فيها العامل للعامل أخاً. فانضموا للحزب الشيوعي، أيها الرفاق!..

وستتكون جمهورية بولونية، ولكنها ستكون سوفييتية، خالية من البوتوتسكيين الذين سنستأصلهم، وسنكون نحن أصحاب السلطة في بولونيا السوفييتية. من منكم لا يعرف برونيك بتاشينسكي؟ إن اللجنة الثورية عينته مفوضاً لمصنعنا. "من كان لا شيء سيصبح كل شيء". وسيكون لنا عيد أيها الرفاق، فلا تصغوا إلى تلك الأفاعي المستترة! وحين نعطي الثقة لقضية العمال فسنقيم أخوة جميع الشعوب في العالم أجمع!.

نطق فاتسلاف تيجيتسكي بهذه الكلمات الجديدة من أعماق قلبه، قلب عامل بسيط .

وهبط المنصة وسط هتافات التعاطف من جانب العمال الشبان، إلا أن الشيوخ خافوا من إبداء مشاعرهم. فمن يدري

ماذا سيكون في المستقبل؟ قد يتراجع البلاشفة غداً، عندئذٍ سيدفع كل إنسان ثمن ما قاله. وإذا سلم من حبل المشنقة لن يسلم من الطرد من المصنع لا محالة.

كان مفوض التعليم رجلاً نحيلاً أهيف وهو تشيرنوبيسكي المعلم الوحيد الموالي للبلاشفة من بين معلمي تلك الأرجاء في ذلك الحين. احتلت السرية الخاصة مقراً مقابلاً لمقرّ اللجنة الثورية. وكان جنودها يتناوبون الحراسة في مقر اللجنة، وفي الليالي تنصب رشاشة من طراز "مكسيم" في حديقة مقر اللجنة أمام المدخل، ومن مخزنها يخرج شريط من الخراطيش متلوياً على الأرض. وإلى جانبها رجلان معهما بندقيتان.

كانت الرفيقة ايغناتيفا في طريقها إلى اللجنة الثورية. فجذبت انتباهها حداثة سن الجندي الأحمر المكلف بالحراسة، فسألته:

ـ كم عمرك، أيها الرفيق؟

ـ دخلت في السابعة عشرة.

ـ هل أنت من أهل البلدة؟

ابتسم الجندي:

ـ نعم، انضممت إلى الجيش الأحمر يوم أمس الأول فقط، أثناء المعركة.

حدقت ايغناتيفا به.

ـ مَنْ والدك؟

ـ مساعد سائق قاطرة.

دخل دولينيك من البوابة بصحبة عسكري فقالت ايغناتيفا تخاطبه:

ـ ها أنا قد وجدت رئيساً لكومسومول المنطقة. إنه من أهل البلدة.

ألقى دولينيك نظرة سريعة على سيرغي وسأله:

ـ ابنِ مَنْ أنت؟ اها، ابن زاخار. حسناً، امضِ في سبيلك وحرّض الأولاد.

نظر سيرغي إليهما مندهشاً:

ـ ومكاني في السرية؟

قال دولينيك وهو يصعد الدرجات:

ـ سنسوي هذا الأمر.

في مساء اليوم الثاني شُكلت لجنة الاتحاد الشيوعي لشبيبة أوكرانيا.

وأقبلت الحياة الجديدة بسرعة وفجاءة، واستحوذت على كيانه كله، ولفته في دوامتها ونسي سيرغي عائلته، على الرغم من أنها كانت في مكان قريب منه.

سيرغي بروزجاك بلشفي! وللمرة العاشرة أخرج من جيبه قصاصة الورق البيضاء، التي كُتب فيها تحت اسم لجنة الحزب الشيوعي (البلشفي) الأوكراني أن سيرغي كومسومولي وسكرتير اللجنة الكومسومولية. وإذا خامر الشك أحداً فسيشهد على ذلك بإقناع مسدس "مانليخير" المهيب المُهدى من بافل العزيز والمتدلي في غلافه الجنفاصي من حزام فوق القميص. إنه وثيقة تفويض مقنعة. أوه، ليت بافل موجود!

كان سيرغي يقضي أياماً كاملة في المهمات التي تكلفه اللجنة الثورية بها، وايغناتيفا في انتظاره الآن. سيذهبان سوية إلى

القسم السياسي للفرقة في المحطة ليأخذا منشورات وجرائد إلى اللجنة الثورية. ويسرع سيرغي إلى الشارع. إن أحد العاملين في القسم السياسي ينتظرهما في سيارة عند باب اللجنة الثورية.

والمحطة بعيدة اتخذت فيها قيادة الفرقة الأوكرانية السوفييتية الأولى والقسم السياسي مقرهما في عربات. وتنتهز ايغناتيفا الفرصة لتسأل سيرغي:

ـ ماذا فعلت في فرعك؟ هل شكلت المنظمة؟ يجب أن تبث الدعوة بين أصدقائك وأولاد العمال. في المستقبل القريب يجب أن تنظم جماعة الشبيبة الشيوعية. غداً سنكتب نداء الكومسومول ونطبعه. ثم نجمع الشبيبة في المسرح، ونقيم اجتماعاً؛ وبشكل عام سأعرفك على اوستينوفيتش في القسم السياسي. إنها، كما يبدو، تدير العمل بين أخوانك.

وظهر أن اوستينوفيتش فتاة في الثامنة عشرة لها شعر داكن مقصوص، وقميص جديد بلون كاكي تشد عليه عند الخصر حزاماً ضيقاً. وقد عرف سيرغي منها الكثير من الأشياء الجديدة، وحصل على وعد بالمساعدة في العمل. وعند الوداع حملته بحزمة كبيرة من المنشورات من بينها كراس صغير ذو أهمية خاصة هو برنامج الكومسومول ونظامه الداخلي.

عاد سيرغي إلى اللجنة الثورية في ساعة متأخرة من المساء. وكانت فاليا بانتظاره في الحديقة حيث تصدت له باللوم:

ـ ألا تستحي؟ هل تخليت عن البيت نهائياً؟ إن أمنا تبكي عليك كل يوم، وأبونا غاضب وسيحدث خصام.

ـ لن يحدث شيء يا فاليا. ليس عندي وقت لأعود فيه إلى

البيت. كلام شرف، ليس عندي، واليوم لا أعود أيضاً. ولكن أود أن أتحدث إليك قليلاً. تعال معي.

كادت فاليا لا تعرف أخاها. تغير تماماً، وكأن أحداً من الناس شحنه بالكهرباء. بعد أن أجلسها على مقعد، بدأ الحديث رأساً على المكشوف:

ـ الأمر بهذا الشكل، أريدك أن تنضمي إلى الكومسومول. ألا تعرفين ما معنى هذه الكلمة؟ تعني الاتحاد الشيوعي للشبيبة. أنا الرئيس في هذا الأمر. ألا تصدقين؟ هاك اقرئي!..

قرأت فاليا الورقة، ونظرت إلى أخيها مرتبكة:

ـ وماذا سأفعل في الكومسومول؟

بسط سيرغي ذراعيه:

ـ كيف؟ أتظنين لا يوجد عمل؟ يا عزيزتي! أنا أسهر الليالي. تقول إيغناتيفا يجب بث الدعوة. نجمع كل الشبيبة في المسرح، ونتحدث عن السلطة السوفييتية، وهي تريد أن ألقي خطاباً في الاجتماع، أظن ذلك عبثاً، فأنا لا أعرف كيف أخطب، سأصاب بالإخفاق على المنبر. والآن، قولي ما رأيك في الانضمام إلى الكومسومول؟

ـ لا أعرف. ستغضب أمي تماماً.

ـ لا تكترثي لأمك يا فاليا ـ قال سيرغي ناهياً ـ إنها لا تفهم في هذه المسألة. إنها تحرص فقط على أن يكون أولادها بجانبها. ولا شيء عندها ضد السلطة السوفييتية، بل هي تتعاطف معها. ولكن تريد أن يحارب الآخرون في الجبهة لا أولادها. وهل هذا إنصاف حقاً؟ هل تذكرين ما قاله جوخراي لنا؟ وهذا

٢٣١

بافل لا ينظر إلى ما تقوله أمه. والآن لنا الحق في العيش كما ينبغي. أمن المعقول أنك ترفضين يا فاليا؟ كم سيكون ذلك جميلاً! أنت تعملين بين الفتيات، وأنا بين الفتيان. اليوم سأدير رأس الشيطان الأحمر الشعر كليمكا. ما رأيك يا فاليا، هل أنت معنا أم لا؟ هذا كتيب عندي في هذا الموضوع.

وأخرجه من جيبه، وقدمه لها. سألت فاليا خافتة الصوت من دون أن تصرف نظرها عن أخيها:

ـ وماذا سيحصل لو يعود البيتليوريون ثانية؟

فكر سيرغي في هذه المسألة لأول مرة.

ـ طبعاً، سأرحل مع الجميع. ولكن ماذا سيحدث لك؟ ستكون أمنا تعيسة في الواقع. ـ وصمت.

ـ سجلني من دون أن تعرف أمي أو أي شخص آخر غيري وغيرك. سأساعد في كل شيء، وسيكون ذلك أحسن.

ـ أنت على حق، يا فاليا.

دخلت ايغناتيفا الغرفة.

ـ هذه أختي فاليا يا رفيقة إيغناتيفا. تحدثت معها عن الفكرة. إنها تصلح لها تماماً، ولكن أمنا جدّية. هل يمكن قبولها من دون أن يعرف أحد؟ لو تراجعنا، فرضاً، فسأحمل بندقية وأحارب. أما هي فستتألم على أمها.

جلست إيغناتيفا على حافة المنضدة. وأصغت إليه بانتباه.

ـ حسناً سيكون ذلك أحسن.

المسرح مملوء بلغط الشبيبة التي جاءت ملبية النداء الداعي إلى الاجتماع، والذي ألصق في البلدة كلها. وفرقة الموسيقى

الهوائية لعمال مصنع السكر تعزف. وغالبية الموجودين في القاعة هم من طلاب وطالبات المدرسة الثانوية.

وجميعهم جذبتهم التمثيلية أكثر مما جذبهم الاجتماع.

وأخيراً ارتفع الستار، وظهر على المنصة الرفيق رازين سكرتير لجنة المنطقة الذي جاء إلى البلدة من توه.

كان رجلاً صغير الجسم نحيلاً ذا أنف مستدق إلا أنه جذب انتباه الجميع، فأصغوا إلى خطابه بانتباه كبير. تكلم عن النضال الذي شمل البلاد كلها، ودعا الشبيبة إلى الالتفاف حول الحزب الشيوعي. تحدث كخطيب مفوه، وحفل خطابه بكلمات كثيرة من مثل "الماركسيين المتطرفين" و"الاشتراكية الشوفينية" وغير ذلك من الكلمات التي لم يفهمها المستمعون بالطبع. وعندما انتهى من خطابه قوبل بتصفيق هائل. وأعطى المنبر لسيرغي، وانصرف.

وحدث ما كان سيرغي يخشاه. لم يطاوعه الكلام. "عمَّ أتحدث؟" تعذب مستدعياً الكلمات من دون أن يجدها.

وأسعفته إيغناتيفا، إذ همست من وراء الطاولة:

ـ تحدث عن تشكيل الخلية.

وانتقل سيرغي إلى الإجراءات الفعلية رأساً:

ـ إنكم جميعاً قد سمعتم أيها الرفاق، بأن علينا الآن أن نشكل خلية. من يؤيد ذلك منكم؟

وران على القاعة صمت.

وأنقذت أوستينوفيتش الموقف. أخذت تحدث المستمعين عن منظمة الشبيبة في موسكو، وتنحى سيرغي جانباً بارتباك.

أقلقه موقف المستمعين هذا من تنظيم الخلية، فراح ينظر إلى القاعة شزراً. واستمع الحاضرون إلى اوستينوفيتش في غير اهتمام. همس زاليفانوف بشيء لليزا سوخاركو، ونظر إلى اوستينوفيتش نظرة ازدراء. وفي الصف الأمامي تحدثت في ما بينهن طالبات الصفوف المتقدمة المبودرات قاذفات هنا وهناك بنظرات حادة ماكرة. وفي ركن، عند المدخل إلى خشبة المسرح جلست جماعة من جنود الجيش الأحمر الشبان، ورأى سيرغي بينهم جندي المدفع الرشاش الشاب الذي يعرفه. كان يجلس على حافة خشبة المسرح متململاً بعصبية، ناظراً بكراهية إلى ليزا سوخاركو وأنا ادموفسكايا المترفتين في ثيابهما. كانتا تتحدثان مع صاحبيهما بلا خجل.

سارعت أوستينوفيتش بإنهاء خطابها حين شعرت بانصراف المستمعين عن الإصغاء إليها، وأخلت المنصة لايغناتيفا. أسكتت اينغاتيفا الحاضرين بخطابها الهادئ. قالت:

ـ أيها الرفاق الشباب، في وسع كل واحد منكم أن يقلب فكره في كل ما سمع هنا، وأنا واثقة من أن بينكم رفاقاً سيكونون مساهمين نشيطين في الثورة لا متفرجين عليها، لقد فتحت الأبواب لكم، والقضية الآن عائدة لكم فقط، نحن نريد أن تعبّروا عن آرائكم بأنفسكم. وندعو الراغبين في الكلام.

وعاد السكون إلى القاعة مرة أخرى. إلا أن صوتاً ارتفع من الصفوف الخلفية:

ـ أنا أرغب في الكلام!

وصعد إلى خشبة المسرح ميشا ليفتشوكوف الأحول قليلاً الشبيه بدب صغير. وسيرغي يعرفني:

أنا أريد الانضمام إلى الكومسومول.

ابتسم سيرغي فرحاً، وقال:

ـ ها أنتم ترون أيها الرفاق! ـ وتقدم إلى وسط المسرح رأساً. ـ كنت أقول دائماً أن ميشا فتى ونعم الفتى، لأن أباه محوّل سكك، وقد سحقه قطار ومن جراء ذلك لم يتلقَّ ميشا تعليمه. ولكنه فهم قضيتنا رأساً. على الرغم من أنه لم يدرس في المدرسة.

ارتفعت في القاعة ضجة وصيحات. وطلب الكلام الطالب اوكوشيف، ابن الصيدلي، وذو اللمة المعقوصة بعناية. جذب قميصه وبدأ الكلام:

ـ أرجو المعذرة، أيها الرفاق، أنا لا أفهم ماذا يريدون منا. هل يريدون أن نشتغل في السياسة؟ ومتى سندرس إذاً؟ يجب أن ننهي دراستنا. والقضية تختلف لو أنهم أسسوا جمعية رياضية أو نادياً يمكن الاجتماع والمطالعة فيه. أما إذا اشتغلنا في السياسة فسنعاقب بالشنق في ما بعد، اعذروني. لا أظن أحداً يوافق على ذلك.

وتعالى ضحك في القاعة، وقفز اوكوشيف من خشبة المسرح، وجلس. وتلاه في الكلام جندي المدفع الرشاش الشاب. دفع طاقيته على جبينه حنقاً. وألقى نظرة غضبى على الصفوف، وصرخ بقوة:

ـ أتضحكون، أيها السفهاء؟

كانت عيناه متقدتين كجمرتين، تنفس بعمق وارتعد كيانه كله ضراوة، وبدأ يتحدث.

ـ اسمي إيفان جاركي. لا أعرف لي أباً ولا أماً. نموت بلا رعاية، وتسولت وراء أسيجة البيوت، وتضورت جوعاً، وتشردت. وعشت عيشة الكلاب، لا مثل عيشتكم، أيها المدللون. جاءت السلطة السوفييتية، وانتشلني رجال الجيش الأحمر، وتبنتني فصيلة بكاملها، وكسيت وأحذيت، وعلموني القراءة والكتابة، والشيء الأهم أعطوني المفهوم الإنساني. وأصبحت عن طريقهم بلشفياً، وسأظل بلشفياً حتى الموت. وأنا أعرف جيداً في سبيل من يكون النضال. في سبيلنا نحن، في سبيل المساكين، في سبيل سلطة الطبقة العاملة. وها أنتم تصهلون كالأمهار، وأنتم لا تعرفون أن مائتي رفيق لاقوا حتفهم على أبواب البلدة... ـ وهنا رنّ صوت جاركي كالوتر المشدود ـ ضحوا بحياتهم من دون تردد من أجل سعادتنا، من أجل قضيتنا... والناس يموتون في أرجاء البلاد كلها، وفي كل الجبهات، بينما أنتم هنا في هذه الفترة بالذات تتأرجحون في الأراجيح. وأنتم، أيها الرفاق تخاطبون مثل هؤلاء ـ والتفت فجأة إلى الطاولة التي جلست هيئة الرئاسة إليها ـ مثل هؤلاء ـ وأشار إلى من في القاعة بإصبعه ـ وهل من المعقول أنهم يفهمونكم ؟ لا! ليس الشبعان بأخ للجائع. ظهر في القاعة كلها شخص واحد لأنه فقير يتيم. إننا في غنى عنكم. ـ وأومأ إلى المجتمعين محتداً ـ لن نتوسل إليكم، إلى جهنم! من أمثالكم يستحقون الحصد بالرشاش! ـ وتقطعت أنفاسه في الكلمة الأخيرة، فنزل من المسرح راكضاً واتجه نحو الباب الخروج من دون أن ينظر إلى أحد.

ولم يبقَ أحد من هيئة الرئاسة لحضور الحفلة.

وعندما وصلوا إلى اللجنة الثورية قال سيرغي مغتماً:

ـ أي هرجلة كانت! إن جاركي على حق. ما كان بوسعنا أن نوفق مع هؤلاء التلاميذ. إنهم يحرقون أعصابك فقط.

قاطعته إيغناتيفا ـ لا غرابة في الأمر لا توجد هنا شبيبة بروليتارية تقريباً. لأن الأغلبية إما برجوزايون صغار، وإما مثقفون حضريون، ضيقوا الأفق. يجب العمل بين العمال. اعتمد على عمال معمل النشارة ومصنع السكر. ولكن ستكون للاجتماع فائدة على أي حال. فإن بين الطلاب رفاقاً طيبين.

وأيدت أوستينوفيتش إيغناتيفا قائلة:

ـ إن مهمتنا، يا سيرغي، بث أفكارنا، وشعاراتنا، في وعي كل إنسان من دون كلل. وسيلفت الحزب انتباه الشغيلة جميعاً إلى كل حدث جديد.

وسنقيم سلسلة كبيرة من الاجتماعات والمداولات والمؤتمرات. وسيفتح القسم السياسي مسرحاً صيفياً في المحطة. وبعد أيام سيصل قطار الدعوة، وسنقوم بعمل واسع. تذكروا قول لينين: نحن لا ننتصر إذا لم نجذب إلى النضال الملايين العديدة من جماهير الشغيلة.

في ساعة متأخرة من المساء أوصل سيرغي أوستينوفيتش إلى المحطة: وعند الوداع صافحها بقوة، وأبقى يدها في يده برهة. وابتسمت أوستيوفيتش ابتسامة لا تكاد تُلحظ.

وعندما عاد سيرغي إلى المدينة عرج على أهله. وتحمل هجمات أمه صامتاً ومن دون اعتراض. إلا أن أباه زاخار فاسيليفتش

تدخّل فانتقل سيرغي إلى الهجوم الفعال، وأفحم أباه:

ـ أصغ إليَّ يا أبي. هل فكرت أنت في العائلة عندما أضربتم في عهد الألمان وقتلتم الحارس في القاطرة؟ فكرت. ومع ذلك فقد أقدمت لأن ضميرك، ضمير عامل، جعلك تقدم. وأنا أيضاً فكرت في العائلة. أنا أفهم أنهم سيلاحقونكم بسببي إذا تراجعنا. ومقابل ذلك إذا انتصرنا ستعلو كلمتنا.

أنا لا أستطيع القعود في البيت. وأنت نفسك يا أبي تفهم ذلك جيداً. فلماذا تثير ضجيجاً! أنا أعمل لقضية جليلة، وجدير بك أن تساندني، وتساعدني، لا أن تثير خصاماً لي. تعال نتصالح يا أبي، وعند ذاك ستكف أمي عن الصياح علي ـ ونظر إلى أبيه بعينيه الزرقاوين الصافيتين، وتبسم بحنان، واثقاً بأنه على صواب.

تململ زاخار فاسيليفتش على المصطبة قلقاً، وتبسم عن أسنان صفر من خلال شاربيه الكثيفين الخشنين، وذقنه غير الحليق.

ـ أنت تلح على الوعي، أيها المكّار؟ أتظن أن مسدسك سيحميك من ضربي لك بالحزام؟

إلا أن صوته خلا من التهديد. ثم أضاف متغلباً على ارتباكه، ماداً لابنه يده المعروقة بعزيمة:

ـ امضِ في سبيلك يا سيرغي، لن أوقفك ما دمت مندفعاً، ولكن لا تنسنا، وزرنا.

ليلاً. وشريط من الضوء ملقى على الدرجات من الباب الموارب. وفي الغرفة الكبيرة المؤثثة بأرائك وثيرة مكسية

بالقطيفة الناعمة جلس وراء مكتب المحامي العريض خمسة أشخاص هم دولينيك، وايغناتيفا ورئيس "التشيكا" تيموشنكو الذي دبا مثل قرغيزي في قبعته الفرائية القوزاقية، وعضوان من اللجنة الثورية هما شوديك عامل السكك الطويل النحيل، واوستابتشوك ذو الأنف المفلطح من عمال مستودع السكك. إن اللجنة الثورية مجتمعة.

مد دولينيك جذعه عبر المكتب، وثبت نظرة حادة في ايغناتيفا، ودحرج كلماته واحدة تلو الأخرى بصوت مبحوح:

ـ الجبهة بحاجة إلى مؤن، والعمال بحاجة إلى طعام. ما إن وصلنا حتى رفع المتلاعبون في السوق أسعار الحاجيات. وهم لا يقبلون النقود السوفييتة. يبيعون إما بنقود القيصر نيقولاي القديمة أو بعملة كيرينسكي. واليوم يجب أن نضع أسعاراً محددة. نحن ندرك جيداً أن أحداً من هؤلاء المتلاعبين لا يقبل البيع بالأسعار المحددة. وسيخفون بضائعهم. وفي تلك الحالة يجب أن نقوم بالتفتيش، ومصادرة كل بضائع هؤلاء المبتزين. ولا مجال للتساهل. لن نستطيع التهاون في أن يجوع العمال أكثر مما جاعوا. إن الرفيقة ايغناتيفا تحذر من مغبة الإفراط في الضغط. وهذه في رأيي، ليونة مثقفين من جانبها. لا تتكدري، يا زويا، أنا أقول ما هو موجود بالفعل. ثم أن القضية ليست قضية تجار صغار. اليوم تلقيت معلومات عن وجود سرداب سري في بيت صاحب الحانة بوريس زون. وقد وضع أصحاب الحوانيت الكبار احتياطات ضخمة من البضائع حتى قبل عهد البيتليوريين ـ ونظر إلى تيموشنكو نظرة ذات دلالة، وبسخرية ناقمة.

ـ من أين عرفت؟ ـ سأل هذا بذهول، وقد أزعجه أن يتلقى دولينيك كل المعلومات قبله، بينما كان يجب أن يعرفها قبل الآخرين.

ـ هـ ـ هـ ، ـ ضحك دولينيك ـ أنا أعرف كل شيء يا أخ، ـ ثم أضاف ـ أعرف أكثر من قضية السرداب. أعرف أنك بالأمس احتسيت نصف زجاجة خمرة مع سائق قائد الفرقة.

تململ تيموشنكو على كرسيه وظهرت بقعة وردية على خده المصفر.

ـ مرحى لك! ـ تعجب على كره منه. إلا أنه لزم الصمت بعد أن ألقى نظرة على إيغناتيفا فرآها عابسة. وفكر تيموشنكو مع نفسه "يا لهذا النجار الشيطاني! إن له دائرة استخبارات خاصة". ونظر إلى رئيس اللجنة الثورية.

تابع دولينيك كلامه:

ـ عرفت ذلك من سيرغي بروزجاك، عنده صاحب، اشتغل في المشرب. وقد عرف هذا من الطباخين. إن زون كان يجهزهم في الماضي بكل ما يحتاجون إليه وبكميات غير محدودة. وبالأمس حصل سيرغي على المعلومات المضبوطة: السرداب موجود حقيقة، ولكن يجب العثور على مكانه. عليك يا تيموشنكو أن تأخذ بعض رجالنا، وسيرغي، واكتشف كل شيء اليوم بالذات! وإذا حالفنا التوفيق فسنمون العمال والفرقة.

بعد نصف ساعة دخل ثمانية رجال مسلحين إلى بيت صاحب الحانة، وبقي اثنان في الشارع عند المدخل.

ركض صاحب الحانة أمام الداخلين يدق الأرض بساقه

الخشبية، ربع القامة، ممتلئ الجسم كالبرميل، وسأل بصوت مبحوح عالي النبرة:

ـ ماذا تريدون أيها الرفاق؟ لماذا جئتم في هذه الساعة المتأخرة؟..

وقفت وراء زون بناته ملفوفات بأروابهن مقلصات العيون في ضوء المصباح الكهربائي الذي يحمله تيموشنكو. ومن الغرفة المجاورة كانت تأتي تأوهات الزوجة البدينة:

شرح تيموشنكو سبب المجيء بكلمتين:

سنجري تفتيشاً.

وفحص كل بوصة من الأرض، وفتش كل شيء تفتيشاً دقيقاً: السقيفة الواسعة المكتظة بالخشب المنشور، والمستودعات، والمطبخ، والسرداب الفسيح. ومع ذلك لم يعثر على أثر للسرداب السري.

كانت خادمة صاحب الحانة تنام في غرفة صغيرة قرب المطبخ نوماً عميقاً حتى أنها لم تسمع حركتهم، وهم يدخلون الغرفة، أيقظها سيرغي بحذر، وسأل الفتاة هي لا تزال بين النوم واليقظة:

ـ هل أنت تخدمين هنا؟

جرت الغطاء على كتفيها، وحجبت الضوء بيدها، وأجابت بدهشة، وهي بعد لم تدرك شيئاً:

ـ أخدم، ومن أنتم؟

شرح لها سيرغي، وخرج من الغرفة لترتدي ملابسها.

كان تيموشنكو يستجوب صاحب الحانة في غرفة الطعام

الفسيحة. لهث صاحب الحانة منفعلاً، وبربر مع مستطار لعابه:

ـ ماذا تريدون؟ ليس عندي سرداب آخر. أنتم تضيعون وقتكم عبثاً، أؤكد لكم. كنت أملك حانة، ولكنني الآن فقير. نهبني البيتليوريون وكادوا يفتكون بي، وأنا مسرور بالسلطة السوفييتية، ولكن ما أملكه معروض أمام أنظاركم ـ وهنا بسط ذراعيه القصيرتين الممتلئتين، ونقّل عينيه المحمرتين من وجه رئيس التشيكا(١٤) إلى سيرغي، ومن سيرغي إلى ركن، ثم إلى السقف.

عضّ تيموشنكو على شفتيه بعصبية.

ـ يعني ستستمر في إخفائه؟ اقترح عليك للمرة الأخيرة أن ترينا موقع السرداب.

ـ كيف هذا، أيها الرفيق الضابط ـ تدخلت زوجة صاحب الحانة في الحديث ـ نحن أنفسنا جائعون! سلبوا منا كل شيء ـ وأرادت أن تتكلف البكاء، ولكنها لم توفق. قال سيرغي:

ـ جائعون، وتحتفظون بخادمة.

ـ وأي خادمة هي! مجرد فتاة بائسة تسكن عندنا. ولا مأوى لها. دعوا خريستينا تقول لكم بنفسها:

ـ طيب ـ صرخ تيموشنكو نافد الصبر ـ لنبدأ بالعمل!...

كان الصباح قد طلع، والتفتيش الدقيق لا يزال يجري في بيت صاحب الحانة. وعزم تيموشنكو على إيقاف التفتيش، وقد

_____

(١٤) هو الاسم المختزل للجنة الاستثنائية لعامة روسيا الخاصة بمكافحة الثورة المضادة وأعمال التخريب. الناشر.

أغاظه ضياع ثلاث عشرة ساعة في التفتيش عبثاً، إلا أن سيرغي سمع همس الخادمة الخافت حين كان يهم بمغادرة غرفتها الصغيرة:

ـ أظنه في الموقد، في المطبخ.

بعد عشر دقائق كشف الموقد الروسي المفكوك عن غطاء حديدي لكوة. وبعد ساعة شُحنت سيارة حمولتها طنان، بالبراميل والأكياس، وغادرت بيت صاحب الحانة المحاط بحشد من المبهورين.

في يوم قائظ خرجت ماريا ياكوفليفنا من المحطة تحمل صرة. وكانت قد بكت بمرارة حين كانت تصغي إلى أرتيم وهو يتحدث عن بافل. أصبحت تعيش أياماً ثقيلة متوحشة وفارغة، وتشتغل في غسل ملابس رجال الجيش الأحمر لتأخذ جراية الجنود مقابل عملها.

ذات مساء سمعت وقع خطى أرتيم تتردد تحت النافذة بسرعة غير معتادة ولما دفع الباب بادرها وهو على العتبة:

ـ أخبار من بافل.

كتب بافل يقول:

ـ "ـ شقيقي العزيز أرتيم، أخبرك، يا أخي الحبيب، بأنني حي، وإن لم أكن في صحة تامة. أصبت برصاصة في فخذي، ولكنني تماثلت للشفاء. والطبيب يقول إن العظم سليم. فلا تقلق علي، سأكون بخير، ربما أحصل على إجازة، وأعود إلى البيت بعد خروجي من المستشفى. لم أستطع رؤية أمي وصرت جندياً أحمر في فرقة الخيالة المسماة باسم الرفيق كوتوفسكي المعروف

لكم كما أظن ببطولته. أنا لم أر مثله حتى الآن، وأضمر له احتراماً عظيماً. هل وصلت أمنا؟ إذا كانت موجودة في البيت بلغها سلاماً حاراً من ابنها الصغير، وأرجو المعذرة عما سببت من قلق. أخوك.

اذهب ، يا أرتيم، إلى رئيس حراس الغابة، وتحدث عن الرسالة".

ذرفت ماريا ياكوفليفنا دموعاً كثيرة. أما ابنها العاق فلم يكتب حتى عنوانه.

أصبح سيرغي يتردد كثيراً على عربة ركاب خضراء في المحطة كتب عليها: "مركز الدعوة التابع للقسم السياسي للفرقة". هنا تعمل في قمرة صغيرة أوستينوفيتش وميدفيديفا التي كان سيرغي يجدها دائماً والسيكارة بين شفتيها، وبسمة ماكرة على طرفي فمها.

إن سكرتير لجنة الكومسومول للمنطقة سيرغي وجد نفسه من دون أن يدري شديد الألفة لأوستينوفيتش، وكان يخرج من المحطة ليس فقط بحزمة من المنشورات والجرائد، بل وبشعور الفرحة باللقاء القصير.

كان المسرح المكشوف التابع للقسم السياسي يمتلئ كل يوم بالعمال وجنود الجيش الأحمر. وكان قطار الدعوة التابع للجيش الثاني عشر يقف على سكة فرعية مغلفاً بالملصقات الزاهية الألوان، عامراً ليل نهار بحياة زاخرة. فقد كانت تعمل فيه مطبعة، وتطبع جرائد ومنشورات ونداءات. فقد كانت الجبهة قريبة. ذات مساء عرج سيرغي على المسرح عرضاً فوجد

أوستينوفيتش بين الجنود الحمر.

في هزيع متأخر من الليل أوصلها سيرغي إلى المحطة حيث كان يقيم العاملون في القسم السياسي. وفجأة وجد نفسه يسألها:

ـ لماذا تهفو نفسي إلى رؤيتك، يا رفيقة ريتا؟ ـ ثم أضاف ـ أشعر بالراحة معك! وبعد اللقاء أكون أكثر طلاقة، ورغبة في أن أعمل من دون انقطاع.

توقفت أوستينوفيتش، وقالت:

ـ اسمع، يا رفيق بروزجاك، تعال نتفق في ما بيننا على أن تكف عن ترداد كلمات الغزل، أنا لا أحب ذلك.

احمر سيرغي مثل تلميذ مدرسة تلقى تقريعاً؛ وأجاب ـ قلت ذلك لك كصديقة. بينما أنت....، هل تفوهت بشيء معاد للثورة؟.. لن أعود إلى مثل هذا القول، بالطبع، يا رفيقة اوستينوفيتش.

ومد يده مسرعاً، وعاد إلى البلدة في سير كالهرولة.

انقطع سيرغي عن المجيء إلى المحطة أياماً متتابعة. وعندما استدعته إيغناتيفا اعتذر متحججاً بالعمل. والحق أنه كان مشغولاً جداً.

... في إحدى الليالي أطلق الرصاص على شوديك بينما كان يعود إلى البيت في الشارع الذي كان سكانه في الغالب من البولونيين الذين يشغلون وظائف عالية في مصنع السكر. وبسبب هذه الحادثة أجريت تفتيشات، وعثر على أسلحة ووثائق عديدة تعود إلى منظمة لأنصار بيلسودسكي تدعى "ستريليتس".

جاءت أوستينوفيتش لحضور اجتماع في اللجنة الثورية.

ولما رأت سيرغي قادته إلى جانب وسألته بصوت هادئ:

ـ هل مسّ اعتدادك البرجوازي الصغير؟ لماذا تسمح بأن يؤثر الحديث الشخصي في العمل؟ إن ذلك غير لائق أبداً، يا رفيق.

وعاد سيرغي يتردد على العربة الخضراء عند سنوح مهمة.

وشهد مؤتمراً للولاية. وقضى يومين في مناقشات حادة. وسلح في اليوم التالي مع جميع أعضاء المؤتمر، وقضى يوماً كاملاً في مطاردة عصابة زارودني الضابط البيتليوري الذي أفلت من العقاب، واختفى مع أفراد عصابته في الغابات وراء النهر. وعندما خرج وجد أوستينوفيتش عند ايغناتيفا، فأوصلها إلى المحطة، وعند الوداع شد على كفها شدة قوية.

سحبت أوستينوفيتش يدها غاضبة. وانقطع سيرغي مرة أخرى عن الذهاب إلى عربة الدعوة. وتعمد أن لا يلتقي بريتا حتى عند الضرورة. وعندما ألحت عليه لتعرف السبب في تصرفه هذا، أجاب بصورة قاطعة:

ـ عمَّ أتحدث معك؟ مرة أخرى ستتلمسين في كلامي شيئاً من روح البرجوازي الصغير أو خيانة الطبقة العاملة.

وصلت إلى المحطة قطارات فرقة الراية الحمراء القوقازية. وجاء إلى اللجنة الثورية ثلاثة آمرين سمر، كان أحدهم رجلاً طويلاً نحيلاً ممنطقاً بحزام منقوش تقدم من دولينيك رأساً وقال:

ـ أعطنا مئة عربة محملة بالتبن، من دون أي كلام.

وأرسل سيرغي بصحبة جنديين من الجيش الأحمر

للحصول على التبن، في إحدى القرى هاجمتهم عصابة من الكولاك وجردتهم من أسلحتهم، وضربتهم حتى شارفوا على الموت. وكان نصيب سيرغي من الضرب أقل من نصيب الآخرين، فقد أشفقوا عليه لصغر سنه، وحملهم إلى البلدة رجال من لجنة الفلاحين الفقراء.

وأُرسل فصيل إلى القرية، فحصلوا على التبن في اليوم التالي.

رقد سيرغي في غرفة إيغناتيفا غير راغب في إقلاق أهله. وترددت أوستينوفيتش عليه. ولأول مرة شعر في ذلك المساء بأنها ضغطت على يده بدرجة كبيرة من الحنان والحرارة لم يجرؤ هو قط على إبدائها.

..... في ظهيرة قائظة دخل سيرغي عربة القطار راكضاً. وقرأ على ريتا رسالة كورتشاغين. وتحدث لها عن رفيقة بافل. ولدى الخروج ألقى هذه الكلمات:

ـ أنا ذاهب إلى الغابة، لأسبح في البحيرة.

انقطعت أوستينوفيتش عن عملها، وأوقفته قائلة:

ـ انتظر. لنذهب سوية.

توقفا عند البحيرة الساكنة الأديم كالمرآة، الغاوية بطراوة مائها الشفاف الدافئ. وطلبت أوستينوفيتش من سيرغي قائلة:

ـ اذهب إلى عدوة الطريق، وانتظر ريثما أسبح.

قعد سيرغي على صخرة عند القنطرة، رافعاً وجهه إلى الشمس.

والماء يطرطش وراء ظهره.

ورأى من خلال الأشجار تونيا تومانوفا وتشوجانين المفوض الحربي لقطار الدعوة يسيران في الطريق. كان المفوض الوسيم ببزته الأنيقة، وحمالة السيف ذات الأحزمة العديدة، والحذاء الجلدي العالي الصقيل، يتحدث بشيء إلى تونيا ممسكاً بيدها.

وعرف سيرغي تونيا، الفتاة التي جاءت له برسالة من بافل. وقد أدامت النظر فيه أيضاً عارفة إياه كما يبدو. وعندما حاذياه أخرج الرسالة من جيبه، وأوقف تونيا:

ـ دقيقة، أيتها الرفيقة، عندي رسالة تخصك جزئياً.

ومّد لتونيا ورقة مكتوبة. أطلقت تونيا يدها من يد مرافقها، وقرأت الرسالة، واهتزت الورقة في يدها قليلاً، ثم سألت تونيا وهي تعيد الورقة إليه:

ـ هل تعرف شيئاً أكثر من ذلك؟

أجاب سيرغي:

ـ لا أعرف.

ومن الخلف صلّ الحصى تحت قدمي أوستينوفيتش. لاحظ تشوجانين وجودها، فهمس مخاطباً تونيا:

ـ لنذهب.

وأوقفه صوت أوستينوفيتش الهازئ المزدرئ:

ـ يا رفيق تشوجانين! إنهم ينتظرونك في القطار طوال اليوم.

نظر تشوجانين إليها بمؤخر عينه نظرة مستاءة:

ـ لا بأس، سيسيّرون أمرهم بدوني.

٢٤٨

قالت أوستينوفيتش، وهي تنظر في أثر تونيا والمفوض:

ـ حان الوقت لطرد هذا التافه!

حفت الغابة محركة قمم أشجار البلوط الجبارة.

وغمزت البحيرة بطراوتها واشتاق سيرغي إلى السباحة.

وبعد السباحة وجد أوستينوفيتش جالسة على شجرة بلوط مقطوعة غير بعيد من الطريق.

توغلا في الغابة يتجاذبان أطراف الحديث. وقررا أن يستريحا في منفرج صغير مفروش بعشب طري عال. والج في الغابة ساج. وأشجار البلوط تتهامس. استلقت أوستينوفيتش على العشب الناعم طاوية ذراعها تحت رأسها. وتوارت في العشب الطويل ساقاها الممشوقتان المنتعلتان بحذاء قديم مرقع. ألقى سيرغي نظرة عارضة على قدميها، ولاحظ الرقع المتقنة الصنع على حذائها، ونظر إلى حذائه المثقوب ثقباً واسعاً تبرز منه إصبعه، وضحك.

ـ ماذا بك؟

أشار سيرغي إلى حذائه:

ـ كيف سنحارب في مثل هذه الأحذية؟

لم تجب ريتا، كانت تفكر في شيء آخر، وهي تقضم نصل عشب وقالت أخيراً:

ـ تشوجانين شيوعي رديء. العاملون في القسم السياسي عندنا يرتدون الأسمال جميعاً، وهو لا يهتم إلا بنفسه. إنه رجل طارئ على حزبنا... والموقف في الجبهة حرج حقاً. ستضطر بلادنا إلى أن تخوض المعارك القاسية زمناً طويلاً. ـ وصمتت

٢٤٩

قليلاً ثم أضافت ـ علينا، يا سيرغي، أن نناضل بالقول والسلاح. هل سمعت بقرار اللجنة المركزية بتعبئة ربع أعضاء الكومسومول إلى الجبهة؟ أظن أن مقامنا هنا لن يطول.

استمع سيرغي، ملتقطاً في صوتها نبرات غريبة عليها أدهشته، تفرست فيه عيناها السوداوان اللامعتان نداوة.

وكاد أن ينسى نفسه، ويقول لها إن عينيها كالمرآة يرى فيهما كل شيء، إلا أنه ضبط نفسه في اللحظة المناسبة.

رفعت ريتا جسمها على مرفقها:

ـ أين مسدسك؟

تلمس سيرغي حزامه مغموماً.

ـ استولت عليه عصابة الكولاك في القرية.

أدخلت ريتا يدها في جيب قميصها، وأخرجت مسدساً لامعاً من نوع "براوننغ".

ـ هل ترى شجرة البلوط تلك يا سيرغي؟ ـ وأشارت بماسورة المسدس إلى جذع شجرة كثير الثقوب يبعد عنهما قرابة خمس وعشرين خطوة، ورفعت يدها بمحاذاة عينيها، وأطلقت النار من دون تسديد تقريباً. وتناثرت قطع من لحاء الشجرة.

ـ هل رأيت؟ ـ سألت في رضى، ثم أطلقت ثانية. ومرة أخرى تردد صوت نثار الخشب وهو يتساقط على العشب.

ـ خذ ـ قدمت له المسدس، ثم قالت بلهجة ساخرة ـ لنر كيف تصوب.

أخطأ سيرغي الهدف في واحدة من بين طلقات ثلاث. وابتسمت ريتا.

ـ ظننت أنك ستخطئ الهدف أكثر.

وضعت المسدس على الأرض، واستلقت على العشب،
وبرز نهداها اللدنان من تحت قميصها وقالت بصوت خافت:

ـ سيرغي تعال إلى هنا.

واقترب منها.

ـ هل ترى السماء؟ إنها زرقاء . وعيناك زرقاوان أيضاً. وهذا
غير جيد. يجب أن تكون عيناك رماديتين بلون الفولاذ. فإن
العينين الزرقاوين رقيقتان للغاية.

وفجأة، أمسكت رأسه الأشقر، وقبلته من شفتيه بعنفوان.

انقضى شهران، وحل الخريف.

زحف الليل خلسة ناشراً على الأشجار غلالته السوداء.
انكب جندي اللاسلكي في مقر الفرقة على الجهاز الذي كان
يطبع إشارات "مورس"، واختطف الشريط الضيق الملتوي
الساقط من تحت أصابعه.

وبسرعة تُرجمت النقاط والخطوط إلى عبارات على الورق:

إلى رئيس هيئة أركان الفرقة الأولى صورة منه إلى رئيس
اللجنة الثورية لبلدة شيبتوفكا. آمر بإجلاء جميع مؤسسات البلدة
خلال عشر ساعات من لحظة تسلم هذه البرقية. تُترك للبلدة
كتيبة تحت إمرة آمر الفوج "س" الذي يقود العمليات الحربية
في الخط الأمامي. ينتقل مقر قيادة الفرقة، والقسم السياسي
للفرقة، وجميع المؤسسات العسكرية إلى محطة بارانتشيف. بلغ
آمر الفرقة عن تنفيذ الأمر.

التوقيع.

بعد عشر دقائق كانت دراجة نارية تنطلق في شوارع البلدة الصامتة ومصباحها الاسيتيلني يلمع في الظلمة. وتوقفت لاهثة عند بوابة اللجنة الثورية. وسلّم سائق الدراجة برقية إلى رئيس اللجنة الثورية دولينيك. وتراكض الناس. واصطفت السرية الخاصة. وبعد ساعة كانت العربات تقعقع في الطريق محملة بأشياء اللجنة الثورية، وفي محطة بودولسكي شحنت في عربة قطار. عندما سمع سيرغي البرقية ركض في أثر سائق الدراجة وسأله:

ـ أيها الرفيق، هل يمكن أن أذهب معك إلى المحطة؟

ـ اجلس ورائي، وأمسك بقوة.

على بعد عشر خطوات تقريباً من العربة التي ربطت بالقاطرة أمسك سيرغي بكتفي ريتا، وأحس بأنه فاقد شيئاً عزيزاً عليه لا يقدر بثمن، فهمس:

ـ وداعاً، يا ريتا، يا رفيقتي العزيزة! سنلتقي ثانية، فقط أن لا تنسيني ـ وشعر مذعوراً بأنه على وشك البكاء. وكان عليه أن ينصرف. ولما أحس بأن قدرته على النطق قد شلت. اكتفى بالضغط على كفها إلى حد الألم.

.... طلع الصباح والمدينة والمحطة فارغتان مقفرتان. صفر القطار الأخير وكأنما للوداع، بينما اتخذت الكتيبة الباقية في البلدة ومواقعها الدفاعية على جوانب الطريقين وراء المحطة.

كانت الأوراق الصفراء تتساقط من الأشجار وتعريها، وكانت الريح تلعب بالأوراق المتساقطة، وتدحرجها على الدرب بهدوء.

احتل سيرغي مع عشرة من الجنود الحمر مفرق طريق عند مصنع السكر. وتربصوا في انتظار البولونيين. كان يرتدي معطفاً مما يرتديه الجنود الحمر ويضع عبر كتفيه حمالات العتاد الجنفاصية.

دق افتونوم بيتروفيتش باب جاره غيراسيم، الذي لم يكن قد ارتدى ملابسه بعد، فأطّل برأسه من الباب المفتوح قليلاً:

ـ ماذا حدث؟

أشار افتونوم بيتروفيتش إلى الجنود الحمر السائرين في الطريق، وبنادقهم على صدورهم، وغمز لصاحبه:

ـ إنهم يرحلون.

نظر غراسيم إليه ذاهلاً:

ـ ألا تعرف شعار البولونيين؟

ـ يبدو أنه نسر برأس واحد.

ـ ومن أين يمكن الحصول عليه؟

حك افتونوم بيتروفيتش علباءه مفكراً! وقال بعد شيء من التفكير:

ـ الأمر بسيط لهم. حملوا أمتعتهم ورحلوا. أما أنت فتحطم رأسك بالتفكير لتسوي أمرك مع السلطة الجديدة.

لعلع صوت رشاشة ممزقاً السكون. وصفرت قاطرة في المحطة فجأة، ومن هناك أيضاً ترامى صوت مدفع. وشقت الهواء قنبلة ثقيلة مرتفعة إلى علو شاهق صافرة متأوهة، وسقطت في الطريق وراء المصنع، مغلفة مجتمع الشجيرات على جانب الطريق بدخان يمامي. وكان رجال الجيش الأحمر يتراجعون في

الشارع متجهمين صامتين يتلفتون وراءهم بين دقيقة وأخرى.

سالت على خدي سيرغي دموع باردة، مسح أثرها بسرعة، ونظر إلى رفاقه. لا، إن أحداً منهم لم يلحظها.

سار إلى جانبه انتيك كلوبوتوفسكي وهو رجل طويل نحيل من معمل النشارة. كان يضع إصبعه على زناد بندقيته عبوساً مشغول البال. التقت عيناه بعيني سيرغي فبث له مكنون أفكاره.

ـ سيضطهدون أهلينا، لا سيما أهلي. سيقولون لهم: "بولوني، ويقف ضد الفيالق البولونية". سيطردون أبي العجوز من معمل النشارة، ويجلدونه. طلبت منه أن يذهب معنا، إلا أنه لم يقوَّ على ترك العائلة. أوه، يا ملاعين، كم أود أن أصطدم بكم سريعاً ـ وعدل بحركة عصبية الخوذة التي انحدرت على عينيه.

..... وداعاً، أيتها البلدة الحبيبة، الموحلة، ببيوتها الخالية من الجمال، وبطرقها الملتوية! وداعاً أيها الأقارب، وداعاً يا فاليا، وداعاً يا مَنْ تخلفتم من الرفاق لتعملوا في السر! إن فيالق الحرس الأبيض البولونية الأجنبية الفظة الحانقة التي لا تعرف الرحمة تتقدم نحو البلدة.

عمال مستودعات القطارات ذوو القمصان الملوثة بالمازوت يشيعون جنود الجيش الأحمر بنظرة كئيبة.

صرخ سيرغي بانفعال:

ـ سنعود ثانية، أيها الرفاق!

الفصل الثامن

النهر يلمع لمعاناً كدراً في الخيوط الأولى من الفجر، ويترقرق على الحصباء الملساء عند الضفة. ومن هناك حتى الوسط تبدو صفحته الملساء ساكنة، ولونها رمادياً لماعاً. أما وسط النهر فهو قاتم قلق تراه العين يتحرك مسرعاً في الانحدار. والنهر جميل مهيب، كتب عنه غوغل قوله الرائع: "إن الدنيبر عجيب.....". ضفته اليمنى العالية تنحدر نحو الماء مثل جدار خندق. إنها تتقدم من الدنيبر كالجبل، ثم تتوقف وكأن النهر الواسع أوقف حركتها. والضفة اليسرى تنتهي ببقع رملية يخلفها الدنيبر بعد فيضانات الربيع، عائداً إلى ضفافه الأصلية.

استلقى خمسة رجال بالقرب من مدفع رشاش أفطس من طراز "مكسيم" وضع في خندق ضيق حفر قرب النهر. إنهم يؤلفون "المرصد" الطليعي لفرقة الرماة السابعة. وكان سيرغي بروزجاك راقداً على جنبه قرب المدفع الرشاش ووجهه إلى النهر.

بالأمس تخلوا عن كييف، وقد أنهكت قواهم المعارك التي لا تحصى، ومزقتهم نيران مدفعية البولونيين الصاعقة. وانتقلوا إلى الضفة اليسرى من النهر. واستحكموا فيها.

إلا أن الانسحاب،. والخسائر الكبيرة، وأخيراً التخلي عن كييف للعدو أثرت في المحاربين تأثيراً مؤلماً. شقت الفرقة السابعة طريقها خلال الطوق ببطولة، وسارت عبر الغابات، وخرجت إلى الخط الحديدي عند محطة مالين، وحطمت بضربة ضارية الوحدات البولونية التي كانت تحتل المحطة، وقذفت بها إلى الغابة، محررة الطريق إلى كييف.

والآن، والمدينة الجميلة قد سلمت، كان رجال الجيش الأحمر مغمومين.

احتل البولونيون رأس جسر صغير على الضفة اليسرى عند جسر السكة الحديدية بعد أن أخرجوا الوحدات الحمراء من دارنيتسا.

غير أنهم لم يستطيعوا التقدم أبعد، رغم كل جهودهم، مجابهين بهجمات مضادة ضارية.

وينظر سيرغي إلى النهر وهو يجري، ويجد نفسه منساقاً إلى أن يفكر بالأمس.

في ظهر يوم أمس خاض هجوماً مضاداً ضد البولونيين البيض محمولاً بالضراوة التي تملكت الجميع. بالأمس قاتل بولونياً أمرد صدراً بصدر لأول مرة، قذف البولوني بنفسه عليه، مصوباً أمامه بندقيته ذات الحربة الفرنسية الطويلة كالسيف. وركض قافزاً كالأرنب، صارخاً بشيء غير مربوط. ولجزء من الثانية رأى سيرغي عينيه وقد وسعتهما الضراوة، في اللحظة التالية درأ سيرغي حربة البولوني بطرف حربته، فطار النصل الفرنسي اللامع من موضعه.

وسقط البولوني.

ولم ترتجف يد سيرغي. كان يعرف أنه سيواصل القتل في المستقبل أيضاً، وهو القادر على المحبة برقة، والراعي لعهود الصداقة. إنه ليس فتى شريراً، ولا غليظ القلب، ولكنه يعرف أن هؤلاء الجنود المضللين والمسممين بالضغينة، والمرسلين من قبل طواغيت العالم قد هجموا على جمهوريته الحبيبة بكراهية همجية.

سيرغي يقتل ليقرّب اليوم الذي يزول فيه على الأرض قتل الإنسان للإنسان.

ويمسه بارامونوف من كتفه:

ـ سنتراجع، يا سيرغي ، وإلا فسيكتشفون موقعنا سريعاً.

..... منذ عام وبافل كورتشاغين يجوب البلاد راكباً عربات المدافع وعربات الذخيرة أو على فرس رمادي صغير له أذن مبتورة، إنه قد احتلم، واشتد عوده. ونضج خلال العذابات والشدائد.

اندمل الجلد الذي سلخته وأدمته، في بادئ الأمر، أحزمة الخراطيش الثقيلة، وبقيت ندبة قوية تحت حمالة البندقية.

وخلال ذلك العام رأى بافل الكثير من الأشياء الرهيبة، سار ماشياً في عرض البلاد وطولها مع آلاف من المقاتلين الآخرين الممزقي الثياب، والمعوزين إليها، والمتوقدين في الوقت نفسه بلهب النضال من أجل سلطة طبقتهم. وفي مرتين فقط لم يشترك في عاصفة القتال.

مرة بسبب جرحه في فخذه، ومرة في شباط المتجمد عام

١٩٢٠ حين كان يتقلب في حمى التيفوئيد اللزجة.

حصدت حمى تيفوئيد القمل أرواح الرجال في أفواج وفرقة الجيش الثاني عشر أفظع مما حصدته رشاشات البولونيين. كان هذا الجيش يعمل في منطقة واسعة في شمال أوكرانيا كله تقريباً، قاطعاً على البولونيين طريق تقدمهم، وما كاد بافل يتماثل إلى الشفاء حتى عاد إلى وحدته.

والآن كانت وحدة بافل تحتل موقعاً عند محطة فرونتوفكا، على الخط الحديدي المتفرع من كازاتين إلى أومان.

وفرونتوفكا واقعة في غابة. محطة قطار صغيرة محاطة ببيوت مهدمة هجرها أهلوها، وأضحى العيش في هذه الأماكن مستحيلاً بعد ثلاث سنوات من المعارك التي كانت تندلع تارة وتخفت أخرى، فكم رأت فرونتوفكا من محتلين حتى هذا الحين!

وفي الأفق أحداث جسيمة، في الوقت الذي كان فيه الجيش الثاني عشر الذي تناقص عدد رجاله بشكل فظيع، وتفكك جزئياً، يتراجع نحو كييف تحت ضغط البولونيين، كانت الجمهورية البروليتارية تهيئ ضربة ساحقة للبولونيين البيض الذين أسكرهم الزحف المنتصر.

كانت فرق جيش الخيالة الأولى المتمرس بالمعارك تنقل من القفقاس الشمالي إلى أوكرانيا في عملية عسكرية لا مثيل لها في تاريخ الحروب. كانت فرق الخيالة الرابعة والسادسة والحادية عشرة، والرابعة عشرة من منطقة أومان تقترب واحدة وراء الأخرى، متجمعة في مؤخرة جبهتنا، ساحقة عصابات ماخنو،

أثناء سيرها لخوض المعارك الحاسمة.

تعدادها ١٦٥٠٠ حربة، ١٦٥٠٠ مقاتل أضرمتهم حرارة السهوب.

كان كل اهتمام القيادة العليا للجيش الأحمر وقيادة الجبهة الجنوبية الغربية متجهاً إلى أن يباغت البولونيين بهذه الضربة الساحقة المبيتة، وكانت هيئة القيادة في الجمهورية والجبهات تحمي بعناية تجمع هذه القوة من الخيالة .

أوقف نشاط العمليات في قسم أومان من الجبهة. وكانت الإشارات اللاسلكية المباشرة تصل باستمرار من موسكو إلى هيئة أركان الجبهة في خاركوف، ومنها إلى هيئتي أركان الجيش الرابع عشر والثاني عشر. وكانت شرائط اللاسلكي الضيقة تنقل الأوامر بالشيفرة: "لا تدعوا البولونيين ينتبهون إلى تجمع جيش الخيالة". فكانت المعارك الحامية لا تجري إلا حين يهدد تقدم البولونيين بجر فرق خيالة بوديوني إلى معركة.

ألسنة النار تتراقص مثل ذوائب حمر، والدخان يتصاعد متلوياً حلقات بنية، والبعوض لا يحب الدخان فينطلق في سرب سريع عجولاً نافراً. وعلى مسافة حول النار تحلّق المقاتلون. وقد لونت النار وجوههم بلون نحاسي.

كانت قدور الجنود تسخن في الرماد المزرق عند النار. أز الماء فيها. وقفز لسان من اللهب من تحت خشبة محترقة، ولعق بطرفه رأساً أشعث ارتد عنه، وتمتم لسان صاحبه برماً:

ـ تفو، اللعنة!

وضحك الآخرون.

وقال جندي أحمر كهل ذو شاربين قصيرين يرتدي قميصاً من القماش الصوفي السميك فرغ تواً من فحص ماسورة بندقيته على النار:

ـ شاب متبحر بالعلم ولا يحس بالنار.

ـ خبرنا يا كورتشاغين ماذا قرأت هناك؟

ابتسم الجندي الشاب وهو يتلمس شعراته المحترقة.

ـ كتاباً أصيلاً حقاً يا رفيق اندروشوك. ما كنت أطالعه حتى لا أستطيع انتزاع نفسي منه.

وسأل جار كورتشاغين الشاب ذو الأنف القصير مستطلعاً، قاطعاً بأسنانه الخيط الغليظ الذي كان يخيط به رباط حقيبته جاهداً:

ـ عمَّ يتحدث ذلك الكتاب؟ ـ ولف بقية الخيط في الإبرة المغروسة في خوذته وأضاف:

ـ يعجبني جداً إذا كان يتحدث عن الحب.

ضج الجميع بالضحك. ورفع ماتفيتشوك رأسه المقصوص الشعر، وغمز بعينه الخبيثة وخاطب الشاب قائلاً:

ـ الحب شيء جميل، يا سيريدا. وأنت شاب جميل، صورة للوسامة. أينما نذهب نجد الفتيات صريعات هواك. لك عيب واحد صغير هو أنفك. وهذا يمكن تصليحه. علق على طرفه قنبلة نوفيتسكي [١٥] من وزن عشرة أرطال وسينزل إلى

(١٥) قنبلة نوفيتسكي اليدوية، وزنها حوالي أربعة كيلو غرامات: كانت تستعمل لقصف حواجز من الأسلاك. الناشر.

الأسفل خلال ليلة واحدة.

وجفلت من هدير الضحك الخيول المشدودة على العربات الحاملة للمدافع الرشاشة.

واستدار سيريدا متكاسلاً:

ـ ليست المسألة مسألة جمال، بل قحف ـ وهنا ضرب على جبهته بدلالة ـ انظر إلى نفسك. لك لسان لاذع، ولكن رأسك فارغ، وأذنك طويلة.

فاضل تاتارينوف آمر المفرزة بين الرفيقين الموشكين على العراك:

ـ لماذا تتعاضضان، أيها الولدان؟ من الخير أن يقرأ لنا كورتشاغين إذا كان عنده شيء جدير بالقراءة.

وترددت أصوات من جميع الجهات:

ـ ابدأ، يا بافل، اقرأ.

قرب كورتشاغين سرجاً من النار، وجلس عليه، وفتح كتاباً صغيراً سميكاً على ركبتيه.

ـ يسمى هذا الكتاب، أيها الرفاق، بـ "ذبابة الخيل". وقد أخذته من مفوض الكتيبة الحربي.

وهو يعجبني كثيراً. سأقرأه عليكم إذا لزمتم الهدوء.

ـ اقرأ، لا أحد يعيقك.

عندما اقترب آمر الفوج الرفيق بوزيريفسكي بصحبة المفوض من النار من دون أن يفطن إليه أحد، رأى أحد عشر زوجاً من العيون محدقة بالقارئ بغير حراك.

أدار بوزيريفسكي رأسه إلى المفوض، وأشار بيده إلى الجنود:

- هؤلاء نصف جنود الاستطلاع. ومن بينهم أربعة كومسومولين لم يكتملوا بعد، ولكن كل واحد منهم محارب جيد هذا الذي يقرأ اسمه كورتشاغين ، وذاك الآخر. هل تراه؟ ذو عينين كعيني ذئب صغير اسمه جاركي. وهما صديقان ومع ذلك بينهما غيرة مستورة لا تهدأ. من قبل كان كورتشاغين كشافي الأول. والآن له منافس خطير جداً. وهما الساعة يقومان بعمل سياسي غير ملحوظ، ولكن تأثيره شديد جداً. هناك كلمة طيبة ابتكرت لهم: "الحرس الفتي".

سأل المفوض:

- هل الذي يقرأ هو المرشد السياسي؟

- لا، المرشد السياسي هو كرامر.

لكز بوزيريفسكي حصانه إلى الأمام، وهتف صائحاً:

- مرحباً، يا رفاق.

استدار الجميع، وقفز آمر الفوج من على السرج بخفة، وتقدم نحو الجالسين.

- تتدفئون، أيها الرفاق؟ - سأل بابتسامة عريضة، وزايلت الجهامة وجهه الرجولي بعينيه المنغوليتين قليلاً.

واستقبل الآمر بترحاب وود كرفيق كريم. وبقي المفوض الحربي على حصانه ليواصل جولته.

دفع بوزيريفسكي غلاف مسدسه الموزر إلى الوراء، وجلس

عند السرج بالقرب من كورتشاغين، واقترح:

ـ لعلك تدخن؟ عندي تبغ جيد.

وبعد أن أشعل سيكارته خاطب المفوض:

ـ اذهب يا دورونين. سأبقى أنا هنا، بلغوني إذا احتيج إليّ في مقر القيادة.

عندما انصرف دورونين قال بوزيريفسكي لكورتشاغين مقترحاً:

ـ واصل القراءة، ولأسمع أنا أيضاً.

فرغ بافل من قراءة الصفحات الأخيرة، ووضع الكتاب على ركبتيه، ونظر إلى اللهب باستغراق.

ومضت بضع دقائق من دون أن ينطق أحد بكلمة. كان الجميع تحت تأثير موت بطل القصة.

نفث بوزيريفسكي دخان سيكارته، وانتظر تبادل الآراء. قطع سيريدا الصمت قائلاً:

ـ قصة مؤلمة، إذاً، يوجد في العالم مثل هؤلاء الناس. ما كان بوسع إنسان أن يتحمل ذلك. ولكن حين بدأ يناضل في سبيل فكره أخذ يتحمل فعل هذه الأشياء.

كان يتكلم بانفعال ظاهر. فقد ترك الكتاب في نفسه أثراً كبيراً.

وهتف اندريوشا فوميتشيف، وهو صانع إسكاف من بيلياتسيركوف، وكان في هتافه حنق:

ـ لو وقع بيدي ذلك الكاهن الذي وضع الصليب بين أسنانه، لقضيت على ذلك الملعون في الحال!

وقرب اندروشوك القدر من النار بعصا، وقال بثقة:

ـ إن الإنسان لا يرهب الموت إذا كانت له قضية يفنى من أجلها. فإنها تخلق في نفسه القوة.

وسيموت مطمئن الضمير حتماً إذا كان يحس بأن الحقيقة إلى جانبه. ومن هنا تأتي البطولة. كنت أعرف فتى اسمه بورايكا. عندما حاصره البيض في أوديسا، جابه فصيلة بكاملها في ثورة نقمته، وقبل أن ينوشوه بالحراب، ألقى قنبلة يدوية تحت قدميه، فمزق نفسه، والمحيطين به من البيض. ولكن إذا نظرت إلى مظهره حسبته فتى لا نفع فيه. فلا يكتب أحد كتاباً عنه، بينما كان جديراً بذلك. هناك الكثيرون من أمثاله بين أخواننا.

حرك مافي القدر بملعقة، ومط شفتيه وتذوق الشاي بملعقة وتابع كلامه:

ـ وهناك أناس يموتون ميتة الكلاب، ميتة دنسة لا كرامة فيها. لأقص عليكم شيئاً حدث في المعركة بالقرب من ايزياسلافل، وهي مدينة قديمة على نهر غورين بُنيت في عهد الأمراء. وكانت فيها كنيسة منيعة كالقلعة. وقد دخلنا المدينة، وسرنا في صف واحد في دروبها الخلفية. وكان اللاتفيون يحرسون جناحنا الأيمن. عندما طلعنا إلى الطريق العمومية وجدنا ثلاثة خيول مسرجة مربوطة إلى سياج حديقة.

وحسبنا أننا سنباغت بعض البولونيين. اقتحم حوالى عشرة منا فناء البيت. وكان في مقدمتنا رئيس سريتهم اللاتفي شاهراً مسدسه الموزر.

وبلغنا البيت، وكان الباب مفتوحاً، ودخلنا، ونحن نظن

أننا سنلتقي ببولونيين، ولكن الأمر كان بالعكس. رأينا رجال دوريتنا. وقد سبقونا إلى هناك. ولم يكن منظراً ساراً. الحقيقة أمام أنظارنا. كانوا يعاكسون امرأة الضابط البولوني الذي كان يعيش في ذلك البيت، وقد أحنوها إلى الأرض. وعندما رأى اللاتفي ذلك صرخ بشيء بلغته. وقد قبضوا على هؤلاء الثلاثة وجروهم إلى الفناء. وكنا، نحن الروس، اثنين فقط. والآخرون لاتفيين. وكان اسم رئيسهم بريديس. وبالرغم من أنني لا أفهم لغتهم، إلا أن المسألة واضحة: سيقتلونهم. إن اللاتفيين قوم أشداء صلبون. ساقوا الثلاثة إلى المعالف الحجرية. وأقول لنفسي: حانت منيتهم. وكان أحدهم فتى معافى قوياً له بوز يستحق الضرب بحجر. كان يتلوى ويجاهد بكل قواه ويقول لا يجوز أن يُرمى من جراء امرأة! وطلب الآخران الرأفة أيضاً.

وسرت قشعريرة في جسمي. ركضت إلى بريديس وقلت له: "أيها الرفيق رئيس السرية، أتركهم لمحاكمة عسكرية. فلماذا تلوث يديك بدمائهم؟ المعركة في المدينة لم تنته بعد، ونحن نشغل أنفسنا بهؤلاء". ولما استدار إليَّ ورأيت عينيه كعيني النمر تأسفت على ما نطقت به. وجه مسدسه الموزر إلى فمي. وتملكني فزع شديد لم أشعر بمثله طوال السنوات السبع التي قضيتها في القتال. لقد رأيت التصميم على وجهه. سيقتلني من دون نقاش. وصرخ بي بلغة روسية لم أكد أفهم منها شيئاً: "رايتنا مضرجة بالدم. وهؤلاء عار الجيش. وجزاء الشقاة الموت".

ولم أصطبر. ركضت من الفناء إلى الشارع. سمعت من خلفي صوت طلقات. وأقول لنفسي: هلكوا. وعندما لحقت بصفوفنا، كانت المدينة قد وقعت بأيدينا. وهذا ما حدث. مات

هؤلاء ميتة الكلاب. وكانت الدورية من بين الذين انضموا إلينا عند مليتوبول. إنهم أوباش كانوا يخدمون عند ماخنو من قبل.

وضع اندروشوك القدر عند قدميه، وأخذ يفك حقيبة الخبز:

ـ نعم، تندس بيننا مثل هذه القاذورات.

فأنت لا تستطيع أن تتأكد من الجميع. هؤلاء أيضاً يظهرون ولاءهم للثورة. فيلحقون العار بالجميع. تلك حادثة مؤلمة ما زلت أتذكرها حتى الآن. ـ ولما فرغ من كلامه شرع يشرب الشاي.

في هزيع متأخر من الليل فقط هجع الكشافون الخيالة إلى النوم. صوّت منخرا سيريدا وهو نائم.

ونام بوزيريفسكي متوسداً سرجاً. وجلس كرامر المرشد السياسي يسجل شيئاً في دفتره.

في اليوم التالي عاد بافل من دورته الاستطلاعية وربط حصانه إلى شجرة، واستدعى كرامر الذي فرغ من شرب الشاي من توه:

ـ ما رأيك، أيها المرشد السياسي، لو انتقل إلى جيش الخيالة الأول؟ أمامهم معارك حامية. فهم لم يتجمعوا بمثل هذا العدد للنزهة. بينما نحن مضطرون إلى البقاء في مكان واحد.

نظر كرامر إليه بدهشة:

ـ ما معنى "انتقل"؟ هل تحسب الجيش الأحمر سينما؟ ما معنى هذا؟ تظن أن الأمور ستكون أبهج إذا أخذنا ننتقل من وحدة إلى أخرى!

قاطعه بافل:

ـ وهل هناك فرق في أي مكان يحارب المرء؟ سواء هنا أو هناك، فأنا لا أترك الجبهة إلى المؤخرة.

عارض كرامر معارضة قاطعة:

ـ وأين يذهب الضبط بعد ذلك؟ أنت فتى جيد يا بافل، ولكن فيك شيئاً من الفوضوية. ما تريده تفعله. بينما الحزب والكومسومول مبنيان على ضبط حديدي. والحزب أعلى من كل شيء. لا يحق لأي إنسان أن يكون في المكان الذي يريده هو، بل في المكان الذي تلزم الحاجة إليه. ألم يرفض بوزيريفسكي انتقالك؟ انتهى الأمر.

وسعل كرامر من شدة انفعاله. وكان رجلاً طويلاً نحيلاً أصفر الوجه. إن غبار رصاص المطبعة استقر عميقاً في رئتيه، وكانت غالباً ما تتوهج وجنتاه بتورد السقم.

عندما هدأ كرامر قال بافل بصوت خفيض ولكنه حازم:

ـ كل ما قلته صحيح، ولكنني سأنتقل إلى خيالة بوديوني، على أي حال.

في مساء اليوم التالي لم يكن بافل من بين المتحلقين حول النار.

... تجمعت حلقة واسعة من خيالة بوديوني على أكمة قرب مدرسة في قرية مجاورة. وجلس فارس ضخم الجسم على مؤخرة عجلة مدفع يجلجل باكورديونه، وطاقيته سارحة على علبائه. كان الأوكورديون يعول ويرسل نشازاً، وفي وسط الحلقة فارس منطلق، بسروال ركوب أحمر فضفاض يتعثر برقصة "الكوباك" الجنونية.

وتجمعت فتيات وفتيان من القرية على عجلة المدفع والأسيجة المجاورة يتفرجون بفضول على الراقصين الشجعان من أفراد فريق الخيالة الذي دخل القرية قبل حين.

ـ ادخل الحلقة يا توبتالو! اضرب الأرض! روعة يا أخ! صوّب من أكورديونك موسيقى.

إلا أن أصابع العازف الكبيرة القادرة على لي حدوة حصان كانت تتحرك بضيق على المفاتيح.

وقال فارس أسمر:

ـ مؤسف أن ماخنو قد قتل صاحبنا أفاناسي كوليابكا، فقد كان أفاناسي عازف أكورديون من الدرجة الأولى. طلع من جناح الكتيبة الأيمن، وأسفاً عليه. كان محارباً جيداً، وعازفاً أجود.

وكان بافل واقفاً في الحلقة. عندما سمع الكلمات الأخيرة شـق طريقه إلى عجلـة المـدفع، ووضـع يده علـى منفـاخ الأكورديون فأوقف العازف عزفه، ونظر إليه بمؤخر عينه:

ـ ماذا تريد؟

توقف توبتالو عن الرقص. وترددت أصوات متبرمة هنا وهناك:

ـ ماذا هناك؟ ماذا وقع؟

مدّ بافل يده إلى حمالة الاكورديون قائلاً:

ـ دعني أعزف قليلاً.

نظر الفارس البوديوني في ريبة إلى الجندي الأحمر الغريب عليه. نزع الحمالة من كتفه متردداً.

وضع بافل الأكورديون على ركبته بحركة مألوفة، ونشر

٢٦٨

منفاخه كالمروحة، وعزف لحناً مرحاً قوياً بكل ما في الأوكورديون من طاقة:

آه، يا تفاحة

إلى أين أنت رايحة؟

إذا وقعت في التشيكا

لا تعودين.

اختطف توبتالو اللحن المألوف من مستهله، وبسط ذراعيه كالطير، وانطلق في الحلقة، وتقلب تقلبات عجيبة ضارباً بكفيه على فخذيه وركبتيه، وجبينه، ونعليه، وأخيراً على فمه المفتوح.

واحتد الأكورديون، واندفع في لحن ثمل، ودار توبتالو في الحلقة كالمغزل، مشمراً ساقيه، لاهثاً:

ـ هه، هه، هه، هه!

في الخامس من حزيران ١٩٢٠ اخترق جيش الخيالة الأول بقيادة بوديوني الجبهة البولونية بين الجيشين الثالث والرابع، بعد أن اشتبك بعض الاشتباكات القصيرة الضارية، وحطم لواء الخيالة تحت قيادة الجنرال سافيتسكي الذي كان يقطع الطريق ثم تقدم باتجاه روجين.

ألفت القيادة البولونية فرقة ضاربة بسرعة محمومة لوقف تدفق القوات. وأسرعت إلى مكان الاشتباك خمس دبابات أنزلت من توها من رصيف محطة بوغريبيشه.

إلا أن جيش الخيالة تخطى زارودنيتسي التي أعد البولونيون ضربتهم منها، وبلغ مؤخرة الجيوش البولونية.

انطلقت فرقة الخيالة بقيادة الجنرال كورنيتسكي تتعقب

جيش الخيالة الأول. وقد صدرت لها الأوامر بتوجيه الضربات إلى مؤخرة جيش الخيالة الأول الذي ظنت القيادة البولونية إنه متجه حتماً إلى كازاتين، وهي أهم نقطة استراتيجية في مؤخرة البولونيين. إن ذلك لم يخفف من حراجة وضع البولونيين البيض. فبالرغم من أنهم سدوا في اليوم التالي الثغرة التي فتحت في جبهتهم، وأغلقوا الجبهة وراء جيش الخيالة، إلا أنه بقيت في مؤخرتهم قوة خيالة جبارة كان عليها بعد تدمير قواعد مؤخرة العدو أن تهجم على قواته في كييف. نسفت فرق الخيالة، أثناء تقدمها، جسور السكك الحديدية الصغيرة، ودمرت الطرق الحديدية، لتقطع على البولونيين طرق تراجعهم.

وظهر من معلومات الأسرى أن البولونيين أقاموا مقر قيادة جيوشهم في جيتومير - بل قيادة كل الجبهة كانت هناك أيضاً في الواقع - فقرر قائد جيش الخيالة الاستيلاء على جيتومير وبيرديتشيف، وهما من أهم نقاط التقاء الخطوط الحديدية، والمراكز الإدارية. وفي فجر السابع من حزيران كانت فرقة الخيالة الرابعة منطلقة صوب جيتومير.

كان بافل كورتشاغين من بين فرسان إحدى الكوكبات، يحتل مكان كوليابكو الذي سقط في معركة. ضمّ إلى صفوف الكوكبة بناء على طلب جماعي من المحاربين الذين لم يريدوا أن يفقدوا عازف أكورديون مجيداً مثله.

انتشروا عند جيتومير كالمروحة من دون أن يمهلوا خيولهم الملتهبة، وانقضوا وسيوفهم تلمع في الشمس لمعاناً فضياً.

دمدمت الأرض تحت سنابك الخيول ولهثت، ووقف

الفرسان على ركابهم.

وركضت الأرض تحت أقدام الخيل مسرعة، والمدينة الكبيرة بحدائقها تعدو للقياهم. مروا بالحدائق الأولى، واندفعوا إلى مركز المدينة. هزت الهواء صيحة القتال الرهيبة الوبيلة كالموت.

ولم يبدِ البولونيون المباغتون مقاومة تذكر. وسحقت حامية المدينة.

انطلق كورتشاغين منكباً على رقبة حصانه، وإلى جانبه توبتالو على جواد أسحم رقيق القوائم.

وشاهد كورتشاغين بأم عينه كيف صرع هذا الفارس البوديوني الباسل بضربة شديدة بولونياً، أبيض قبل أن يتسنى للبولوني الوقت ليرفع بندقيته إلى كتفه.

كركبت الخيول بحوافرها الحديدية وهي منطلقة بالفرسان على الرصيف الحجري. وفجأة ظهر في مفرق الطرق مدفع رشاش منصوب في وسط الطريق ينكب عليه ثلاثة رجال في بزات زرق وقبعات مربعة، بينما صوب رجل رابع زيّنت ياقته بأفعى ذهبية متلوية مسدسه الموزر على الفرسان المتقدمين.

لم يستطع توبتالو ولا بافل أن يوقفا فرسيهما فانطلقا نحو المدفع الرشاش بين براثن الموت. صوب الضابط على كورتشاغين... أخطأ الهدف... رفت الرصاصة على خده مثل عصفور، وفي اللحظة التالية كان صدر الحصان قد دفع الضابط، وارتطم رأسه على الحجارة، وسقط على ظهره صريعاً.

في تلك اللحظة لعلع الرشاش لعلعة سريعة محمومة،

وسقط توبتالو مع حصانه الأسحم مصاباً بعشر رصاصات.

شبَّ حصان بافل على رجليه الخلفيتين محمحماً بفزع، وقفز براكبه عبر الجثتين الصريعتين، وهجم على الرجال وراء المدفع الرشاش. رسم بافل بسيفه قوساً لامعاً، وهبط بها على مربع القبعة الأزرق.

لمع السيف في الهواء ثانية يريد الانقضاض على الرأس الثاني، إلا أن الحصان الثائر تنحى جانباً.

انصبت كوكبة الفرسان على مفرق الطرق مثل سيل جبلي هائج، ولمعت عشرات السيوف في الهواء.

رجّعت دهاليز السجن الضيقة الطويلة صدى الصرخات.

وماجت الزنزانات المكتظة بالناس ذوي الوجوه المعذبة الضامرة، في المدينة تدور رحى المعركة، فهل ذلك يعني أن الحرية على الأبواب وأن جماعتهم شقوا طريقهم من حيث لا يدرون؟

بلغ صوت الطلقات الفناء الآن. والناس يتراكضون في الدهاليز. وفجأة يسمعون الكلمة الحبيبة إليهم، الكلمة المفداة "يا رفاق، اخرجوا!..".

ركض بافل إلى باب مقفل له كوة صغيرة كانت عشرات العيون تطل منها. وضرب القفل بأخمص البندقية ضربة ضارية، ثم تلاها بأخرى، وأخرى.

ـ انتظر. سأنسفه بقنبلة ـ أوقف بافل رجل يدعى ميرونوف، وأخرج من جيبه قنبلة يدوية.

انتزع القنبلة تسيغارتشينكو آمر الفصيلة:

ـ انتظر يا مجنون، هل فقدت عقلك؟ سيجلبون المفاتيح في هذه اللحظة. الباب الذي لا نستطيع كسره نفتحه بالمفاتيح.

كانوا يسوقون حراس السجن في الممر دافعين إياهم بالمسدسات. وامتلأ الممر بالناس الممزقي الثياب القذرين المغمورين بفرح عارم.

وفتح بافل الباب الواسع. ودخل الزنزانة.

ـ أنتم طلقاء، أيها الرفاق، نحن فرسان بوديوني، وفرقتنا استولت على المدينة.

اندفعت نحو بافل امرأة دامعة العينين، وحضنته كأنه ابنها وأجهشت باكية.

إن تحرير خمسة آلاف وواحد وسبعين بلشفياً وألفي مشتغل سياسي للجيش الأحمر سيقوا جميعاً من قبل البولونيين البيض إلى الزنزانات الضيقة، وانتظروا الرمي بالرصاص أو الشنق، إن تحرير هؤلاء كان بالنسبة لمحاربي الفرقة أثمن من كل الغنائم، وأحلى من النصر. إن الليل الحالك لتلك الآلاف السبعة من الثوريين انجلى عن نهار حزيراني حار ساطع الشمس.

كان من بين السجناء رجل أصفر الوجه كقشر الليمون اندفع نحو بافل فرحاً. عرف بافل فيه صاموئيل ليخر مصفف الحروف في مطبعة شيبيتوفكا.

استمع بافل إلى قصة صاموئيل مربد الوجه. تحدث صاموئيل عن المأساة الدامية في بلدة بافل، ووقعت كلماته في قلب بافل مثل قطرات معدن مصهور.

ـ في الليل أخذونا جميعاً دفعة واحدة بعد أن وشى بنا

٢٧٣

عميل وغد. ووقعنا جميعنا في براثن الجندرمة العسكرية. ضربونا ضرباً رهيباً يا بافل. وقد تعذبت أقل من الآخرين لأنني قد سقطت فاقد الوعي بعد الضربات الأولى، إلا أن الآخرين كانوا أقوى مني. ولم يكن عندنا ما نخفيه، فقد كان رجال الجندرمة يعرفون كل شيء أحسن منا. كانوا يعرفون كل خطوة من خطواتنا.

وكيف لا يعرفون إذا كان بيننا خائن! ليست لي القوة على التحدث عن تلك الأيام. أنت تعرف الكثيرين يا بافل: فاليا بروزجاك، روزا غريتسمان من حاضرة الولاية، فتاة جميلة في ريعان صباها، في ربيعها السابع عشر، لها عينان وادعتان، ثم ساشا بونشافت مصفف الحروف عندنا. وأنت تعرفه، فتى مرح كان مولعاً برسم الرسوم الكاريكاتورية لصاحب المطبعة. ثم طالبان من المدرسة الثانوية أنت تعرفهما هما نوفوسيليسكي وتوجيتس. وآخرون من حاضرة الولايات أو من البلدة. كان مجموع عدد المعتقلين تسعة وعشرين من بينهم ست نساء. عذبوا جميعاً تعذيباً وحشياً. واغتصبت فاليا وروزا في اليوم الأول. عاث هؤلاء الفاسقون كل حسب هواه. ثم جروهما إلى الزنزانة نصف ميتتين. وبعد ذلك أخذت روزا تهذي، ثم فقدت صوابها تماماً بعد بضعة أيام.

ولم يصدقوا بأنها جنت، وظنوا أنها تتظاهر بالجنون، فكانوا يضربونها عند كل استجواب. ولما أطلقوا عليها الرصاص أخيراً كان منظرها مفزعاً. كان وجهها أسود من الضرب، وعيناها وحشيتين، مجنونتين، كانت تبدو مثل امرأة عجوز.

٢٧٤

صمدت فاليا بروزجاك حتى اللحظات الأخيرة، وقد ماتوا جميعاً كمقاتلين حقيقيين. وأنا لا أعرف من أين لهم كل هذا الجلد، ولكن أمن المعقول إنني قادر على وصف موتهم؟ من المستحيل يا بافل. موتهم أفظع من الكلمات... كانت فاليا تزاول أخطر عمل: تتصل بجنود اللاسلكي في مقر القيادة البولونية، وقد أرسلت إلى مركز الولاية للاتصال بجماعتها، وعند التفتيش عثروا في بيتها على قنبلتين يدويتين ومسدس، والعميل هو الذي أعطاها القنبلتين. كل شيء نظم لإقامة التهمة بتدبير نسف مقر القيادة.

آه، يا بافل، لست قادراً على أن أتحدث عن الأيام الأخيرة، ولكن ما دمت تطالبني بذلك، فإنني أقول لك. إن محكمة عسكرية حكمت على فاليا والاثنين الآخرين بالشنق، وعلى الرفاق الآخرين بالرمي بالرصاص. والجنود البولونيون الذين كنا نبث الدعوة بينهم حوكموا قبلنا بيومين.

إن العريف سنيغوركو جندي اللاسلكي الذي كان يشتغل قبل الحرب كهربائياً في لودز اتهم بخيانة الوطن وترويج الشيوعية بين الجنود، وحكم بالموت رمياً بالرصاص. ولم يطلب منهم شفاعة، وأعدم بعد أربع وعشرين ساعة من إصدار الحكم عليه.

واستدعيت فاليا كشاهدة في هذه القضية. وقد أخبرتنا أن سنيغوركو اعترف بترويجه للشيوعية، ولكنه أنكر بشدة تهمة خيانة الوطن قائلاً: إن "وطني هو الجمهورية البولونية الاشتراكية السوفييتية. نعم، أنا عضو الحزب الشيوعي البولوني، وقد

أجبرت على الدخول في الجيش. وقد فتحت عيون أمثالي من الجنود الذين سقتموهم إلى الجبهة، وبوسعكم أن تشنقوني على ذلك، ولكنني لم أخن وطني ولن أخون، إلا أن لنا وطنين مختلفين: وطنكم وطن البانات، ووطني وطن العمال والفلاحين. أنا شديد الإيمان بوطني هذا الذي سيظهر إلى الوجود، ولن يجسر أحد على أن يسميني خائناً."..

بعد صدور الأحكام حجزونا جميعاً في مكان واحد. وقبل تنفيذ الحكم نقلنا إلى السجن. وخلال الليل أعدوا المشنقة مقابل السجن. قرب المستشفى واختاروا ساحة للرمي على مسافة قصيرة من الغابة، عند الطريق حيث يوجد الخندق، وهناك حفروا لنا قبراً عاماً.

وعلقت الأحكام في البلدة ليعرفها الجميع. وقرر البولونيون تنفيذ حكمهم الجائر علينا أمام الملأ، وفي وضح النهار ليرى الناس ويخافون. ومنذ الصباح أخذوا يسوقون الناس من البلدة إلى مكان المشنقة. وبعض الناس جاءوا بدافع الفضول على الرغم من بشاعة المنظر وتجمع حول المشنقة جمع غفير من الناس. أينما وجهت بصرك تجد رؤوساً. والسجن، كما تعرف، محاط بسياط من الدواسر الخشبية. وقد نصبوا المشانق قرب السجن تماماً، فكنا نسمع طنين الأصوات. وضعوا الرشاشات في الشارع وراء الناس، وجلبوا الجندرمة فرساناً ومشاة من جميع أنحاء المنطقة. وحاصرت كتيبة كاملة الحدائق والشوارع... أعدوا حفرة خاصة قرب المشنقة لطمر المشنوقين. وانتظرنا نحن ميتتنا صامتين نتبادل بضع كلمات من حين لآخر. فقد تحدثنا عن كل شيء في الليلة الماضية. سوى روزا فقد كانت تهمس لنفسها

بشيء مبهم في زاوية من الزنزانة. ولم تكن فاليا بعد التباريح والضرب المهلك تقوى على السير، فكانت مطروحة أكثر الأوقات. تعانقت أختان شيوعيتان من أهل الناحية تودع إحداهما الأخرى، ولم تتمالكا فانفجرتا باكيتين. عند ذاك قال لهما ستيبانوف بإصرار، وهو فتى من مركز الولاية قوي كالمصارع. جندل رجلين من الجندرمة عندما جاءوا لاعتقاله: "لا حاجة للدموع أيتها الرفيقتان! ابكيا هنا، ولكن لا تبكيا هناك، حتى لا يشمت أولئك الأوغاد الجلادون. لا سبيل إلى رأفة على أي حال. ما دام الموت قد كُتب علينا فلنمت ميتة شريفة، لا يتخاذل أحد منا، أيها الرفاق احرصوا على أن تموتوا كراماً".

وجاءوا لأخذنا. وكان في مقدمهم شفاركوفسكي رئيس الاستخبارات السادي النزعة، الكلب المسعور. كان إذا لم يغتصب بنفسه، ترك الجندرمة يغتصبون، ويستمتع هو بمنظر الاغتصاب، أقاموا صفين من رجال الجندرمة ممدودين من السجن إلى المشنقة عبر الطريق. وكان هؤلاء "الكنانير"، وقد سموا بذلك بسبب عقد كتافياتهم الصفر، يقفون شاهري السيوف.

أخرجونا بأخامص البنادق إلى فناء السجن، وصفونا أربعات، وفتحوا البوابة، وقادونا إلى الشارع. وأوقفونا أمام المشنقة لنشاهد موت رفاقنا، ثم يأتي دورنا. كانت المشنقة عالية مصنوعة من روافد خشبية سميكة، وعليها ثلاث أنشوطات من الحبل المفتول السميك. وتحت كل أنشوطة رقعة مسندة بكتلة من الخشب يمكن دفعها فتهبط الرقعة إلى الأسفل. وكنا نسمع البحر البشري يهدر ويموج بخفوت. وجميع الأبصار شاخصة

نحونا. وقد عرفنا بعض أهالينا.

على مدخل بيت بعيد قليلاً اجتمع الأعيان البولونيون يحملون المناظير، وبينهم ضباط، جاءوا يشاهدون شنق البلاشفة.

كان الثلج ناعماً تحت الأقدام، والغابة شابت به، وبدت الأشجار وكأنها كسيت بقطن مندوف، ونثار الثلج تدور في الهواء وتنزل ببطء، وتذوب على وجوهنا الحارة، ودرجات المشنقة مفروشة بالثلج. وكنا جميعاً في ثياب قليلة، ولكن أحداً منا لم يشعر بالبرد، بل إن ستيبانوف لم يفطن أنه يقف على قدمين مجوربتين من دون حذاء.

وعند المشنقة وقف المدعي العام العسكري وضباط كبار. وفي آخر الأمر أخرجوا فاليا من السجن مع الرفيقين اللذين حكم عليهما بالشنق. وجميعهم موثوقو الأيدي. وفاليا في الوسط لا تقوى على السير، والرفيقان الآخران يسندانها، وهي تجهد جهدها لتسير مرفوعة الهامة متذكرة قول ستيبانوف: "لنمت ميتة كريمة"، كانت بلا معطف، في بلوزة صوفية.

يبدو أن شفاركوفسكي لم يعجبه أن يسيروا متكاتفين فدفعهم، ونطقت فاليا بشيء عاقبها عليه دركي بأن هوى في المقرعة على وجهها بكل قوته.

صرخت امرأة في الحشد صرخة مروعة واندفعت بصياح مجنون لتشق النطاق نحو السائرين، إلا أنهم أمسكوها، وابتعدوا بها، أغلب الظن أنها أم فاليا. عندما اقترب الرفاق من المشنقة شرعت فاليا تنشد بصوت لم أسمع مثله في حياتي. إن السائر

نحو الموت وحده قادر على أن ينشد بمثل هذا الوجدان. أنشدت نشيد "فارشافيانكا" الثوري وانضم رفيقاها إليها. وقرقعت مقارع الخيالة، وانهالت عليهم بهوس أحمق. ولكنهم كأنما لم يشعروا بالضربات. سقطوا على الأرض، وجروا إلى المشنقة كالزكائب. وقرئ الحكم سريعاً، وشرعوا يضعون الأناشيط على رقابهم. عندئذٍ أنشأنا ننشد:

هبّوا ضحايا الاضطهاد...

هجموا علينا من كل صوب، لمحت جندياً يدفع كتلة الخشب بأخمص بندقيته، وتهوى الرقع الخشبية، وترتعص الأجسام الثلاثة وهي مدلاة من الأناشيط...

أما نحن، المحكومين بالرمي، فقد صفونا على حائط الرمي وقرأوا علينا قرار الحكم الذي بدل برحمة الجنرال من الحكم بالإعدام على عشرة منا إلى السجن لمدة عشرين عاماً. أما الآخرون، وعددهم ستة عشر، فقد أعدموا رمياً بالرصاص.

جذب صاموئيل ياقة قميصه، وكأنما كانت تشد على خناقه.

ـ ثلاثة أيام وأجساد المشنوقين معلقة، وكانت المشنقة تحت الحراسة ليل نهار. ثم جلبوا إلينا في السجن معتقلين آخرين حكوا لنا أن حبلاً "عُلق منه الرفيق توبولدين، وهو أثقل الثلاثة وزناً، قد انقطع في اليوم الرابع، عندئذٍ أنزلوا الآخرين، ودفنوا الجثث في المكان نفسه".

ولكن المشنقة ظلت قائمة في مكانها طوال الوقت. وقد رأيناها عندما نقلنا إلى هنا. إنها منصوبة هناك مع أناشيطها تنتظر ضحايا جديدة.

صمت صاموئيل شاخصاً ببصره إلى المدى البعيد. ولم يفطن بافل إلى أن القصة قد انتهت.

تجسمت أمام عينيه بوضوح ثلاثة أجساد إنسانية تتأرجح صامتة، ورؤوسها المفزعة مطوية على جانب.

ارتفع صوت بوق في الشارع جعل بافل يفيق على نفسه. قال بصوت خفيض لا يكاد يسمع.

ـ لنخرج من هنا، يا صاموئيل.

في الشارع كان طابور من الجنود البولونيين الأسرى يسير محروساً بصف من الفرسان. وكان مفوض الفوج واقفاً عند بوابة السجن يكتب أمراً في دفتره.

ـ يا رفيق انتيبوف ـ قال ماداً الورقة إلى رئيس الكوكبة الركين ـ خذ هذا الأمر، واعهد إلى جماعة من الحرس ليأخذوا جميع الأسرى إلى نوفوغراد ـ فولينسكي. ضمدوا الجرحى، وضعوهم في عربات، وأرسلوهم إلى هناك أيضاً، انقلوهم عشرين ميلاً عن المدينة، واتركوهم يذهبون، لا وقت لنا للانشغال بهم. حاذر أن تستعمل الغلظة مع الأسرى.

امتطى بافل صهوة حصانه، والتفت إلى صاموئيل:

ـ هل سمعت؟ هم يشنقون جماعتنا، ونحن ننقلهم إلى ذويهم في عربات من دون استعمال غلظة! كيف نقوى على ذلك؟..

أدار آمر الفوج إليه رأسه، وتفرس فيه. وسمع بافل الكلمات القوية الجافة التي تفوه بها الآمر وكأنه يناجي بها نفسه.

ـ سنعاقب بالرمي على القسوة إزاء الأسرى العزل. لسنا بيضاً!.

تذكر بافل، وهو يغادر بوابة السجن، الكلمات الأخيرة من آمر المجلس العسكري الثوري الذي قرئ أمام الفوج كله:

"بلاد العمال والفلاحين تحب جيشها الأحمر، وتفخر به، وتريد أن تتنزه راياته من كل لطخة".

همست شفتا بافل:

ـ من كل لطخة.

..... في الوقت الذي استولت فيه فرقة الخيالة الرابعة على جيتومير، عبر اللواء العشرون لفرقة الرماة السابعة نهر الدنيبر مقتحماً في منطقة قرية اوكونينوفو. وهذه القوات جزء من المجموعة الضاربة تحت قيادة الرفيق غوليكوف.

كان قد صدر الأمر إلى هذه المجموعة المؤلفة من فرقة الرماة الخامسة والعشرين ولواء باشكيريا للخيالة بعبور نهر الدنيبر، وقطع الخط الحديدي كييف ـ كوروستن عند محطة ايرشا. بهذه المناورة سيقطع الطريق الوحيد لتراجع البولونيين من كييف.. في هذه الموقعة عند عبور النهر صرع ميشا ليفتشوكوف عضو المنظمة الكومسومولية لبلدة شيبيتوفكا.

كان ذلك عندما كانوا يركضون على الجسر العائم المهتز، فانطلقت قنبلة من وراء التل في أزيز مسعور، وطارت فوق الرؤوس، وسقطت ممزقة الماء. وفي تلك اللحظة الخاطفة غطس ميشا تحت قارب من قوارب الجسر العائم. ابتلعه الماء ولم يلفظه. ورأى ياكيمينكو الجندي الأشقر ذو الطاقية الممزقة عند ظليلتها هذا المنظر فصرخ مدهوشاً.

ـ أوه، هذا ميشا، وقع المسكين في الماء ولم يخرج ـ

وتوقف، وحدق في الماء القاتم مذعوراً، إلا أن الجنود اصطدموا به من الخلف ودفعوه:

ـ لماذا تفتح فمك، أيها الأحمق، سر إلى الأمام!

لم يكن هناك وقت قط للتفكير في رفيق، فإن اللواء قد تأخر عن الوحدات الأخرى التي احتلت الضفة اليمنى.

عرف سيرغي بموت ميشا بعد أربعة أيام، احتل اللواء خلالها محطة بوتشا بعد معركة، وتحول بالجبهة نحو كييف، وصد هجمات البولونيين الضارية، وهم يحاولون شق طريقهم إلى كوروستن.

استلقى ياكيمينكو إلى جانب سيرغي في خط النار وأطلق الرصاص بضراوة. ثم توقف وجاهد حتى فتح ترباس بندقيته الحامية، وأحنى رأسه. نحو الأرض، والتفت نحو سيرغي.

ـ البندقية بحاجة إلى استراحة، إنها حامية كالنار!

وبسبب أزيز الرصاص لم يكد سيرغي يسمع كلماته. وحين هدأ الرمي قليلاً أعلن ياكيمينكو، وكأن ذلك عرضاً:

ـ رفيقك غرق في الدنيبر، قبل أن أفطن إلى ذلك ـ وختم كلامه، ومسّ المتراس بيده، وأخرج مشطاً من حمالة العتاد، وأخذ يضعه في خزان البندقية مستغرقاً في عمله.

جابهت الفرقة الحادية عشرة المرسلة للاستيلاء على برديتشيف مقاومة ضارية من قبل البولونيين في المدينة.

دارت رحى معركة دامية في الشوارع. وهدرت الرشاشات قاطعة الطريق على الخيالة الحمر. ولكن المدينة سقطت، وفرت فلول القوات البولونية الممزقة. استولت الخيالة في المحطة على

قطارات بكاملها. إلا أن أفظع ضربة أصابت البولونيين هي نسف مليون قذيفة مدفع في القاعة البولونية التي كانت تزود الجبهة بالعتاد. تساقط زجاج النوافذ في المدينة قطعاً صغيرة، واهتزت البيوت من الانفجارات وكأنها من الورق المقوى.

كان الاستيلاء على جيتومير وبرديتشيف بالنسبة للبولونيين ضربة وجه من المؤخرة حدت بهم إلى التراجع السريع من كييف بسيلين دافقين، محاولين باستماتة فتح ثغرة في طوق الحصار الحديدي.

زايل بافل الإحساس بفرديته. فقد كانت تلك الأيام غاصة بالاشتباكات الحامية. وانغمر في المجموع مثل غيره من المقاتلين، وكأنه نسي كلمة "أنا"، ولم تتبقَّ إلا نون الجماعة: فوجنا، كوكبتنا، لواؤنا..

وتتابعت الأحداث بسرعة العاصفة، وكان كل يوم يحمل معه شيئاً جديداً.

وراحت خيالة بوديوني توجه الضربة تلو الضربة في سيل لا ينقطع ممزقة مؤخرة البولونيين إرباً إرباً. وأخذت فرق الخيالة المفعمة بنشوة النصر توجه الهجمات الضارية على نوفوغراد ـ فولينسكي، قلب المؤخرة البولونية.

كانت مثل موجة ترتطم على ساحل صخري عالٍ، ثم تعود فتندفع إلى الأمام بصيحة الهجوم "إلى الأمام!".

ولم ينفع البولونيين شيء: لا الأسلاك الشائكة ولا المقاومة المستميتة التي أبدتها الحامية المتخندقة في المدينة. وفي صباح ٢٧ حزيران عبر فرسان بوديوني نهر سلوتش على صهوات

خيولهم واقتحموا نوفوغراد ـ فولينسكي متعقبين البولونيين باتجاه بلدة كوريتس. وفي هذا الوقت بالذات عبرت الفرقة الخامسة والأربعين نهر سلوتش عند نوفي ميروبول، وهاجم اللواء كوتوفسكي للخيالة بلدة ليوبار.

تلقت المحطة اللاسلكية التابعة لجيش الخيالة الأول أمر قائد الجبهة بتوجيه كل قوة الخيالة للاستيلاء على مدينة روفنو. وطارد هجوم الفرق الحمراء الصاعق قوات البولونيين وقد تمزقت إلى جماعات معزولة تنشد طريق الفرار.

ذات يوم، بينما كان بافل مرسلاً من قبل آمر الفريق إلى المحطة حيث كان يقف قطار مصفح، التقى بمن لم يتوقع قط أن يلتقي به. ترك بافل العنان لحصانه يعدو على رصيف المحطة، ثم سحب العنان وأوقفه عند العربة الأمامية المطلية بلون رمادي. كان القطار المصفح يبدو مريعاً بانغلاقه، وبمواسير مدافعه السوداء المنزوية في أبراجها. وبالقرب منه انشغل بعض الناس في ثياب مزيتة رافعين الصفيحة الفولاذية الثقيلة عند عجلاته.

سأل بافل جندياً يرتدي سترة جلدية، ويحمل جردل ماء:

ـ أين يمكن أن أجد آمر القطار المصفح؟

أشار الجندي إلى القاطرة:

ـ هناك.

توقف بافل عند القاطرة، وسأل:

ـ من الآمر؟

التفت إليه رجل منمش الوجه مسربل بالجلد من رأسه إلى قدميه:

ـ أنا!..

أخرج بافل مظروفاً من جيبه.

ـ هذا أمر من آمر اللواء، وقّع على المظروف.

وضع آمر القطار المظروف على ركبته ووقع عليه. كان أحد الأشخاص يشحم بالزيت عجلة القاطرة الوسطى. لم يرَ بافل غير ظهره العريض، ومقبض المسدس الناغان يبرز من جيب بنطلونه الجلدي.

ـ ها قد وقعت ـ ومدّ آمر القطار المظروف إلى بافل.

جذب بافل العنان، واستعد للانصراف. رفع الرجل عند العجلة هامته، واستدار، وفي تلك اللحظة قفز بافل من حصانه، وكأنما ألقته ريح.

ـ أرتيم، أخي!

أسرع الرجل الملطخ كله بالمازوت في وضع المزيتة على الأرض، وضمّ بافل في حضنه الواسع كحضن الدب.

ـ يا بافل! يا عفريت! هذا أنت ـ صاح أرتيم وهو لا يصدق عينيه.

نظر آمر القطار إلى هذا المشهد مندهشاً. وضحك رجال المدفعية الحمر الواقفون على مقربة:

ـ انظر شقيقان قد التقيا.

في التاسع عشر من آب فقد بافل طاقيته في المعركة في منطقة مدينة لفوف. أوقف الحصان، إلا أن أفراد الكوكبة كانوا قد مزقوا صفوف البولونيين، وجاء دميدوف يعدو خلال مجاميع الشجيرات وانحدر إلى النهر ، وهو يصرخ أثناء عدوه:

ـ قائد الفرقة قتل!

انتفض بافل، إن ليتونوف قائد فرقته البطل، والرفيق الغيور الجريء قد مات. وتملكت بافل نوبة حادة من الضراوة.

ضرب حصانه غنيدوك المتعب المزبد زبداً مخضباً بالدم، واندفع إلى قلب المعركة.

ـ اقتل الأوغاد، مزقهم! قطّع أوصال الدهاقنة البولونيين! قتلوا ليتونوف! ـ وأنزل سيفه على شخص في بزة خضراء. وقد ذهب الغيظ ببصره فلم يرَّ ضحيته. واستولى الحنق على رفاقه الآخرين لفجيعتهم بقائد فرقتهم، فمزقوا فصيلة البولونيين بكاملها.

وانطلقوا يتعقبون فلول البولونيين، وفي تلك اللحظة جابهتهم نيران المدفعية. شقت القذائف الهواء ناثرة الموت.

شع أمام عيني بافل وهج أخضر باهر للبصر، وصوّت الرعد في أذنيه، واكتوى رأسه بحديد محمي. ودارت الأرض به دوراناً مفزعاً غامضاً، وأخذت تتقلب، وتنكفئ على جنبها.

انقذف بافل من سرجه خفيفاً كقشة، وطار فوق رأس غنيدوك، وانهبد على الأرض ثقيلاً، وخيّم الليل بغتة.

الفصل التاسع

للأخطبوط عين جاحظة بحجم رأس القط، حمراء مربدة بؤبؤها أخضر يشع ضوءاً حياً. والأخطبوط يحرك عشر أذرع تتلوى مثل كتلة من الأفاعي، وتتأود، وتصلصل بحراشفها صلصلة كريهة. ويتحرك الأخطبوط، إنه يراه أمام عينيه. أذرعه تدب في جسده باردة واخزة كالقراص. ويمد الأخطبوط إبرته، وتلسع رأسه كالعلق، وتتلوى راعصة، وتمص دمه. ويحس بالدم ينصب من جسده إلى بدن الأخطبوط المتضخم. والإبرة تمص، وتمضي في المص، وفي موضع لسعتها في الرأس ألم لا يطاق.

ومن مكان بعيد بعيد تترامى أصوات إنسانية:

ـ كيف نبضه الآن؟

ويجيب صوت نسائي أكثر انخفاضاً:

ـ نبضه مئة وثماني وثلاثون. وحرارته تسع وثلاثون وخمس شرطات. وهو يهذي طوال الوقت.

اختفى الأخطبوط، إلا أن ألم اللسعة بقي كما هو. ويحس بافل بأصابع تجسه من رسغه. ويحاول أن يفتح عينيه، ولكن جفنيه ثقيلان جداً بحيث لا يقوى على رفعهما. وما سبب هذه الحرارة الشديدة؟ يبدو أن أمه أشعلت الموقد. إلا أن أصواتاً

إنسانية تتحدث ثانية في مكان ما:

ـ نبضه الآن مئة واثنان وعشرون.

ويحاول أن يفتح جفنيه. في داخله نار. وأنفاسه ضيقة.

هو ظمآن جداً! سينهض الآن ويشرب. ولكن لماذا لا ينهض؟ ما إن همَّ بالتململ حتى شعر بأن جسمه غريب عنه لا يطيعه. ستجلب أمه الماء له. ويناديها "عطشان". ويتحرك شيء إلى جانبه. أهو الأخطبوط عاد إليه. إنه هو، هذا لون عينه الأحمر.

تردد صوت خافت من بعيد:

ـ اجلبي بعض الماء يا فروسيا.

"اسم من هذا؟" ويجهد بافل نفسه ليتذكر، إلا أنه أحس بنفسه يدور في الظلمة من الجهد. ويعود إلى نفسه، ويتذكر "عطشان".

وتتردد أصوات:

ـ يبدو أنه أفاق.

ثم صوت آخر أرق وأوضح وأقرب:

ـ هل تريد أن تشرب، يا مريض؟

"أنا المريض، أم يخاطبون غيري؟ نعم، أنا مريض بالتيفوئيد". وللمرة الثالثة يحاول أن يفتح جفنيه. ويوفق أخيراً. أول ما أحس به في فتحة عينه الضيقة كرة حمراء فوق رأسه تختفي وراء جسم قاتم ينحني عليه. وتحس شفتاه بحافة القدح الصلبة، والنداوة، النداوة الواهبة للحياة. وتخفت النار في داخله.

همس مستريحاً:

ـ الآن أحسن.

ـ هل تراني يا رفيق؟

يسأل الجسم القاتم المطل عليه، ويستطيع أن يجيب والنوم يطوف برأسه.

ـ لا أرى، بل أسمع...

ـ من كان بوسعه أن يقول إنه سيعيش؟ انظري إليه وقد تشبث بالحياة. إن له جسماً قوياً. يمكنك أن تفخري يا نينا فلاديميروفنا. أنقذته من براثن الموت حقاً.

صوت نسائي منفعل:

ـ أوه، أنا مسرورة جداً.

عاد الوعي إلى كورتشاغين بعد ثلاثة عشر يوماً من الغيبوبة. أبى جسمه الفتي أن يموت، ودبت القوة فيه رويداً رويداً. وكانت تلك ولادته الثانية، بدا كل شيء جديداً وغير اعتيادي سوى أن رأسه الثقيل بشكل لا يطاق ظل ساكناً على الوسادة مشدوداً بالجبس، لا يقوى على تحريكه ولكنه استرد الإحساس بجسمه، واستطاع أن يحرك أصابعه ويطويها.

جلست نينا فلاديميروفنا الطبيبة المستجدة في المستشفى العسكري وراء طاولة صغيرة في غرفة مربعة الشكل تقلب أوراق دفتر سميك أزرق الغلاف كتبت فيه بخط دقيق مائل مذكرات قصيرة.

"٢٦ آب ١٩٢٠

اليوم جلبوا إلينا في قطار الجرحى جماعة من المصابين

بجراح بليغة. رأيت في ركن قرب النافذة جندياً شج رأسه، فتى لم يتعدَّ السابعة عشرة من عمره. وقد سلموني مظروفاً يحتوي على أوراقه الشخصية التي وجدت في جيوبه وعلى التقارير الطبية. وقد رأيت في المظروف بطاقة انتساب مهلهلة برقم ٩٦٧ صادرة باسم بافل اندرييفتش كورتشاغين عن اتحاد الشبيبة الشيوعي لأوكرانيا، وهوية التحاق بالجيش الأحمر ممزقة ونسخة من أمر صادر من الفوج يمتدح كورتشاغين على حسن قيامه بالاستطلاع الحربي، ومذكرة تبدو أنها بخط المصاب:

"في حالة موتي أرجو من الرفاق إبلاغ أهلي بذلك على العنوان التالي: بلدة شيبيتوفكا، مستودع القطارات. البراد أرتيم كورتشاغين".

المصاب فاقد الوعي من لحظة إصابته بالشظية في ١٩ آب. غداً سيفحصه أناتولي ستيبانوفيتش.

٢٧ آب

اليوم فحص كورتشاغين. وتبين أن جرحه عميق جداً أصاب قحف الجمجمة ومن جراء ذلك شل الجانب الأيمن من الرأس كله، وتدفق الدم إلى العين اليمنى فانتفخت.

أراد أناتولي ستيبانوفيتش قلع عين المريض تفادياً للالتهاب، ولكنني أقنعته بأن يعدل عن ذلك ما دام هناك أمل في انخفاض الانتفاخ.

تملكني شعور جمالي محض: إذا كان الفتى سيعيش فلماذا يشوه بقلع عينه!

والجريح يهذي طوال الوقت، ويتقلب، والخفارة الدائمية

٢٩٠

إلى جانبه ضرورية. وأنا أكرس له وقتاً طويلاً، وأشفق على شبابه كثيراً، وأريد أن أنتزعه من الموت ما استطعت إلى ذلك سبيلاً.

بالأمس قضيت بضع ساعات في الردهة بعد انتهاء نوبتي. إنه أخطر جريح عندنا. جلست أصغي إلى هذيانه. أحياناً يهذي وكأنه يقص حكاية. أنا أتعرف على الكثير عن حياته، ولكنه أحياناً يشتم بفظاعة، وشتائمه مفزعة، ويؤلمني لسبب ما أن أسمع منه تلك الشتائم المريعة. يقول أناتولي ستيبانوفيتش إنه لن يعيش. ويتمتم هذا العجوز غاضباً: "أنا لا أفهم كيف من الممكن أن يقبلوا مثل هؤلاء الأطفال في الجيش؟ إنه عيب".

٣٠ آب

لم يفق كورتشاغين حتى الآن. وهو يرقد في ردهة خاصة يرقد فيها المشرفون على الموت. وإلى جانبه تجلس الممرضة فروسيا لا تكاد تبرح مكانها. ظهر أنها تعرفه. اشتغلا سوية ذات مرة. وهي تعتني به عناية حارة! الآن أنا أيضاً أشعر بأن حالته ميؤوس منها.

٢ أيلول

الحادية عشرة مساء. اليوم يوم رائع في حياتي.

المريض كورتشاغين أفاق من غيبوبته، وارتد إلى الحياة. انجلت الغمة، في اليومين الأخيرين لم أذهب إلى البيت.

الآن لا أستطيع أن أصف مبلغ فرحي بإنقاذ إنسان آخر. قلّ الموت في ردهتنا بمقدار نفس واحدة، إن أبهج شيء في عملي المنهك هو شفاء المرضى. إنهم يتعلقون بي مثل الأطفال.

صداقتهم نزيهة وبسيطة، وعندما أفارقهم أبكي أحياناً. ذلك

مضحك بعض الشيء، ولكنه حقيقي.

١٠ أيلول

كتبت اليوم أول رسالة لكورتشاغين إلى أهله. كتب لهم أنه جريح جرحاً طفيفاً، وأنه سيتعافى سريعاً، ويعود إليهم. إنه فقد دماً كثيراً فهو شاحب كالقطن، وواهن جداً.

١٤ أيلول

ابتسم كورتشاغين لأول مرة. وابتسامته حلوة. وهو في العادة رزين رزانة لا تناسب سنه. إنه يتماثل إلى الشفاء بسرعة مذهلة. إنه وفروسيا صديقان. غالباً ما أراها عند سريره. يبدو أنها حدثته عني، وأكثرت من مدحي بالطبع، والمريض يستقبلني بابتسامة خفيفة. بالأمس سألني:

ـ ما هذه البقع السود على يدك، يا دكتورة؟

لم أقل له إن هذه من آثار أصابعه التي عصر بها يدي إلى حد الألم أثناء هذيانه.

١٧ أيلول

اندمل الجرح على جبين كورتشاغين بشكل جيد. ونحن الأطباء يذهلنا هذا الجَلَدْ الذي لا حد له في الحقيقة، الجلد الذي يتحمل به المريض تغيير ضماده.

في العادة يبدي المصابون في مثل هذه الحالات توجعاً كثيراً، وتبرماً. أما هو فيلزم الصمت، وعندما ندهن باليود جرحه المفتوح يشد على نفسه كالوتر. وكثيراً ما يفقد وعيه، ولكن بشكل عام لم تصدر منه أنة واحدة طوال الوقت.

الجميع يعرفون الآن: إذا أنَّ كورتشاغين يعني فقد وعيه،

من أين له هذه الصلابة؟ لا أعرف.

٢١ أيلول

لأول مرة أخرجوا كورتشاغين في عربة إلى شرفة المستشفى. آه لو رأيتم بأي عين نظر إلى الحديقة، وبأي ظمأ استنشق الهواء الطلق! في رأسه الملفوف بالشاش عين واحدة مفتوحة. وقد نظرت هذه العين اللامعة الحركة إلى العالم، وكأنما تراه لأول مرة.

٢٦ أيلول

اليوم استدعين إلى غرفة الاستقبال في الأسفل. وكانت في انتظاري فتاتان إحداهما جميلة جداً. طلبت الفتاتان أن يقابلا كورتشاغين. اسماهما تونيا تومانوفا، وتاتيانا بورانوفسكايا. واسم تونيا معروف لي، فقد كان كورتشاغين غالباً ما يردده في هذيانه، وأذنت بالمقابلة.

٨ تشرين الأول

لأول مرة يتمشى كورتشاغين في الحديقة من دون أن يساعده أحد. سألني أكثر من مرة متى يمكن أن يخرج من المستشفى. كنت أجيب: قريباً. كلتا الفتاتين تأتي لزيارة المريض كل يوم استقبال. أنا أعرف لماذا لم يتوجع، ولا يتوجع بشكل عام.

أجاب حين سألته عن ذلك:

ـ اقرئي رواية "ذبابة الخيل" وعندئذٍ تعرفين.

١٤ تشرين الأول

خرج كورتشاغين من المستشفى. تودعنا وداعاً حاراً جداً. رفعت الضمادة من رأسه، وبقيت جبهته فقط. عينه عميت، إلا

أن مظهرها الخارجي طبيعي. حزنت كثيراً على فراق هذا الرفيق الطيب. وكما يقع دائماً: يشفى المرضى ويذهبون عنا إلى حيث لا نلتقي ثانية. قال كورتشاغين في الوداع:

ـ كان من الأحسن أن تعمى العين اليسرى لا اليمنى. كيف سأرمي الآن؟ إنه ما زال يفكر في الجبهة.

قضى بافل الفترة الأولى بعد خروجه من المستشفى في بيت عائلة بورانوفسكي حيث كانت تقيم تونيا.

وحاول منذ الأيام الأولى جر تونيا إلى العمل الجماعي. دعاها إلى اجتماع كومسومول البلدة. وقبلت تونيا، ولكن عندما خرجت من الغرفة التي ارتدت فيها ملابسها عضّ بافل شفته. كانت في ثياب أنيقة جداً عن قصد، فلم يرد أن يأخذها إلى الاجتماع الكومسومولي.

عندئذٍ حدث أول صدام بينهما. حين سألها عن سبب أناقتها هذه قالت مستاءة.

ـ لن أقبل أبداً بأن أكيف نفسي للآخرين، وإذا كنت تشعر بالحراجة في مصاحبتي، فلا أذهب.

في تلك المرة أحس وهو في النادي بالضيق من مرآها مترفة الثياب بين أناس يرتدون قمصاناً وبلوزات حائلة اللون. واعتبر الفتيان تونيا شخصاً غريباً عليهم، وكانت هي، وقد شعرت بذلك، تنظر باحتقار وتحدٍ.

ثم أن بانكراتوف سكرتير اللجنة الكومسومولية في مرفأ البضائع، الفتى العريض المنكبين، وعامل الشحن المرتدي قميصاً من القماش انتحى ببافل جانباً، ونظر إليه نظرة جانبية،

وقال مديراً عينه نحو تونيا:

ـ أنت الذي جلبت تلك الدمية؟

أجابه كورتشاغين بحدة:

ـ نعم، أنا.

ـ أحم... مظهرها لا يناسبنا، على الطريقة البرجوازية، كيف سمحوا لها بالدخول؟

وشعر بافل بالدم يدق في صدغيه.

ـ هي رفيقتي، وأنا الذي جئت بها. مفهوم؟ وهي إنسان غير معادٍ لنا، سوى أنها متأنقة بملبسها، هذه حقيقة، ولكن لا يجوز دائماً أن تحكم على الناس بملبسهم. أنا أيضاً أعرف من أجلب إلى هنا، فلا حاجة إلى التدخل، يا رفيق.

وأراد أن يغلظ في القول أكثر، إلا أنه كبح نفسه مدركاً أن بانكراتوف يعبر عن رأي مشترك. فحول كل ضيقه إلى تونيا.

"قلت لها! أي شيطان بحاجة إلى هذه الزركشة؟".

كان ذلك المساء بداية لتدهور الصداقة. تابع بافل بشعور المرارة والدهشة تصدع صداقة كانت تبدو متينة.

مضت أيام عدّة أخر، وكل لقاء، وكل محادثة كانت تباعد بينهما، وتولد نفوراً لا يقاوم. وأصبحت فردية تونيا الرخيصة غير محتملة لبافل.

وكانت ضرورة القطيعة واضحة لكليهما.

اليوم جاء كلاهما إلى حديقة المدينة المفروشة بالأوراق الميتة المتفسخة ليقول أحدهما للآخر الكلمة الأخيرة. وقفا عند درابزين على حافة الشاطئ الشديد الانحدار. في الأسفل كان

الدنيبر يلمع بمائه الرمادي. ومن وراء جسر ضخم كانت تدب باخرة جرارة ضاربة الماء بجناحي دولابيها بكسل، ساحبة وراءها مقطورتين. وقد ألقت الشمس الغاربة غلائل ذهبية على جزيرة تروخانوف، وأضرمت زجاجات البيوت.

نظرت تونيا إلى الأشعة الذهبية، وقالت بحزن عميق:

ـ أحقاً إن صداقتنا ستنطفئ مثلما تنطفئ الشمس الآن؟

علق بها بصره، وعقد حاجبيه بتقطيبة قوية، وقال بخفوت:

ـ أنهينا الكلام عن ذلك، يا تونيا، وأنت بالطبع تعرفين أنني كنت أحبك، وحتى الان يمكن لحبي أن يعود، ولكن ذلك يقتضي أن تكوني إلى جانبنا. أنا الآن لست ذلك الصبي بافلوشا الذي كان في الماضي. سأكون زوجاً سيئاً إذا تظنين أنني يجب أن أكون لك أولاً ثم بعد ذلك للحزب، سأكون للحزب أولاً، ثم لك ولذوي . قرباي الآخرين.

رنت تونيا بحزن إلى زرقة النهر، وامتلأت عيناها بالدموع.

نظر بافل بحنين إلى صفحة وجهها الأليف، وإلى شعرها الكستنائي الغزير، وطافت في قلبه موجة من الإشفاق نحو الفتاة التي كانت ذات حين عزيزة عليه وقريبة إليه.

وضع يده على كتفها بحذر:

ـ ألقي بكل ما يربطك، وانضمي إلينا. وسنقضي سوية على الأسياد، عندنا فتيات طيبات كثيرات، وهن يتحملن معنا كل أعباء النضال الشاق، ويقاسين معنا كل الحرمانات. ربما هن لسن متعلمات كثيراً مثلك، ولكن لماذا، لماذا لا تريدين أن تكوني معنا؟ تقولين إن تشوجانين أراد أن يخطبك ولكن

توشجانين هولة، وليس جندياً حقيقياً. ثم تقولين إنهم استقبلوك بجفاء، ولكن لماذا جئتهم وكأنك ذاهبة إلى حفلة برجوازية؟ انخدشت كرامتك لأنك لا تريدين أن تماشي الذين يرتدون قمصاناً وسخة. وأتتك الجرأة لتحبي عاملاً، ولكنك لا تستطيعين أن تحبي فكره. يؤلمني أن أفترق معك، كنت أود لو تبقى في نفسي ذكرى طيبة عنك.

وصمت.

في اليوم التالي رأى بافل في الشارع أمراً موقعاً من رئيس اللجنة الاستثنائية للولاية جوخراي. وخفق قلبه. وبذل جهداً كبيراً لمقابلة هذا البحار، وأثار ضجيجاً شديداً حتى أن الحراس هموا باعتقاله. وأخيراً أذنوا له بالمقابلة.

استقبله فيدور جوخراي استقبالاً طيباً. وكان جوخراي قد فقد ذراعه بقنبلة. واتفقا على عمل.

ـ تعال نكافح أعداء الثورة هنا، ما دمت لا تستطيع القتال في الجبهة ـ تعال غداً إلى هنا.

انتهى القتال مع البولونيين البيض، أرجعتهم الجيوش الحمراء إلى أسوار وارصو تقريباً. إلا أنها لم تستطع أن تستولي على القلعة الأخيرة، وعادت بعد أن استنفدت كل قواها المادية والحيوية مبتعدة عن قواعدها. وحدثت "المعجزة على فيستولا" كما يسمي البولونيون رجوع القوات الحمراء عن وارصو. وبقيت بولونيا البانات على قيد الحياة، ولم يتحقق في تلك المرة الحلم بجمهورية بولونية اشتراكية سوفييتية.

وكانت البلاد النازفة دماً بحاجة إلى فترة هدوء. ولم تتسن

الفرصة لبافل لكي يرى أهله لأن بلدة شيبيتوفكا قد احتلها البولونيون البيض مرة أخرى. وأصبحت الحدود المؤقتة للجبهة. وجرت مفاوضات الصلح. وكان بافل يقضي أيامه ولياليه في اللجنة الاستثنائية منفّذاً مختلف المهمات. وسكن في غرفة جوخراي. وحين علم باحتلال البولونيين لبلدته اكتأب، وقال:

ـ يعني أن أمي ستبقى خارج الحدود إذا تم الصلح والأمور كما هي الآن؟

إلا أن فيدور جوخراي هدأه قائلاً:

ـ ستكون الحدود في أغلب الظن عبر غورين بمحاذاة النهر وهكذا ستبقى البلدة داخل حدودنا. سنعرف قريباً.

أخذت الفرق تنتقل من الجبهة البولونية إلى الجنوب. دخل فرانغل من القرم مستغلاً فترة الهدوء. وبينما كانت الجمهورية تحشد كل قواها على الجبهة البولونية نفذ الفرانغليون من الجنوب إلى الشمال بمحاذاة الدنيبر نحو ولاية يكترينو سلافل.

ألقت البلاد بكل جيوشها إلى القرم لسحق هذا الوكر الأخير المعادي للثورة مستفيدة من انتهاء الحرب مع البولونيين.

وأخذت تمر، عبر كييف، القطارات العسكرية المحملة بالجنود والعربات ومطابخ الميدان والمدافع. وجرى عمل محموم في اللجنة الاستثنائية لخدمات النقل في المنطقة. إن هذا السيل من القطر سد كل المنافذ. كانت المحطات تمتلئ إلى حوافيها، وتنقطع حركة النقل، وتُشغل كل الخطوط، وكانت أجهزة اللاسلكي لا تفتأ تتلقى برقيات الإنذار النهائي بإخلاء الطريق أمام فرقة من الفرق. وكانت شرائط الإشارات تخرج من

تلك الأجهزة من دون انقطاع، وكلها تعلن أن "الأولوية لنا في المرور... أمر عسكري... أخلوا الطريق حالاً" وفي كل الأشرطة تقريباً تذكير بأن المذنبين في عدم تنفيذ الأمر سيقدمون إلى محكمة عسكرية ثورية.

ومسؤولية توقف حركة المرور تقع على اللجنة الاستثنائية لخدمات النقل في المنطقة.

كان أمراء الوحدات يدخلون إلى مقر اللجنة شاهرين مسدساتهم مطالبين بتسيير قطاراتهم حالاً حسب الإشارة رقم "كذا" المرسلة من قبل قائد الجيش.

وكان أحدهم لا يريد أن يقتنع بأن ذلك مستحيل. "سيّر القطار ولو تطلع روحك!" وكان يلي ذلك وابل من الشتائم. وكان جوخراي يُستدعى على عجل في الأحوال المعقدة كثيراً، وحين يوشك المتجادلون على إطلاق النار في ما بينهم لتهدئة ثائرتهم.

وكانت شخصية جوخراي الحديدية، الباردة الهادئة في الوقت ذاته، وصوته الحازم الذي لا يقبل اعتراضاً تجبران شاهري المسدسات على إعادة مسدساتهم إلى أغلفتها.

وكان بافل يخرج من الغرفة إلى الرصيف، وفي رأسه ألم لاذع. وكان العمل في اللجنة الاستثنائية يؤثر في أعصابه تأثيراً مدمراً.

ذات مرة رأى بافل صديقه سيرغي على عربة نقل حديدية مملوءة بصناديق العتاد. قفز سيرغي عليه من العربة، وكاد يطرحه أرضاً، وطوقه بذراعيه بقوة.

ـ بافل! يا عفريت. عرفتك من النظرة الأولى. لم يعرف الصديقان عمّ يسأل أحدهما الآخر، وعمّ يتحدثان فقد مرّا خلال فترة فراقهما بالكثير الجمّ من الأحداث. كانا يطرحان الأسئلة ويجيبان عليها بأنفسهما من دون انتظار الجواب. ولم يسمعا صافرات القطار، وظلا متعانقين حتى أخذت العربات تتحرك ببطء.

وماذا كان بوسعهما أن يفعلا؟ قطعت حركة القطار لقاءهما، وازدادت حركة العربات. ركض سيرغي على الرصيف حتى لا يتأخر عنها ماسكاً بباب عربة بضاعة مفتوح، هاتفاً بشيء لصديقه واختطفته بعض الأيدي، وجرته إلى الداخل. بينما ظل بافل واقفاً ينظر في أثره، والآن فقط تذكر أن سيرغي لا يعرف بموت فاليا، لأنه لم يكن في بلدته. ولم يخبره بافل بذلك، وقد فوجئ باللقاء.

"ليذهب هادئ البال، حسن إنه لا يعرف" ـ فكر بذلك بافل. ولم يعرف أنه يرى صديقه للمرة الأخيرة، ولم يعرف سيرغي أيضاً، وهو واقف على سطح العربة، مُشرعاً صدره للريح الخريفية، أنه سائر للقاء المنية.

ـ أجلس، يا سيرغي ـ دعاه دورشنكو الجندي الأحمر الذي كان يرتدي معطفاً محروقاً من ظهره، فأجاب سيرغي ضاحكاً:

ـ لا بأس. أنا والريح صديقان. دعها تهب عليّ.

وبعد أسبوع قتل سيرغي في أول معركة في سهب أوكرانيا الخريفي.

انطلقت من بعيد طلقة طائشة.

وانتفض من الضربة. وترنح ماضياً في سيره ممزق الصدر بألم محرق، ولم يصرخ، واحتضن الهواء، وضغط بيده على صدره بقوة ومال بجسمه إلى الأمام، وكأنه يستعد للقفز، ولطم الأرض بجسمه الثقيل، وجمدت عيناه الزرقاوان متفرستين بالسهب اللا نهائي.

أخذت الحالة العصبية للعمل في اللجنة الاستثنائية تؤثر في صحة بافل التي لم تستعد بكليتها. وتكررت نوبات الألم في رأسه المصاب، وفي آخر الأمر أصيب بالإغماء بعد ليلتين مسهدتين.

حينذاك قال لجوخراي:

ـ ما رأيك يا فيدور، هل سأكون على حق إذا انتقلت إلى عمل آخر؟ أرغب كثيراً في العمل في مهنتي في الورش الرئيسة، ذلك لأنني أشعر بأن رأسي يتعبني. وقد أخبروني في اللجنة الطبية بأنني غير صالح للخدمة العسكرية. ولكن العمل هنا أسوأ من العمل في الجبهة. وقد حطمني تماماً هذان اليومان اللذان قضيناهما في سحق عصابة سوتير. ينبغي أن أستريح من المناوشات. وأنت تدرك يا فيدور أنني غير ملائم تماماً في العمل في اللجنة الاستثنائية إذا كنت لا أستطيع الوقوف على قدمي.

نظر جوخراي إلى بافل بادي الاهتمام:

ـ حقاً، منظرك لا يدل على أنك في عافية، كان ينبغي إعفاؤك من قبل، ولكنني أنا المذنب في ذلك، غرقت في العمل.

وبنتيجة هذه المحادثة ذهب بافل إلى لجنة الكومسومول

للولاية ومعه ورقة وذكر فيها أن كورتشاغين ينقل تحت تصرف اللجنة.

شرع صبي كثير الحركة أنزل طاقيته على أنفه بطريقة ماكرة بتمرير عينيه على الورقة، ثم غمز لبافل بمرح قائلاً:

ـ من اللجنة الاستثنائية؟ مؤسسة مريحة. سنخلق لك عملاً في رمشة عين. نحن مفتقرون إلى الأولاد. أين تريد؟ في لجنة تموين الولاية؟ لا أريد؟ هذا لا يهم. ألا تريد العمل في قسم الدعوة في المرفأ؟ لا؟ مع الأسف. إنه مكان جيد، وجرايته[١٦] ممتازة.

فقاطع بافل الفتى:

ـ أريد أن أعمل في السكك الحديدية، في الورش الرئيسية.

نظر الفتى إليه باندهاش:

ـ في الورش الرئيسية؟ أحم... لا نحتاج إلى ناس هناك. وعلى العموم اذهب إلى أوستينوفيتش فإنها ستجد لك عملاً في مكان ما.

بعد محادثة قصيرة مع هذه الفتاة السمراء تقرر أن يكون بافل سكرتيراً غير متفرغ للكومسومول في الورش.

في ذلك الحين كان الحرس الأبيض قد استقر في برزخ بيريكوب المحصن المجدد الرهيب باستحكاماته عند المدخل إلى القرم، في عنق شبه الجزيرة الضيق الذي كان من قبل حدوداً فاصلة بين تتار القرم في زمانهم، وبين القوزاق الزابوروجيين.

---

(١٦) .

وفي القرم، وراء برزخ بيريكوب كان العالم القديم الهالك المطرود إلى هنا من كل أنحاء البلاد يغرق بطمأنينة في مجون وخمر.

في ليلة خريفية رطبة دخل عشرات الألوف من أبناء الشعب الكادح مياه خليج سيفاش الباردة ليعبروه، ويوجهوا الضربة إلى ظهر العدو المحصن في استحكاماته. وكان ايفان جاركي من بين العابرين حاملاً على رأسه رشاشته بحرص.

عندما بدأ بيريكوب منذ الفجر يغلي غلياناً محموماً، حين هاجم الألوف التحصينات هجوماً جبهوياً كانت الطوابير الأولى التي عبرت سيفاش في مؤخرة البيض، قد وصلت إلى ساحل شبه جزيرة ليتوفسكي. وكانجاركي من بين الأوائل الذين طلعوا إلى الساحل الصخري.

ودارت رحى معركة لا نظير لضراوتها، انطلقت خيالة البيض في سيل وحشي شرس على الخارجين من الماء. ونثر جاركي الموت برشاشته من دون أن يتوقف عن ركضه مرة أخرى. وأصاب وابل رصاصه صدور الناس والخيول. وملأ رشاشته بشرائط أخرى وأخرى من العتاد بسرعة محمومة.

وهدر بيريكوب بالمئات من مدافعه، وبدا وكأن الأرض نفسها قد انخسفت في مهواة لا قعر لها، وكانت ألوف القذائف تنطلق إلى السماء في زعيق وحشي، محملة بالموت، متناثرة شظايا دقيقة. وكانت الأرض تُبقر وتُمزق، وتتصاعد أشلاؤها أعمدة سوداً حاجبة الشمس.

وسُحِق رأس الوحش، وفاض على القرم السيل الأحمر،

وتدفقت فرق جيش الخيالة الأول رهيبة لتوجه ضربتها الأخيرة. وأصيب البيض بهلع شديد، وركضوا مذعورين ليركبوا السفن المبتعدة عن المرفأ.

وعلّقت الجمهورية الشارات الذهبية لأوسمة الراية الحمراء على صدور ذوي القمصان الممزقة، في الموضع الذي ينبض فيه القلب، وكان من بين هؤلاء الكومسومولي حامل الرشاش إيفان جاركي.

وقع الصلح مع البولونيين، وبقيت البلدة في حدود أوكرانيا السوفييتية كما أمل جوخراي. وأصبحت الحدود بمحاذاة النهر على بعد خمسة وثلاثين كيلو متراً من البلدة. وفي صباح لا يُنسى من شهر كانون الأول ١٩٢٠ عاد بافل إلى موطنه الأليف.

نزل إلى رصيف المحطة المتناثر عليه الثلج، وألقى نظرةخاطفةعلى لافتة "شيبيتوفكا ـ ١" ودار إلى اليسار رأساً، إلى مستودع القطارات، وسأل عن أرتيم، إلا أنه لم يجده، لف المعطف على جسمه جيداً، وسار مسرعاً عبر الغابة إلى البلدة.

التفتت ماريا ياكلوفليفنا على صوت طرق الباب، ودعت الطارق إلى الدخول. وعندما أطل من الباب وجه تناثر عليه الثلج، عرفت فيه وجه ابنها الحبيب، وضعت يديها على قلبها وقد عقد الفرح لسانها.

ألقت بكل جسمها النحيل على صدر ولدها، وغمرت وجهه بقبلات لا حصر لها، وبكت بدموع الفرح.

أما بافل فقد طوق أمه ونظر في وجهها المعذب بالحنين

والانتظار، والمخدد بالغضون العميقة، ولم ينطق بكلمة، منتظراً أن تهدأ.

شعت السعادة ثانية في عيني المرأة المعذبة، وظلت أياماً عدّة غير قادرة على أن تشفي غلتها من الكلام، وأن تملأ ناظريها برؤية ابنها التي يئست من رؤيته. وكان سرورها بلا حدود حين دخل أرتيم أيضاً إلى الغرفة الصغيرة ليلاً بعد ثلاثة أيام، وعلى كتفيه حقيبة الجنود.

عاد إلى شقة آل كورتشاغين الصغيرة أهلها.

عاد الشقيقان إلى بيتهما سالمين بعد ويلات ومحن شاقة....

ـ ماذا ستفعلان بعد الآن؟ ـ سألت ماريا ياكوفليفنا ولديها، فأجاب أرتيم:

ـ سأعود إلى البرادة ثانية، يا ماما.

أما بافل، فبعد أن قضى أسبوعين في بيته، عاد إلى كييف، حيث كان بانتظاره عمل.

نهاية الجزء الأول

نبذة عن المؤلف

ـ عاش نيقولاي أوستروفسكي (١٩٠٤ - ١٩٣٦) حياة قصيرة ولكنها ساطعة. أقعده المرض في السرير وهو شاب في العشرين من العمر بعد الجراح الممضة التي أصيب بها في جبهات الحرب الأهلية، وفقد البصر. وكانت صحته تتردى يوماً بعد يوم. وفي تلك الفترة بالذات بدأ يكتب كتابه الرائع الوضاء الشجاع عن الشباب والحب والكفاح في سبيل الحياة الجديدة. ومعظم شخصيات الرواية لها نماذج واقعية، بينما كانت حياة الكاتب نفسه أساس شخصية البطل الرئيسي ـ بافل كورتشاغين .

لقد غدت رواية "كيف سقينا الفولاذ" الصادرة عام ١٩٣٤ من عيون الأدب السوفييتي، واحداً من أكثر الكتب رواجاً في الخارج. وتحقق حلم نيقولاي أوستروفسكي الذي قال: "إن أروع شيء بالنسبة للإنسان هو أن يغدو كل ما خلقه في خدمة البشر حتى بعد موته" .

محتويات

مقدمة ٥

الفصل الأول ٣٧

الفصل الثاني ٦٣

الفصل الثالث ٨٩

الفصل الرابع ١٢٧

الفصل الخامس ١٤٩

الفصل السادس ١٧١

الفصل السابع ٢١٩

الفصل الثامن ٢٥٥

الفصل التاسع ٢٨٧